Má Sorte

HELENA RICARDO
Má Sorte

TALENTOS DA LITERATURA BRASILEIRA

novo século®

SÃO PAULO, 2017

Má sorte
Copyright © 2017 by Helena Ricardo Rosa
Copyright © 2017 by Novo Século Editora Ltda.

COORDENAÇÃO EDITORIAL
Vitor Donofrio

AQUISIÇÕES
Cleber Vasconcelos

EDITORIAL
João Paulo Putini
Nair Ferraz
Rebeca Lacerda

PREPARAÇÃO
Mayara Leal (Lótus Traduções)

DIAGRAMAÇÃO E CAPA
João Paulo Putini

REVISÃO
Equipe Novo Século

ILUSTRAÇÃO DE CAPA
Alexandre Santos

Texto de acordo com as normas do Novo Acordo Ortográfico da Língua Portuguesa (1990), em vigor desde 1º de janeiro de 2009.

Dados Internacionais de Catalogação na Publicação (CIP)

Ricardo, Helena
Má Sorte
Helena Ricardo.
Barueri, SP: Novo Século Editora, 2017.
(Coleção Talentos da Literatura Brasileira)

1. Ficção brasileira 2. Alegoria I. Título

17-1633　　　　　　　　CDD-869.3

Índice para catálogo sistemático:
1. Ficção : Literatura brasileira 869.3

NOVO SÉCULO EDITORA LTDA.
Alameda Araguaia, 2190 – Bloco A – 11º andar – Conjunto 1111
CEP 06455-000 – Alphaville Industrial, Barueri – SP – Brasil
Tel.: (11) 3699-7107 | Fax: (11) 3699-7323
www.gruponovoseculo.com.br | atendimento@novoseculo.com.br

Por Deus e para Deus, por ser o pilar de minha existência.

Prefácio

Má Sorte é poesia na melancolia da rebeldia. Má Sorte não tem medo do esmo da solidão. Essa é Má Sorte, como num programa de televisão, na paixão da religião de não ter razão. Acordando sobre suas vestes, ela abre a janela e deixa o Sol entrar. Ele entra, cuidadoso, cabelos loiros, gritando sua prepotência, obrigando cada ser, divino ou não, a postar-se diante dele e se curvar, para agradecer por mais uma manhã.

– Cansou-se disso, não? – Má Sorte questionou, enquanto o guiava para sua cama. Aquecê-la era o principal antes de o Grande Inverno chegar.

– Disso o quê, querida? – rebateu Sol, deitando-se com ar sonhador. Em que pensava? Talvez na Lua, talvez em Deus.

– Ser o centro de tudo. Obrigar as cores a se levantarem e todos a te louvarem. Depois de milênios com essa rotina, parece meio avassaladora – explicou.

– Qualquer rotina parece avassaladora para qualquer mortal. – Foi quem sempre era, escroto, proferindo sua frase com uma piscadela de galã, usual de seu comportamento. – E é claro que eu não sou um mortal. Rotina nenhuma me põe para baixo, que invejável sou!

– Como eu ainda sou sua amiga? Eu acho que odeio você. Aliás, odeio comportamentos como o seu. – Má Sorte revirou os olhos.

– Pergunta bem complexa para uma resposta muito simples – riu. – Você ainda é minha amiga porque eu sou seu único amigo. Sem mim, estaria sozinha por este grande castelo, sem companhia e destinada à exclusão eterna.

– É uma história muito triste – Má Sorte reconheceu, ironizando e revirando os olhos. Por parte, Sol estava certo. Fora ele, só tinha Princesa Loura, que vivia atarefada demais para notá-la.
– Já esquentou?
– O suficiente para o Grande Inverno! – Sol levantou-se, passando as mãos pelo colchão de palha. – Não sou grandioso?
– Não tanto quanto Deus – Sol esbravejou. Era claro que odiava aquela comparação, e Má Sorte sabia disso. Como um bom servo e empregado de Cristo, não podia se ditar o maioral, diferentemente do que fazia. E lembrar-se de seu enorme erro apenas ajudava a criar uma autoestima com base em quem era, não em quem pretendia ser. Era horrível se sentir inferiorizado.

Má Sorte abriu a porta gentilmente para ele passar, e ele foi, ainda fazendo caretas e mostrando a língua. Uma espécie de infantilidade, também. Sol era feito daquilo: um cadinho idiota, um cadinho vadio e o resto feito por ignorância.

Sozinha de novo no quarto pequeno, pôs-se a fazer o que fazia todos os dias antes de trabalhar: vários nadas. Era uma mensagem engraçada, um ótimo jeito de dizer que era entediante. Sentou-se no chão, a cama queimava, e olhou para a parede. O dia por trás de sua carapaça é tedioso como o Inferno. E tédio, pelo menos para ela, sempre a levava para a depressão, depois para o sentimento amargurado, e enfim para o ódio misturado à solidão. Mas, afinal, era aquilo mesmo. Má Sorte não passava de um destino ruim para uma pessoa boa.

Pensou em sua história. No futuro, presente, passado. Presente passado. É um passado que nos marca no presente. Enfim, vivia no Reino de Rainha Hipocrisia, mais conhecido como Reino Hipócrita. Não era descendente da realeza, como Princesa Loura, nem da periferia, como as criadas. Era apenas uma ninguém que vivia a favor de trabalho. Nascera ali, num berço de algodão. De apenas um velho que dizia ser seu pai, embora ela duvidasse muito. Ele era assassino. Assassino é um nome poético para caçador. Era isso que ele fazia, caçava vidas. Qualquer criatura, de onde quer que viesse ou qualquer que fosse seu nome, que se atrevesse a passar perto do feudo seria morta por seu pai. Ele mantinha consigo um velho facão e muitos segredos de como acertar a jugular sem errar.

Morreu jovem, mas Má Sorte nunca sentiu sua falta. Não por ser ruim, longe disso, nem por ser muito bom, longe disso também. Era apenas porque não conseguia. Saudade, nunca sentira por ninguém.

Assumira seu cargo logo quando seu corpo fora enterrado. Na areia do Vasto Deserto que circundava o Reino. No mesmo lugar que encerrou centenas de almas, a dele também fora encerrada. É uma maneira bela de descrever a amargura da morte.

Má Sorte aprendeu que matar era uma tarefa executada sozinha. Enfrentou seus medos da escuridão e dos gritos, entregando-se ao dia a dia. Até que conheceu Princesa Loura.

Filha da Rainha Hipocrisia, ninguém sabia seu nome. O povo e mídia sabiam só que nascera e era loura, fato que se comprovou quando cresceu e começou a andar pelo castelo, julgando todos e correndo desesperada pelos corredores. Era o retrato perfeito da loucura, ainda que seus pais discordassem e dissessem que era apenas seu jeito de ser. Conforme os maios passaram, ela amadureceu, e já não se descabelava pelos quartos nem enfrentava os moradores. Apenas uma característica mantivera-se: o desespero. Continuava assim, gritando para tudo e falando para quem quisesse ouvir que ali não era seu lugar. Mas, ainda assim, conseguia se esbaforir logo depois dizendo que tudo ia ficar bem. Eram suas crises passageiras. Mandava todos calarem a boca para lembrá-los que ali era horrível, mas que um dia ia melhorar. Princesa Loura fora uma bela caricatura.

E um dia, enquanto Má Sorte matava mais um ser azarado que chegara ao portão por acaso, a Princesa apareceu.

– Já matou? – perguntara.

– Já. Por quê? Queria conversar com ele? – Má Sorte não conhecia bons modos. Aliás, não conhecia modo algum. Não entendia por que alguns tratavam a Princesa na palma da mão se ela não fazia nada além de sugar o poder da mãe.

– Eu não sugo o poder de minha mãe – disse, assustando Má Sorte, que colocou a mão sobre o coração, entregando-se. Como ela descobrira?

– Nunca falei que sugava – deixou claro, caso precisasse testemunhar a favor ou contra si mesma, como forma de salvar a própria vida de Dona Guilhotina.

– Mas pensou. – Sua voz não mudava segundo algum, parecia a voz do pensamento. Não tinha tons diferentes, não abaixava nem aumentava, muito menos mudava de timbre. Era como ouvir o próprio subconsciente.

– Pare com isso, eu posso pensar o que eu quiser – Má Sorte enfrentou-a, enquanto limpava o sangue da faca na areia amarela, que se sujava de vermelho e se entregava ao vento. De propósito, deixou um pouco de líquido para lambuzar os dedos e os lamber, tentando assustar a Princesa Loura, como forma de dizer o quão horripilante e sem coração era.

– Não está me assustando. Estou te assustando? Porque, olha, as pessoas só querem dar medo quando estão com medo de algo.

– Por que não lê meus pensamentos para saber? – Princesa franziu as sobrancelhas, irritada. – Por que eu teria medo de alguém como você?

Alteza aproximou-se, perto demais. Mas que Purgatório, ela não percebia que em um movimento Má Sorte poderia enfiar a lâmina em seu estômago e ela nunca mais veria o céu? Embora tentada e adormecida nessa possibilidade, Má Sorte não o fez. E não fora por medo, era um sentimento indescritível de leve receio misturado com proteção. Mais ainda. Princesa Loura estava mais perto ainda. O que ela estava fazendo? Só então reparara, era muito baixinha. Má Sorte se sentiu Deus perto dela. A Princesa era um sentimento desesperado do amor preso na mente, pequeno, mas barulhento demais para não ser notado.

– Você está assustada porque com uma palavra minha posso te matar. E porque... – olhou-a de cima a baixo – eu te dou sensações novas.

E parada, sentada apoiada na parede descascada do quarto, lembrava-se, como se estivesse acontecendo naquele momento, de como acabara namorando Princesa Loura. Como as duas construíram uma relação cada vez menos saudável, mas inseparável, em que cada uma necessitava do calor humano que a outra trazia e nem o Sol em seu estilo de ser o poderia igualar.

Agora sua vida se tornara aquela cansável rotina. Acordar. Aguentar os astros. Entediar-se. Matar. Sentir o amor. Dormir. Acordar. Era como as chamas misturadas às nuvens. Você se sente grato e sabe que poderia ser pior, mas ao mesmo tempo pensa: "Merda, por que não acontece nada em minha vida?". Apenas para Deus te dar uma tragédia e você pensar: "Merda, por que minha vida não volta a ser como antes?". É assim que o mundo funciona. Numa máquina de girar, no grandioso Reino de Rainha Hipocrisia.

Bem, de qualquer forma, morrendo ou não, Má Sorte levantou-se e puxou sua faca de debaixo dos livros jogados no canto. Existia algo chamado trabalho. Que, mesmo quando é diferente, teima em ser igual. E é uma obrigação, Má Sorte entendia isso. É claro que entendia, são questões de Estado. Sua namorada a ensinara. Só não aprendera para que servem questões de Estado. São como poesias inacabadas em documentos, para fazer serventia a seres castigados por Deus. Por que não falavam logo que somos inúteis, em vez de nos dar... trabalho? Afinal, todos nós sabemos o que se passa na cabeça de um rei.

Abriu a porta de madeira. Era marrom. Fora feita com 34 tábuas. A maçaneta viera dos artesãos. Existiam 249 iguais àquela. O tédio mata, mas ensina também do pior jeito.

Passou os dedos pelas paredes de petúnia do corredor ao ir para fora. Seu quarto era perto dos muros, para que em qualquer emergência fosse a primeira a chegar. Era a melhor, a maioral, a mais temida assassina de todo o Vasto Deserto! Ou pelo menos era o que pensava. E pensamentos como aquele a mantinham sã, em sua área de conforto onde nenhuma crítica poderia chegar. Mas é claro que, como uma boa fã de sua Rainha, sabia que pessoas metidas mereciam o linchamento. Também era o que a mantinha ocupada nas frias noites de lua cheia.

– Boa tarde, senhor – ela cumprimentou Kaukokaipuu, um finlandês, sentimento esquecido que ficava por horas. Alguns acreditavam que ele não saía de sua torre. Era o responsável por abrir os portões e estava sempre cabisbaixo, falando palavras ao vento, e não era para tanto. Um dia, Má Sorte fora conversar com ele, e Kaukokaipuu não parava de falar sobre as grandiosas terras da África, sobre quão belas eram, e seu povo, acima de tudo, carinhoso, feliz, esperançoso! Dizia com tanta convicção que Má Sorte desejou com todas as forças ter nascido lá. Era como uma solução para todos os seus problemas. Curiosa como só ela, perguntou-lhe sobre mais. O pobre porteiro não soube responder, nunca estivera lá. Um sentimento esquecido, era isso que Kaukokaipuu era. A melancolia e saudade de um lugar em que nunca esteve.

Nunca mais se esqueceria de suas palavras, que só se realizaram por meio de fotografias. Naquela noite, curiosa debaixo das estrelas, na solidão que a alimentava, antes de voltar para sua humilde residência, deu ao velho uma caneta e papel. Ele escreveu uns belos parágrafos sobre seu lar perdido. Nunca mais perdeu aquela folha, as palavras sábias se mantinham nas madrugadas entediantes. Era mais ou menos assim, a prosa:

África

Quantos de seus sonhos a si própria conquistou? Por quanto de sua liberdade teu povo não lutou? Grite e amanheça num pôr do sol de suas tribos, com as peles que abominam, que nunca serão brancas. Como num vazio entristecido dos ocidentais, acorde como sempre faz, uma nova esperança vem surgindo para nós. Tuas raízes nos mantêm, e sua história de realeza nos deixa contentes. Num povo bravo e valente, que nunca se viu esconder.

Quantas das mentiras engraçadas não te fizeram chorar? Disseram-te que nunca seria boa. Mas, mãe, suplico-lhe e imploro, nos teus braços dormirei tranquila, pois sei que vai me acolher, numa maravilhosidade que não cabe em ti. Então não se orgulhe pela tua natureza, embora também devesse, mas se sinta feliz pela sua história, e abrace seu hoje, pois lutou para ter.

Porque sempre é assim, confesso, quantas dessas terras não foi tu quem fizeste? Quantos desses edifícios teu povo não ergueu? Quantas dessas guilhotinas não levantamos, e quantos mares não desbravamos? África, querida mãe, faça-se acreditar mais uma vez que teu rosto é lindo, tua casa é linda e teu sorriso é esplêndido.

Não chore nem se mate. Continue como sempre, que tudo vai melhorar. Deus é justo, mas não o temos, é invenção de nossos pesadelos. África, África, levante a cabeça e encare o mar. Nosso povo outra vez o desbravará.

Naquele dia em especial, não fizera nada. Absolutamente nada. Nenhuma criatura se arriscou pela areia. Uma pena. Acordara tão sedenta por sangue pela manhã. Fora um dia, em qualquer idioma e interpretação, estúpido. Comera carne com os outros empregados e os ouviu discutir política. Não fazia ideia do que era aquilo e também não queria saber. Gostava de notar a personalidade de quem falava sobre o assunto. Apenas idiotas que se criam sábios. Aliás, era um bom ponto, um ótimo assunto para desocupados: os idiotas criaram a palavra inteligente quando se cansaram de se denominar sábios.

De noitinha, acabou o expediente. Nenhum movimento, apenas o som cruel da areia voando e a cor branca que ela tinha que imitava o Sol. Bela, porém triste. Uma melancolia que não foi feita para nós. Poética demais para que possamos descrever. Talvez algum gigante, talvez Deus, talvez Zeus, um dia consiga.

Má Sorte ouviu o badalar das doze estações e saiu correndo, apressada, de seu serviço. Guardou a faca nas roupas mesmo, já sujas de sangue, uma mancha ou outra não faria mal, e se aligeirou para chegar à Biblioteca de Todos os Anciões, onde Princesa Loura estava. Era apenas mais um de seus encontros proibidos noturnos, do qual se espantavam com passos, que apenas nas madrugadas podem ser de qualquer um.

Mas, em especial, aquela colisão não fora como as outras. Primeiro que sua amada não a esperava eufórica na porta, segurando os panos do vestido e a incentivando a entrar. Ela estava séria, na poltrona aveludada, lendo mais um de seus livros do Estado. Expressões mínimas, não ouviu a porta abrir, o que para a Princesa era um grande milagre. Má Sorte notou a inquietação ao contrário e foi sorrateira, pensando no que ia dar.

Imaginou-se depois de algumas horas, se estaria feliz ou triste, e pensando: "Nunca pensei que isso aconteceria hoje".

– Eu estou aqui – pronunciara, sentando-se na poltrona à frente. Eram poucas as horas que sentia um tecido igual ao da realeza em sua pele, aquela mordomia não fora feita para si. Tinha coluna de ferro e dentes de titânio que a classe em que nasceu fez.

– Eu sei, Má Sorte. Eu te vi – respondeu, curta e grossa, Princesa Loura. Em nenhum momento tirara os olhos do livro, mas Má Sorte tinha a grande impressão de que não lia nada e, conforme também, não entendia as palavras escritas. – Tenho algo para te dizer.

– Você sempre tem – lembrou-a. Sua namorada realmente tinha, sempre, em todos os momentos, algo para dizer, rebater, ou apenas esclarecer mais um sentimento seu.

– É diferente esta noite. Apenas esta noite é diferente. – Princesa Loura abaixou a cabeça. Estava chorando? Não. Nunca chorava. Abalava-se às vezes, geralmente sempre, mas nunca se deixava ver chorar. – Você está aposentada, Má Sorte.

– O quê?! Aposentada?! Está brincando, não é possível! – Má Sorte levou as mãos ao rosto, espantada. Queria ter uma pintura de seu rosto naquele momento. Lindamente triste, uma tristeza disfarçada de surpresa que se tornaria raiva. Era porque todos sabiam o que significava a palavra "aposentado". Não é mais apto, não é mais a melhor opção, é descartável, seu trabalho é ruim e encontramos alguém melhor, o que está fazendo aqui ainda? – Eu sou a melhor assassina, sou temida por todo o Deserto. Estou aqui há anos e nunca decepcionei. Matei todos perfeitamente e nunca deixei de obedecer a uma ordem! Isso é uma blasfêmia, uma ofensa contra minha pessoa!

– Aquiete-se! Está aqui há anos, por isso mesmo! O Duque de Agressividade, dono de um dos mais luxuosos castelos por este mundo, teve um filho com Duquesa de Mágoa, sócia do Reino de minha mãe. Ele está treinando para ser um assassino, o melhor de seu tempo! Tem tudo a ver, sua linhagem é nobre, sua feição é assustadora e segura a faca como ninguém. Agradeço por todo seu tempo aqui, querida, foi de toda a benevolência, mas te aposento – ditou como se ditasse um nomeamento de seus servos. Má Sorte só conseguia pensar em como ela parecia um manequim, debaixo daquelas luzes fracas de vela e de olhos fechados, como fazia para discursar. Ela parecia um manequim, uma regente de Rainha Hipocrisia.

– Isso é ridículo. Eu vou embora. E tenha para sempre este Reino afundado na lama em que só loucos habitam. – Levantou-se, ajeitando suas roupas e não pensando direito.

– Espere! – Princesa Loura levantou-se também, tocando seu braço e a olhando com piedade. Nobre de araque. Fantasia de seus pais. Moldada pelo governo. Filha da puta. – Como acontece aos aposentados, você será expulsa do Reino de Rainha Hipocrisia e viverá até o final de sua vida vagando pelo Vasto Deserto, a menos que encontre outro emprego, algo raro, cá entre nós. Mas, como a ti cabe ser minha amada e a amo muito, vou te dar um presente: o Palácio de Versalhes. Caminha em qualquer direção pelo Vasto Deserto e chegará lá. Eu, como nobre, posso transitar livremente por aqui e acolá, mas você não, por isso caminhe e encontrará. No Palácio, terá abundância de tudo: alimentos, camas, criados, tudo. E o melhor: estarei te esperando. Viveremos nossas vidas juntas pelo resto da eternidade. É o Paraíso, eu sei, é mesmo. Pela primeira vez, seu nome tornou-se um trocadilho: boa sorte, Má Sorte. Até o Palácio de Versalhes, querida. E não se esqueça, eu te amo!

Má Sorte a olhava abismada, não precisava falar mais nada. Saiu, batendo a porta com força. O corredor, por mais bonito que fosse, nunca pareceu tão feio, tão raivoso, tão conspiratório.

Correu o suficiente para a Princesa a seguir, gritando atrás de si: "Parta amanhã de manhãzinha!". Queria não ter ouvido. Como há muito tempo não fazia, não pensava em nada. Sua cabeça se tomou por nuvens enevoadas de desespero, ódio e um rancor que não sabia de onde viera.

Se me deixar sair,
não faça isso,
eu não voltarei.
Eu não voltarei.
Eu não voltarei.

Tem uma saída aqui
do lado do necrotério
do lado do suicídio
do lado.
Se me deixar sair,
eu não voltarei.

Fora uma madrugada estranha, afinal. Pensava que o único jeito de se aliviar era fazer o que a enterrou. Matou. Abriu o portão, cautelosa, mais silenciosa que gatuno pela noite, e sentiu o vento gélido do Vasto Deserto. Basta! Tirou o facão de sua cintura e saiu à caça. Andou por um tempo, sem saber para onde ia, mas próximo o suficiente para não perder o castelo de vista. Assassinou pelo menos uns cinco. Cansada, após algumas horas, voltou para seu quarto, calma e com uma podrida vontade de filosofar. Pensou em cada ser que matou. Por que não matou a si também?

Eles prometeram. Eles prometeram que iria ser melhor. Que essa minha carcaça velha, suada e usada se transformaria numa bela moça, feito borboleta. Que belo desengano.

E eu pensei que pudesse assim ser livre, ser livre, era livre, sê-lo-ia triste. E eu seria, eu faria, eu olharia a vida por outros olhos. Aprenderia tanto e riria tanto, que não teria do que me lamentar. Que belo desengano.

E se você tiver a oportunidade de ser diferente, seja, porque minha morte em vida não desejo a ninguém. Minha cabeça frustrada é tudo que ninguém quer. Que belo desengano. Que belo desengano. Que belo desengano.

Capítulo 1

Enquanto acordava fatigada pelas horas maldormidas, tentava se convencer, de modo automático, do que todos já sabiam. "É uma aventura, não o fim de sua vida." Essa frase transbordava sua cabeça e ia até a ponta de seus pés. Acho engraçado como esse trecho, por menor e menos explicado que seja, contradizia o que pensou em toda a madrugada. Depressão, tristeza, assolação, era tudo que sua mente dizia. Pela manhã, não era mais. É que a Lua sempre influenciou o subconsciente de nós, meros mortais, e ela nunca gostou muito do senhor Sol, então sempre lutaram dentro de nossos corações para se sobrepor.

Enfim, longe de toda aquela psicanálise, era tudo psico, psicológico, psicopatia, psicodrama, psicomoral, estava Má Sorte, desistente como sempre, arrumando suas malas. "Nem sonhei que este dia chegaria." Pois deveria. Ter tido um plano A, um B e outro C para sobreviver. Não fizera, que culpa tinha? Vai dizer que a ti cabe ter um plano para quando morrer? Aliás, e se morresse? E se não existisse mais? Não, não! Precisava de uma carta de suicídio. Um adeus. Talvez esse novo filho do Duque Sei Lá Do Quê ocupasse seu quarto. Talvez seja poeta, escritor, caralho a quatro. Leia suas notas. "Não sei de quem é, mas é belo, vou escrever!". Seria lembrada. Ou talvez sonhasse demais. De um modo ou de outro, puxou de dentro do vestido seu material de matar. Um bloco de anotações, sua velha faca e uma caneta azul.

Está escuro agora. Estou triste. Procurando algo que não existe. Existe. Não existo.

Fora sua carta de suicídio. Procurara as palavras, as melhores, e fora tudo que saíra.

Deixou o papel debaixo do travesseiro, do qual roubou algumas palhas. Talvez um ricaço do deserto fosse querer comprar. Trocar por moedas. Foi tudo que resolveu levar: a arma afiada, suas escrituras e o que usaria para fazê-las, e enchimento de travesseiro. Estava pateticamente pronta para o fim de sua vida, ou melhor, mais uma de suas aventuras.

Saiu de seu chiqueirinho pensando em Sol. Não tivera tempo de se despedir. Princesa Loura aquém, mas por ela não quisera mesmo. Sabia que algum dia, quando encontrasse sua sombra, seu cheiro, seu sorriso no céu, sentiria sua falta. Esse dia não era hoje, então estamos bem. Aliás, sentia por ela uma falsa raiva. Por que essa vadia fizera isso com ela? Não falou que a amava? Não falava, de noite, ninguém ouvia, que a tinha? Então por que quer que eu vá embora? Idiota. Estúpida. Igual a sua mãe. Passando pelos salões que compunham sua ex-casa (isso existe? Casa é para sempre), pensava se valia a pena alguma vingança. Ainda não tinha ido. Ainda estava onde ela dormia.

A minha vingança
são essas palavras claras,
às vezes falhas,
mas de sempre verdadeiras.

A minha vingança
é essa poesia,
feira de melancolia,
sofrimento à venda
e olhos vazios
do vazio da alma.

> *A minha vingança*
> *é uma promessa plena,*
> *nada serena,*
> *mas de coração.*
>
> *A minha vingança*
> *é contra você,*
> *é contra nós.*
> *Esse sentimento*
> *de malevolência e clarividência,*
> *da vida amarga, mas de vida,*
> *faz-me vingativa*
> *como o Diabo.*

Não, é balela. Vingança é uma tristeza a mais na forma de mostrar que ainda não se superou. É uma decepção para os demais. Pelo menos, era assim que pensava. Talvez estivesse errada, sempre estava, mas em maioria era erro seu, pensava demais. As palavras bagunçavam-se em sua mente e por lá ficavam. Que seja! Quem pediu para nascer assim? Que ordem aceita, malfeita, malpensada! E daí? Era só mais uma mesmo, na fila da desolação.

Saiu às pressas, tomada por uma emoção inexplicável. De onde viera? Para onde iria? As criadas acordavam cedo todos os dias, desajeitadas, andavam para todos os lados com roupas velhas em mãos, ou ordens em papéis, algumas até frango frito seguravam. Diziam que eram filhas de Deus, também. Pois duvidava! Mas, se duvidasse, também seria. Má Sorte não deu tchau para elas, não se despediu de suas roupas pretas, assédio à moralidade. Apenas sorriu, enquanto imaginava no que pensavam. Seriam burras? Seriam gênios? Seriam frutos das nossas cabeças? Mas se estivesse certa, eram burras, significava a presença de sua inteligência? Uma superioridade que não lhe cabia. Talvez coubesse, se fosse tão intelectual, cabeça de vento, então ainda tinha muito espaço em sua cabeça.

Enquanto andava, pensava em Kaukokaipuu e a vida que deixava para trás. A todos, desejava apenas a morte (não é uma forma de vingança?). Um dia lera na Bíblia, o único livro legalizado ao uso (que os anjos a tenham!), que não devia desejar ao outro algo que não desejaria para si. Então, que Deus me perdoe.

E que Deus me perdoe, e se perdoar, direi ainda mais. Direi palavras feias, sobre Inferno, sobre você, sobre morte. Brincarei com as almas como se fossem corpos. Não te amarei e ainda te amarrarei nas palavras eternas de minha confusa ira. E nenhuma entidade, de fé, para a fé, acabou-se a fé, poderá me deter.

E que Deus me perdoe, e se perdoar, direi ainda mais. Juro que te amo todos os dias e noites, mas agora invadirei tua vida, vá embora! Não grite enquanto te torturo e chamo seu nome, não grite de novo! Sua dignidade caiu, foi arrancada, sua mente acabou-se, foi embora.

E que você me perdoe, e se perdoar, direi ainda mais.

❦ ❦ ❦

A areia parecia pesada, era como chumbo. Talvez fosse o drama por cima dela, talvez fosse seu real aspecto ao qual nunca dera muita relevância, afinal era só areia. Os portões atrás de si eram pesados. Abrira por si só, todos dormiam. Fora a última vez que fizera isso. Consegue sentir a tristeza? De ser a última vez que respira.

O amarelado se confundia com o céu. Azul. Que, após tempos, era vermelho, roxo, verde. Azul. A faca pendia em seu corpo, de lá não saía nenhuma cor. Queria saber quantos segredos o Vasto Deserto não guardava para ser tão colorido. E seus seres, quantos já não confessaram, para serem todos iguais. Puf. Agora era um deles. Vestiria aquela farda, que, por si, era de uma cor divina. Uma nunca relatada em nosso mundo, diferente de todas as primárias. Quem sabe Deus, Zeus, teus lábios um dia não farão uma poesia sobre ela, e enfim explicarão para o mundo toda a certeza de viver. Que certeza? Se você pudesse falar para o mundo, que certeza diria? Porque nossas mentes, afiliações, religiões, teorias, não passam de certezas. Mas se nossa única certeza é a morte, então qual é o sentido? O mesmo do Vasto Deserto. O mesmo deste livro. Poxa, aquelas terras me faziam, também Má Sorte, solitária, poética, budista.

Andava catastrófica em busca de nada. Pois enfim fizera uma lista: o que procurar. Meu objetivo. Minhas metas. Que pesadelo na escuridão, metas existem para pessoas que não sabem o que procuram.

- *Sobreviver.*
- *Achar água.*
- *Achar vida.*
- *Achar carne.*

O principal: achar vida. Não era sobreviver, pasme! Era achar semelhante. Na pior das hipóteses, este viria como carne. Na melhor, como um amigo. E andando, andando, sem parar, atrás de alguém, anoiteceu. O sol se pôs, foi embora. O céu se vestiu com um manto negro, como sempre fazia, para indicar o luto de sua perda, o astro principal. As estrelas o consolavam, em vão. Nada o podia fazer melhor, apenas a sua volta. E piores ainda eram os dias, que chorava afim, naquela escuridão, a água caía como lágrimas. Tristes noites de depressão. Tristes.

Má Sorte, relutante, deitou-se no grande gramado sem grama. Era o que fazia, na maioria dos dias, logo ao anoitecer. Punha-se a tentar dormir. Exceto nos dias de emergência de assassinato, ou quando via Princesa Loura. Passado. Que ainda não passou. Deixou a faca em suas mãos, para caso alguém viesse. Não retirou nenhum pano para se cobrir, embora a friagem fosse insuportável. Apenas se virou e ficou lá, o ouvido direito tocando os grãos. E se alguém a apunhalasse por trás? Besteira... quem o faria? Fechou os olhos. O sono não veio. E agora, José?

Precisava de algo que lhe trouxesse cansaço, além de sua longa caminhada. Sua antiga vida não era viável, pois a estressaria, nem suas longas teorias sobre a depressão coberta pela areia. Então o quê? Suspirou e listou mentalmente todas as poesias que conhecia. Não eram muitas, mas mereciam seus lugares. Ficou pensando, recordando, até entrar no mundo da pura imaginação. Por um momento apenas, não quis voltar.

Capítulo 2

O riso das pessoas que conhecia passava pela sua mente, quando acordou em adrenalina. Má Sorte se pôs em pé em um pulo, foi o suficiente para uma matadora profissional. Ajeitou a faca rapidamente em seus dedos; tinha companhia. Ainda era noite, madrugada, gelada, e não conseguia ver direito, mas o brilho da areia a ajudava a enxergar seu inimigo. Um bando de lobos, brancos, mais de dez, tentava atacá-la. Matou uns três com uma facada, mas só apareciam mais. Abutres! Tentou chutá-los, cuspir, tudo em vão. Pularam em suas coxas, arranharam sua barriga, virilha, até a fazer cair de joelhos, pedindo perdão. Mas não era o bastante. Eles puxavam seu cabelo para trás. Um tentou pular em seu rosto, e soube, naquela hora, que seria o fim. Pois bem, já havia vivido o aceitável. Não precisava de mais. Porém, naquele segundo, temeu. Achava que não tinha medo da morte até se deparar com ela.

E ela, naquela situação, era uma loba. Suas partes íntimas a entregavam. Em seu olhar mortífero, de caçador, ela dizia apenas que queria diversão. Não era diferente de outras almas. Decidiu, em um segundo, batizá-la. Queria morrer por um nome: Liberdade. Morreu lutando contra Liberdade.

Porém, uma esperança! Uma palavra de conforto no desespero! Alguém tirou Liberdade de cima de si; sentiu as mãos quentes. E depois afugentou a alcateia, um a um, sem nenhuma arma, apenas seus músculos delicados. Má Sorte conseguiu se levantar, meio decepcionada por não morrer, e encarar seu salvador. Ou melhor, salvadora. Uma mulher, coberta por panos, só rosto e mãos visíveis, espantava os últimos animais. Era linda, porém feia. Perfeitamente imperfeita.

Seus olhos tinham a cor do mundo. Eram verdes, azuis, castanhos e pretos, todas as cores em uma mistura de todas as descendências. Sua pele era castanha, branca, amarela. Não dava para defini-la. Você a olhava de lado, era branca; de frente, era negra; do outro lado, amarela. Era de todos.

– Quem é você? – Má Sorte a questionou, tirando-a de seu transe com lobos.

– Eu sou Vida. Sua hora ainda não chegou – respondeu, em uma voz agudamente grossa. – Venha! Siga-me! Ando muito solitária por aqui.

– Para onde está indo? – Como poderia aceitar se não soubesse?

– Encontrar o resto da Humanidade, minha filha. Pois, oras, ela é muito levada. Caiu de um muro, em uma de suas traquinagens, e quebrou-se em mil! Estou aqui agora, como uma perdida, a procurá-la pelos quatro cantos. Faltam cinco partes dela. Então estará completa novamente.

– E se não a achar?

– Então será uma fatalidade, uma estatística! Mas se reerguerá, mesmo com pedaços faltando. Só será mais triste e mergulhará num retardo depressivo. Eu não iria querer ver isso. Venha comigo, Má Sorte, encontrá-la!

O que responderia? Se dissesse não, nunca mais se perdoaria. Se recusasse, nunca mais encontraria uma oportunidade assim, e talvez morresse em angústia e tristeza. Pois iria! O que tinha a perder? Além do mais, Vida é sempre a melhor das companhias.

– Vamos! – disse, rápido. – Para onde iremos primeiro?

– Encontrar a sua quinta parte, Religião!

Andavam e Má Sorte sentiu o peso incômodo de que Vida lhe era insuportável. Só falava, falava, sem parar. Ela, acostumada com o silêncio da caça, sentia que seus ouvidos iriam sangrar. E Vida dizia assuntos aleatórios, como a última vez que vira a cor cinza ou como seu último namorado hoje lhe parecia imensamente desagradável. Não pôde deixar de entender o pobre homem, devia ter sofrido uma crise após tanto tempo aguentando o pé no saco que tinha como amante. Mas para Má Sorte, mesmo assim, era melhor do que nada. Aquele vazio que vinha aguentando era demais para seu pobre ser.

– Para onde estamos indo? Quero dizer, para qual lugar? – perguntou-lhe, quando estava cansada de ouvir sobre como as balas do último reino pelo qual passara eram as melhores que já havia experimentado.

– Para onde Deus estiver. Ele é o princípio da religião, de qualquer uma. E, bem, Ele pode estar na próxima duna de areia ou em outro continente. Não importa muito. Só o estamos seguindo, depois veremos onde vai dar.

– E como sabe que estamos no caminho certo? Se não há um endereço exato, como sabe que é por aqui, não por lá?

– Eu consigo O sentir, Má Sorte. Não sente também? Não consegue sentir Deus no coração?

– Todos dizem sentir, e, se sentem mesmo, então Deus é mais popular do que imagino. Não importa, não sinto nada. Se sentisse, seria apenas mais uma, e sempre gostei da solidão.

– É uma triste filosofia, pena que não posso seguir. Assim como Deus, sou mais popular do que imagina, e sempre gostei da boa companhia. Por falar em companhia, gosta de vinho?

E assim seguiram por longas dunas. Francamente, Má Sorte não ouvia mais nada do que Vida lhe falava. Deixava-se ao luxo de devanear sobre o nascer do sol brilhante, o mais feio que já vira, e como as vestes simples e sólidas de sua amiga esbarravam no chão, trazendo pequenas tempestades de areia por onde passava. Pensou que horas eram, o que estaria fazendo se fosse ontem, quem era a tal de Humanidade, quem era seu pai, Religião ainda era quem? Será que enfrentaria alguém? Lutaria? Estava sedenta por um bom combate, para usar sua faca.

– Ahá! – Vida gritou, assustando-a, enquanto pensava se o chão abaixo de si era marrom. Ela tocou os ombros de Má Sorte, seu rosto contraiu-se por inteiro num sorriso grande, que poderia ocupar toda sua face. Mostrou-lhe um papel, quase o esfregando em seus olhos. – Eu lhe disse! Estamos perto! Quem pode sentir Deus nunca estará perdido! Nunca!

– O que é? – perguntara, numa imensa falta de entusiasmo. Pegou a folha, amarelada e com uma caligrafia tão bela que era quase ilegível.

Deus está morto. Nós podemos o velar enquanto lemos a Bíblia? Nos vestiremos de preto enquanto queimamos seu testemunho? A Igreja choraria, ou os padres agradeceriam a liberdade da prisão? Os perseguidos que chorariam, perdendo toda sua diversão. Mas que merda. Quem morreu um dia viveu? E Jesus nunca mais voltará.

– Isto é... completamente ateu – Má Sorte concluiu, ainda com os olhos fixos nas palavras. Nunca pensara na hipótese da morte do maior ser divino.

– Eu sei! Isso é tão divertido! Veja, o ateísmo nos leva à religião! É apenas um complemento, um lado oposto menos importante, digamos assim. Se seguirmos em frente, logo estaremos cara a cara com a crença! Humanidade vai me venerar tanto! Ela nunca se importou muito comigo, sabe? Sempre agiu como se eu não existisse. Ignora-me, até morrer. Eu digo isto a ela: um dia ela vai morrer, e então me dará valor. Olhará para trás e tudo que verá será a mim, e isso a deixará contente, assim como eu também ficarei. E eu ainda a amo, Má Sorte. Ela é minha filha, e nunca a quero deixar de vez. Aviso a todos que encontro, eu nunca deixo ninguém de vez. Só a mais morta das criaturas eu abandono. De resto, sempre restará uma memória, uma lembrança, que tenha sua cara, que tenha seu nome. E essa, minha querida, deveria ser a mais bela maravilha do mundo. Porque sempre tem uma pontada de mim em alguém. Mesmo que seu coração pare de pulsar, eu ainda estarei lá. Não em você, propriamente, mas em algo que te tenha. É... é claro, eu não sou tão má. Eu não gosto de deixar as pessoas irem embora. Eu tenho uma irmã, seu nome é Morte. A mais horrenda criatura que terá o desprazer de ver. Ela, sim, adora ver o esquecimento, a falta de noção e a tragédia. É minha rainha grega, em todos os pontos. Casou-se faz três maios. Nunca mais retornou ligação nenhuma, não que eu queira com ela, longe de mim!... – E continuou falando sobre seus problemas familiares e seus dias. Má Sorte parara de prestar atenção a ela havia tempos.

    Com o silêncio que sua cabeça emanava, deixou-se cultivar pela beleza que não tinha reparado em Vida. Seus cabelos debaixo do sol ficavam negros como a noite, e essa era sua cor preferida. Seu corpo tinha perfeita simetria, e seu rosto lembrava até Princesa Loura, com uma pontada de seu pai. Seus pés se movimentavam levemente sobre a fina camada dourada, e seus lábios se abriam sem nenhum defeito para falar. Suas mãos gesticulavam cada tom que sua voz emanava. Suas roupas, um manto escuro, voavam com o vento. Era linda e charmosa. Perguntou-se se era assim apenas para si, se para as outras pessoas tinha a pior forma já vista.

Continuaram por longos dias e noites. Paravam por alguns momentos para descansar, mas eram sempre poucos, Vida não queria arriscar perder Deus. Alimentavam-se de frutos, que incrivelmente sua amiga fazia colher da terra. Eram secos e podres, porém melhores que nada. Vida continuara falando de assuntos aleatórios que a ninguém interessavam, e Má Sorte pouco falava, apenas concordando. Sua cabeça vagava entre as cores do céu e o Palácio. Palácio pelo qual nunca mais passou. Aliás, não viram movimento nenhum, além dos seus. Nem mesmo lobos avistaram. Era tedioso, como se tudo fosse revivido, voltado para trás por um relógio sacana.

※ ※ ※

— Veja, Má Sorte, como consegue ser tão cega? — Vida chamava sua atenção. Estavam deitadas detrás de uma duna. Vida arranjara um binóculo, sabe-se lá como, e ordenara Má Sorte a se jogar no chão com ela, enquanto apontava sorrateiramente para uma figura ao longe. Má Sorte, que tinha uma visão não das melhores, não via nada, causando irritação em sua amiga. — Está lá, de pé!

— Por que temos que nos esconder? Tenho certeza de que posso matá-lo com um movimento. — Recebeu um olhar fuzilante de Vida, seguido de uma careta arrogante.

— Não pode nem deve! Aquilo ali é além de um sentimento! É um religioso. Não vê seus traços, cegueta? Só pode ser um orador! — disse, animada.

— Não tenho a paciência necessária para tamanha aventura pelo Deserto. — concluiu. — Vamos apenas seguir o nosso caminho.

— O quê?! Não creio nisso, minha cara amiga! Não creio no que disse! Ele é um religioso! Ele faz a Religião! É uma utopia, uma fantasia! Ele nos mostrará a parte que procuramos de Humanidade! Oh, Deus, que benção! Pensei que demoraríamos anos! – exclamou Vida, vibrante, enquanto se levantava. Puxou Má Sorte pelo braço e começou a correr, o que quase a derrubou. Seguiam em direção ao vulto, e Má Sorte só podia pensar que não tinha algo a perder ou uma razão para permanecer ali, o que não deixaria Vida tão alegre assim. – Olá, senhor! – Vida gritou, alarmando o homem, que cavava no camarção. Ele olhou de soslaio, o que deu a elas boa visão de sua face. Estava aturdido. Sua pele era negra, seus cabelos estavam cobertos por um longo manto branco, e tinha uma barba que devia estar há anos por fazer. Seus olhos eram da cor dos troncos de árvores. – Eu sou Vida, e essa é Má Sorte, minha colega. Estamos procurando por Religião, e pensei que o senhor poderia nos ajudar.

– Pois não posso – o homem disse, virando de costas e saindo a andar, sem olhar para trás. Vida o seguiu correndo, levando Má Sorte consigo.

– Por favor, minha filha está há tanto tempo incompleta! É um pesadelo, o que será dela se continuar assim? Sempre digo à minha camarada aqui as desgraças que me tomarão se perder mais uma cria, em idade tão adulta! O senhor deveria me ajudar, sei que é um religioso, todo religioso tem princípios.

Essa última frase dramática de Vida deve ter mexido com a alma dele, pois parou, olhou para baixo, para cima, e então para o lado, encarando-as. Abriu a boca e nada saiu; fez de novo e a voz veio.

– Veja, Vida, não quero problemas. Meu povo já os tem demais. Mas farei o que estiver ao meu alcance para ajudá-la. Diga-me logo, pois tenho que voltar para Israel ainda este mês. – Sua voz soava apressada.

– Voltará! É um devoto, não é? Sempre simpatizei com seu povo. Acho dos mais amigáveis, não é, Má Sorte? Aliás, é uma pena esses escândalos, fico sabendo de todos. A propósito, qual seu nome? Ainda não nos disse. Eu lhe disse, querida, que ele seria gentil? É nossa salvação.

– Chamo-me Maomé. O último dos profetas e mensageiro de Alá, nosso único, poderoso e misericordioso Deus. Que viva para sempre nos reinos do Paraíso. – Ele fechou os olhos para recitar suas frases.

– Maomé, Maomé... – Vida repetiu com uma careta, analisando cada letra. – É um bom nome! Tenho certeza de que já o ouvi antes. De onde é, senhor? Ah, pois sei! Não é muito longe daqui, é? Uma cidade de comerciantes, é de onde veio! Disse-lhe que não era uma miragem, Má Sorte. Que acha deste bondoso religioso? – Virou-se para Má Sorte, desafiando-a a não responder, porém com mais um de seus simpáticos sorrisos.

– Não sei, mal o conheço... – Foi sincera.

– Perdoe-a, Maomé. Minha amiga não sabe o que fala, é uma bárbara! Acredita que veio dos reinos? Pior lugar não há! Tanta vadiagem e ganância, o senhor os deve repudiar!

– Não repudio ninguém, Vida. Não é o que meu único, poderoso e misericordioso Deus desejaria. Mas odeio, sim, os seus atos. Amo o pecador, não o pecado. – Logo, o homem já tinha um semblante calmo e pacífico. Vida causava esses efeitos nas pessoas, fazia com que se sentissem como se já a conhecessem há tempos.

– Quanto amor! Quanto amor! Que exemplo! Que exemplo! Olhe, Má Sorte, deveria ser como ele, talvez ainda se converta. Ela, senhor, como dos reinos, seguia o que sua senhora a mandava seguir. Era uma religião sem nexo, sem sentido. O senhor poderia lhe ensinar suas teorias. A mim, não! Já sei demais, conhecimento tem um limite, sim? É o que eu acho, é o que eu acho. Um doutor um dia me disse que não havia, principalmente para mim, tão poderosa. Balela, meus caros amigos, só queria me enganar. Ele extorquiu meu dinheiro e fugiu com ele, pois me fez pagar por aquela consulta. Mas tudo que vai volta, não é, Maomé? Ele foi enforcado dois dias depois, não por minhas mãos, nunca! Pelo povo. Ele era um grande fanfarrão, sim? Aliás, poderia nos levar até Religião? Estamos há dias no caminho, nunca chegamos. E sou pouca só para tanta responsabilidade, diferente do senhor. – Vida despejava as falas como navalhas.

– Claro, claro, desculpe-me. Seguiremos por aqui. – Apontou para o oeste. – Mas não posso ir longe. Porém lhes darei todos os macetes e nunca vão se perder. Vamos?

– Mas é claro, Maomé! Logo se vê que é de grande bondade! – Começaram a caminhar, sentido oeste. – Esse sol está me matando. Tenho estado aqui no deserto faz séculos, mas mesmo assim é como a primeira vez. Minha pele queima como fogo. O senhor deve estar acostumado. Má Sorte veio de uma terra gelada, onde fazia invernos rigorosos! Mas é forte, nunca a vi reclamar uma só vez! Diferente de mim, é claro, sou muito comunicativa, como já deve ter notado. Acho que é uma virtude! Quem tem boca vaia Roma! Ou era "quem tem boca vai a Roma"? Pouco importa, Maomé! Creio que nunca ouviu esse ditado antes, não é de seu povo. Ou estarei me enganando? Não, não estou...

Má Sorte desligou seus ouvidos. Não queria ouvir as ladainhas de Vida, inúteis e desnecessárias. Tinha certeza de que Maomé fizera o mesmo. Parecia cumprir todos os elogios que Vida lhe direcionava, mas Má Sorte pouco confiava naqueles dias. Em segredo, mantinha planos para a saída até o encontro de sua utopia. Estava pronta para qualquer risco que tomariam seguindo pelas trilhas desconhecidas.

Não sabia para onde estavam indo e não entendia o que Vida tentava lhe ensinar sobre o que estavam buscando. Não importava, afinal. Sempre vivera assim, sem rumo, como qualquer pessoa normal, e não ligava em continuar.

Anoiteceu, e Vida, extasiada, não parou um só segundo de falar. Má Sorte se mantivera quieta, como sempre, e Maomé estava mais animado que ela, porém não tanto quanto Vida. Ele recitava versículos de um livro que dizia escrever: o Alcorão. Contou as histórias sobre seu Deus, sobre suas glórias, sobre a honra que sua religião teria. Eram assuntos pouco importantes para Má Sorte. De religião, mesmo ouvindo pouco, já ouvira muito.

Maomé indicou que deveriam descansar, causando irritação a Vida, que não queria perder tempo. Logo concordou que seria sensato não se sobrecarregar, e sentaram num lugar qualquer.

– Querem pão? – Maomé ofereceu, estendendo o alimento amarelado e meio mofado a elas. Má Sorte recusou, não tinha fome, porém Vida aceitou de bom grado. – Antes de comer, deveríamos orar. Nosso Deus, único, poderoso e misericordioso, se alegraria com esse ato.

E então, pôs-se a falar um discurso tão melódico que parecia uma canção. Era mais ou menos assim:

Em nome de Deus, o Clemente, o Misericordioso:
Louvado seja Deus, Senhor do Universo,
Clemente, o Misericordioso,
Soberano do Dia do Juízo
Só a Ti adoramos e só de Ti imploramos ajuda;
Guia-nos à senda reta,
À senda dos que agraciaste, não à dos abominados, nem à dos extraviados.

– Bravo! Bravo! – Vida quase gritou, entusiasmada. – Belíssimo, Maomé! Um dos melhores! Pouco sei de orações, não me faz falta, mas o que conheço posso dizer que salvaria por uma

eternidade e talvez até mais! Não é, Má Sorte? Um dia conheci um cristão, ele me recitava Salmos, era uma benção, literalmente. Dormi por dias ao som daquelas lindas palavras... – E continuou. Má Sorte parou para observar Maomé, o melhor que podia fazer, e ele parecia cansado. Feliz, porém meio onusto. Seus olhos mantinham-se meio abertos, meio fechados, mas um sorriso calmo e sorrateiro deixava sua fisionomia mais atrativa. Ainda comia seu pão, fatiando-o com as mãos e engolindo pedaço por pedaço. – Já ouviu falar do cristianismo, senhor?
– Sim, claro. Respeitosa religião a deles, porém seus princípios não se dão com os meus. Não temos paz. Nunca – Maomé disse, já quase se entregando ao sono, cheio de bocejos.

As ruas pelas quais passávamos eram as mais belas. Amarelas pinturas de anil nos caracterizavam como um só. E as paredes, de barro, as mais modernas, nunca caíam sobre nós; o contrário, mantinham nossos sonhos. As praças, arborizadas, lembravam- -nos de que o mundo melhorava para o próximo, pelo próximo, não mate o próximo. E as pessoas sorriam para nós como se fôssemos infinitos. Suas mãos atadas às minhas eram uma fotografia de paisagens do além. Minhas risadas eram para o país, para você, pelo nosso amor, pela nossa religião. E eu sentia o meu vestido esvoaçar, enquanto tomava meu picolé. Você ria e dizia: "Pare de bobagem, vai tudo ficar melhor". Foi um tiro na cabeça, na barriga, no coração, quando veio a falecer. E juro que tentei acreditar em tuas últimas palavras, embora fosse impossível. Porque eles nos tinham como canhões.

E era a Síria, minha terra, do patriotismo que passou longe. Éramos os melhores, os mais belos, para os mais frágeis numa ajuda. Agora, com os monstros, não somos mais. E tua boca, rosada, que dizia tanta coisa, hoje não diz mais nada.

Quando as bombas, gigantes, do outro lado do mundo, caíram, já não sonhava com um mundo melhor, como me disse que seria. Mas eu não tinha medo, porque, enquanto eles caíam como montanhas, nós acendíamos como cristais. E no meio de toda aquela miséria, o seu rosto resplandecia. Porque, aqui, nesses grãos, nesse deserto árido de nunca mais podridão, o qual você tanto odeia, mas eu tanto amo, foi aqui que surgiu toda a sua religião. Porque Deus é árabe, falta ver. Também Alá, no universo fora da sua TV. E meu sorriso hoje, ao lado de tua tumba, a mais funda, mesmo sem razão ou opinião, famigerada pelo seu dó e piedade, me mantém, porque as ruas pelas quais passávamos eram as mais belas. Amarelas pinturas de anil nos caracterizavam como um só.

– É uma pena. Quero um dia conhecer Jesus. Tanto já ouvi falar desse homem que me intrigou muito. Como um ser humano, creio eu, conseguiu mudar o mundo? Bem, ele teve amigos, não é? Mas, mesmo assim, muito pouco para bilhões de mentes. Que acha disso, Má Sorte?

– Não quero conhecer Deus algum. Pretendo viver muito tempo ainda – respondeu, franca.

– Mas é uma fatalista, mesmo. Eu não, Maomé. Sou da mais positiva! Se pudesse, conheceria cada criatura, divina ou não. Seria muita gente, suponho. E mesmo assim seria tão pouco. Tão pouco, tão pouco. Veja, não sou pessimista, mas venho me contaminando com a doença do século. Isso é essencial, para uma alma moderna como a minha. Estar sempre evoluindo de acordo. Apenas não entendo por que dizem que hoje são todos mais tristes. Infâmia, Maomé, infâmia. A depressão sempre existiu, o ser humano sempre chorou e continuará chorando. Eu sou a Vida. Eu já vi de tudo em pessoas. Das mais felizes às mais tristes, e felicidade nunca existiu. É minha conclusão, é minha conclusão, embora não seja uma estudiosa para depor... – Maomé, a esse ponto, já dormia. Sentado, sua cabeça apoiada nas mãos. Não roncava, apenas seus olhos se fecharam. Má Sorte o observou, ainda pronta para um encontro ao seu destino. Vida estava distraída demais com suas divagações para notar.

Então, após meia hora, mais ou menos, com Vida ainda discursando e Má Sorte extremamente entediada, deram um pulo para trás quando Maomé, que já se encontrava deitado, abriu os olhos de repente e eles se arregalaram, com um brilho branco o tomando. Pôs-se de pé e Má Sorte já tinha um pé para fora do acampamento, pronta para se jogar em cima de seu próximo caminho, mas Vida tocou seu braço, num sinal de contê-la. Ele não olhou para os lados e seguiu correndo para outra duna, Má Sorte agradecendo por ter saído e Vida, admirada, falando que nunca vira aquilo antes.

– O que é? Para onde ele foi? – Má Sorte questionou, quando este já estava muito longe para ouvi-la.

– Acho que Deus está tentando falar com ele. Está profetizando. Não pensei que viveria para ver.

– Isso é extraordinário, devemos nos manter afastadas do estranho.

– Nem pense em algo assim, querida.

– Pois estou.

Má Sorte seguiu a sombra de Maomé com os olhos, mas ele já tinha ido, não restara mais nada para acompanhar. Ficaram em silêncio, o que era uma raridade, e se perguntou o que Vida estaria pensando, ou o que estaria fazendo Maomé, o escolhido por Alá.

– O que devemos fazer? O mais ajuizado seria deixá-lo. Vamos seguir caminho. Você continuará seguindo a Deus, então estaremos em nosso destino – Má Sorte disse, as mãos no colo, olhando para oeste, direção à qual iriam.

– Não consigo mais. Deus está com ele. Só Maomé saberia me indicar, ou outro religioso, o que não tem aqui. O mais ajuizado seria esperá-lo. Uma hora voltará, sei disso. É um homem sério e de palavra.

– Não ficarei aqui aborrecida esperando, esperando, esperando. Talvez demore horas, e o que faremos? Deixaremos os lobos nos comerem? – Má Sorte reclamou, estava para baixo. Todos aqueles acontecimentos haviam-na chateado muito, e naquele momento desejou nunca ter saído da cama na manhã em que Princesa Loura a mandou ir embora.

Princesa Loura. Princesa Loura... só mais uma lembrança.

O tempo passa, o ponteiro do relógio nunca para num só lugar. Agora, me dê uma razão para viver. Quando não se tem mais você, me dê algo para eu não morrer. Diga-me quem seguir, pelo que sofrer. O que fazer nas tardes vazias e em quem pensar nas madrugadas. Eu não sei mais nem como morrer.

Não! Amaldiçoou a si mesma, não seria mais uma vítima! Não seria mais uma daquelas almas zombeteiras, que correm atrás de um mínimo de aventura, como uma conversa fora com um desconhecido. Negava-se a ter um fim tão triste assim! Ainda tinha pelo que lutar, é claro que tinha. Enquanto ainda tivesse injustiça, enquanto ainda pensasse, enquanto ainda penasse, teria pelo que lutar. Teria mais um motivo para acordar. E não seria Maomé ou Vida que a fariam tão triste e desistente, embora soubesse que a culpa era só sua.

– Eu devia ir para o Palácio de Versalhes – pronunciou, cortando o vazio. Olhou para Vida, que se mantinha estática, sem

mover os olhos, parados no caminho que Maomé fez. – É no deserto. Eu tenho um lugar lá.
  Vida não lhe respondeu, nem se mexeu. Após poucos minutos, abriu a boca:
  – Sei onde fica. É longe daqui, mas vale a pena.
  – Acho que é para lá que vou. Não tenho mais nada com aqui.
  – Você prometeu que me seguiria. Que reconstruiria Humanidade comigo, e isso é a maior honra. Não vê o quanto é agraciada? Você prometeu! Não pode ir agora, não vou me isolar desse modo. Não aceito! Eu sou a Vida, a melhor das companhias, o seu pilar. Sem mim, não existiria Deus nenhum! Vá embora e amaldiçoada seja! Ser nenhum a olhará e sua existência se virará com o vazio! Será uma vergonha para a pele que habita, o ar que te rodeia e a água que bebe. Traidora. Que dirá agora? Vá, pode continuar seu caminho! Se fizer, então terei certeza de que é descabeçada, mas conhecerei também sua coragem. Medrosa! Não está indo por quê?

Me enterre, se ferre, se amordaça. Me mostre os sentimentos de pena, serena casticena que o padre não gostou. Diga a ele que venha quente, mal corrente, pouco vivente de uma vida que também odiou. Diga a Deus que o mundo é pequeno, esquizofrênico e maldito dos demônios que plantou.
  É ridículo, vínculo que mal diz que o Demônio falou. Somos feitos de mostarda, bastarda criatura que Deus criou. E vem dos céus, do mar, do ar que se respira e da água que se aceita.

  – Porque tenho medo. Porque sou medrosa. – Má Sorte se encolheu, porém encarando Vida nos olhos. Nunca a tinha visto naquela forma, falar com tanta firmeza. Ela disse tão belo que sabia que num raio de mil quilômetros todos a puderam ouvir.

Seu rosto tinha se contorcido numa face severa, que não combinava com seu espírito aventureiro. Seus olhos brilharam de um modo cruel. Embora nunca tivesse visto Deus, sabia que, naquele momento, tiveram o mesmo olhar. De algo imponente e ambicioso por desafios, ambicioso para mostrar seu poder a algum mortal. Vida sabia assustar quando queria. Não era sua melhor forma, mas não deixava de ser uma. – Ficarei aqui até quando chegar minha hora, então irei embora e o Palácio estará me esperando.

– Sabia que não ia me decepcionar – Vida falou, já esquecendo seu drama anterior. Seu sorriso descontraído voltara ao lugar de onde nunca devia ter saído. Olhava Má Sorte com felicidade. A melhor das companhias é também a mais complicada, e o pilar mais fácil de quebrar. Com um murro já teria ido embora, murro este que podia ser uma palavra errada ou um passo para fora.

Nesse segundo, quando Má Sorte ia responder alguma bobagem, ouviram passos. Ambas olharam em volta, crentes de que Maomé voltara, ou Religião se apresentara, talvez até Deus tivesse ido vê-las. Mas era apenas um lobo local. Não era como os nórdicos, que Má Sorte se acostumara a ver. Era amarelo, sua pelugem se confundindo com a areia. Idêntico ao que a atacara. Idêntico não, era o mesmo. Emanava o mesmo calor de adrenalina. A mesma sensação de Inferno ou Céu.

– Liberdade – proferiu, enquanto a mesma se aproximava e a encarava fixamente.

– Tenho alergia a esses bichos – Vida disse, coçando o nariz. – Um médico um dia me receitou um antialérgico. Bobão, mal sabe ele que minha alergia vai muito além disso. Mas reconheço, já vi esse ser antes. Estava em Paris faz poucos dias, não é? – Virou-se para Liberdade. – Sim, sim, estava. Reconhecer-te-ia por mil anos. Lá estava, quero dizer, está em guerra, Má Sorte.

Pois deveria é ter ido para a América ou viajar por este continente, mesmo. Precisam mais do que um bando de comprados pela burguesia. Mas, bem, rebelião é rebelião. E sei, Liberdade, que não escolhe onde aparece. És só uma consequência do que o povo faz. Não queria ser você. Não mesmo. Ser só uma parte avulsa de algo maior. Mas saiba, Má Sorte, que Liberdade aqui é uma das maiores poetas. Escreveu-me isto quando nos encontramos em Paris:

Companheiros de arma, celebrem a vitória! Contra quem? Contra o quê? O que fazemos? Deus vem, Deus vá, e como você morrerá? Deus vem, Deus vá, e para onde iremos quando percebermos a morte que nos tomou? Companheiros de arma, se a vida é bela, mas a morte, se Camille é Robespierre, mas Antonieta, as três cores me tomam no coração, do calor da razão, do suspiro, longa vida ao rei!
Que rei? Paspalho. Extorquiu meu dinheiro. Extorquiu a dignidade. Fanfarrão. Mas me tenha, porque ainda não fui. Me tenha porque ainda estou aqui. Por você, ainda que não, por eles, ainda que não me importe, Deus vem, Deus vá, e onde você morrerá? É porque a vida é plena, mas a morte. Companheiros, às armas! Nossa luta nunca acabará as aspirações de nossas mentes.
Deus vem, Deus vá, e com qual dignidade você morrerá?

– Não sabia que iria morrer por uma poetisa – Má Sorte disse quando Vida acabou de ler o texto. Seus olhos teriam caído sobre a loba se Maomé não tivesse interrompido de modo rude, agitado. Entrara no círculo de sarau que tinham feito sem querer, com gestos exagerados.

– Eu tenho que ir! Eu tenho que ir! Pois não é que Deus me falou planos de seu reino? Devo seguir agora mesmo! Terminar o Alcorão, terminar o Alcorão! Eu tenho que fazer isso, e reunir meu povo, e minha religião, a mais forte, Senhor, piedade!... Vocês! Sim, vocês! – Apontou para cada ser presente ali. Apenas as três e ele. – Não posso mais ajudar, meu Deus me fez um destino mais forte. Mas lhes indicarei o caminho. Não, o caminho não! Eu lhes indicarei outro alguém, este vai ajudá-las! Mas agora tenho de ir! Não tenho tempo, não tenho tempo, não tenho tempo! Tenho de me despedir, ainda agora seguirei meu caminho para Israel! Vida, ó, Vida – aproximou-se dela, com um sorriso gigante estampado, e pegou-lhe as mãos –, agradeço pelo conhecimento de ti! Má Sorte, digo o mesmo. Ó, cara loba, nem sei quem és, mas já tenho de dar tchau! Deus as abençoe! Deus abençoe todos vocês! Mas cá entre nós, Vida, siga de onde eu vim e verá um arqueiro. Fale com ele, é um dos representantes de Religião. Não há segredos. Segredos, segredos, não há segredos! Afobação é tanta que já tenho de ir. Adeus, caras amigas! Já me vou indo! Adeus, adeus! – gritava, enquanto se afastava.

 Má Sorte olhou para Vida, que o observava aturdida, ainda assimilando o que tinha acontecido. Abrira a boca, mas nada falara, ele já se tinha ido. Olhou de onde viera; não havia pegadas, o vento as cobrira de areia. Depois de encarar o caminho para onde ele tinha ido, sorriu minimamente. Olhou para Má Sorte.

 – Vamos? Estou ansiosa para cumprir essa parte.
 – Vamos – respondera. – Não vamos chamar Liberdade?
 – Não. Ela tem mais o que fazer, não seremos um peso para suas patas. – Rira. Pegou a mão de sua companheira e seguiram para a direção de onde Maomé tinha vindo. Má Sorte olhou uma última vez para trás, o suficiente para ver Liberdade seguir sentido contrário, com grandes olhos tristes.

– Um arqueiro... um arqueiro... vê algum arqueiro por aqui? Não vejo ao menos um movimento. Que terra parada, depois me perguntam por que prefiro as tribos. Lá tem tantas festas e celebrações que não dá para acreditar que algum ser consiga ser feliz sozinho! Isso é uma indireta para ti, Má Sorte. Que tem a dizer sobre isso? Nada, não é? Você nunca diz nada. É tão estranha e...
– Cale-se! – Má Sorte avistara uma figura a alguns metros. – Ali. – Apontou.
– Deus meu! – Vida exclamou. – Como não vi antes? Mas a cegueta agora sou eu. É um arqueiro! Ele mesmo. Vê como é belo? Sempre admirei arqueiros, parecem trazer nobreza para onde quer que vão. De qual esporte você gosta? Bem, eu não gosto de esporte algum, embora ache lindo quem faça. Que tem a dizer?
– Tenho a dizer apenas que deveríamos nos aproximar. Ele pode ir embora a qualquer momento e você sempre falou demais.
– Boboca, só interajo, diferente de outras almas. – Lançou um olhar debochado para Má Sorte. – Mas tens razão. De que vertente acha que ele é? Vamos, vamos logo, por que ainda está aí estática? Como ia dizendo, cristão não é. Creio que é pagão, sua pele é tão branca para ser daqui. Olá, senhor! – Aproximara-se do homem, que estava mirando uma estrela.

Realmente era branco, mas não tanto. Bronzeado, por melhor dizer. Seus olhos eram dourados, como o mais brilhante raio de sol, com pequenos riscos prateados, como os de uma constelação. Não exprimiam nada além de cansaço e tédio. Seus traços eram como os de um herói grego. Aliás, era muito parecido com um. Usava uma toga bege, sem ser suja, fora tingida. O arco e flecha eram de madeira comum.

– Olá? Que tens com olá? Uma saudação, nada mais, mas creio que não quer me saudar. Diga-me, seja sincera, não me magoarei. Faz tanto tempo que fui esquecido, que nem me importo mais. Veja, quantas homenagens viu hoje em meu nome?

Alguém que não seja ridicularizado quando diz que me crê? Pobre eu, mas não me aborreço. Mudam-se os tempos, mudam-se as vontades, o melhor soneto. Gosto de sonetos. Poesia, musicalidade, ritmo. Divagar sobre o universo. Que tens a dizer?

– Pois já noto que o senhor é um tagarela como Vida.

– Cala-te, Má Sorte. Tem toda a razão, senhor. Ela é uma debochada, uma pessimista. Digo isso a todos que a conhecem. Azar meu tê-la como parceira, mas não reclamo, tenho muita sorte de tê-la encontrado. Andava tão sozinha que chegava a doer. Porventura, chamo-me Vida. Esta é Má Sorte. Maomé indicou-me o senhor, quem és? Estou à procura de Religião, ele me disse que o senhor saberia onde ela está.

– Sou Apolo, o deus grego, romancista, da razão, ordem e música. Não me espantaria se me falassem que não me conhecem, ninguém mais se interessa por mim! Antes, tão adorado, papai, o deus mais civilizado, e hoje, reduzido a pó. Mas, Vida, diga-me, essa não é a sua melhor coisa? Ser imortal e esquecido? Deixado para trás a fim de poder observar a desgraça?

– Não, não é, ainda este maio conversava com Má Sorte sobre isso. Mas, Apolo, a Religião. Estou desesperada por ela, apenas ela poderá completar minha filha, Humanidade.

– Ah, sim. Ainda temos muito que conversar. Veja, vamos andando, daqui a algumas milhas tem um bar, um dos melhores do Vasto Deserto. E, bem, não consigo achar Religião sozinho. Como já lhe disse, meu poder enfraqueceu demais com a chegada daquele metido do Cristianismo. Mas tenho amigos, contatos. Um deles está por aqui, acabei de vê-lo. Podemos pedir ajuda, e, com os poderes juntos, iremos até o infinito. E acompanharei as senhoritas até o final de sua jornada, adoro aventuras. Depois de um tempo parado, anseio pelo suor.

– Você disse bar? – Má Sorte perguntou, não ouvira nada além daquilo. A ideia de um recinto com várias pessoas lhe parecia longe demais, depois de tempos tendo como única companhia Vida (que, apesar disso, valia por dez).

– Sim, sim. Não muito longe, não muito longe. Alguns maios, às vezes. Mas, Vida, fale-me mais sobre sua filha. Era uma de minhas melhores devotas.

E fizeram conversa fiada por muito tempo. Má Sorte desligara-se, não se importava com suas vadiagens. Ainda estava atônita pela aparição e desaparecimento rápidos de Maomé. E de Liberdade. E sua cabeça ainda ia até Rainha Hipocrisia e voltava.

Não estava mais tão instigada por criaturas estranhas. Não confiava em Apolo, porém não mantinha a faca rente à mão, como fizera com Maomé. Acima de tudo, estava em paz.

Capítulo 3

Não pararam um só segundo para descansar. Ninguém reclamou, gostavam daquela rotina sem pausa, principalmente Vida. Na longa andança, Má Sorte fora deixada de lado, mas não se importava. Os dois amigos estavam tão felizes juntos, e sua cabeça só emanava o silêncio, e aquilo era tão mágico e próspero. Não ouviu nada do que falavam. Apenas fofocas, nada além.

O deserto era o mesmo, e ficou assim por dias. Três pores do sol, em todos Apolo elogiou e contou como costumava exercer aquela função de astro supremo, até a ciência chegar. Má Sorte contara sobre seu amigo, e o deus respondeu que ele era fruto de teorias, metido demais para palavras sem fé. Diferente dele, que era feito de convicção.

Enquanto conversavam sobre crença, o maior movimento de corpos que Má Sorte já avistara no Vasto Deserto a surpreendeu.

– O bar que lhes falei! – Apolo disse, entusiasmado, enquanto entrava na construção.

Não era luxuosa. Parecia um grande mercado de peixe, com lonas listradas azuis e brancas, gritaria e paredes de tábuas desgastadas. De fora, dava para sentir o fedor do álcool e ouvir a música vulgar. Um homem gordo, vestido de roupas baratas europeias, saiu cambaleando, apoiando-se no batente da porta dobradiça.

Quase caiu na areia e logo avistou as duas figuras solitárias que eram Má Sorte e Vida. Má Sorte puxou sua faca e ia atacar, mas Vida colocou seu braço na frente silenciosamente, repreendendo-a. O sujeito correu mancando até elas, bebum como estava, e apoiou-se no ombro de Vida (se fosse ao de Má Sorte, perderia os braços). Abriu sua boca e o cheiro de cerveja contaminou a atmosfera.

— Eu... eu... eu amo vocês! — Sua voz era a pior. Talvez um dia fora sedutora, mas a bebida a fizera velha e incerta.

— Também te amamos — Vida disse, numa falsa simpatia, empurrando-o com leveza para o lado.

— Não... não... não entrem lá! Olhem o que fizeram comigo! — Nesse momento, o cidadão começou a chorar. Perdera toda sua dignidade de macho. Vida, agora livre de seu corpo, ignorara-o e seguira em direção a Apolo, que as deixara havia tempos. Má Sorte a seguiu lentamente, de costas, para ver o homem se levantar, resmungando, sua blusa, encarando-a com pesar. Uma grande cicatriz vermelha o marcara, formava as palavras: "*Seigneur, aie pitié de nous. Nous constatons des morceaux de viande que nous connaissons*" (Senhor, tende piedade de nós. Somos pedaços de carne achando que temos consciência). Sua barriga grande abrigava com conforto as frases.

Deixou-o para trás e partiu, abrindo a porta com cautela, a faca em mãos, caso fosse uma armadilha. Não era. Dentro, não era tão diferente quanto fora. Um bando de nojentos se amontoava pelas mesas redondas, dispostas por toda a sala. Num canto, um balcão com vários copos de vidro, taças e champanhes. Um garçom enfeitado como americano preparava vários drinques, debruçado. Uma porta branca, bela e limpa, estava na parede da direita, mas não chamou a atenção de Má Sorte, que fora capturada pelas personalidades presentes. Mulheres vestidas com vestidos curtos e vermelhos sentavam em homens vomitados e molhados. Todos gritavam apostas, jogavam seus copos para cima, alguns até subiam nas cadeiras para se jogar. O cheiro era de mijo, vômito e drogas.

Percorreu seus olhos pelo salão, até encontrar Vida e Apolo, sentados em banquetas. Bebiam líquidos azuis vibrantes e conversavam animados, como fora por todo o caminho. Aproximou-se deles e chamou por Vida, dizendo que ali não era um bom lugar e perguntando se poderiam ir embora.

– Poxa, Má Sorte, acabamos de chegar. Não é, Apolo? É claro que é. Sabe, você devia fazer amigos. Aqui não tem boas influências, mas é um começo. Siga em frente, converse. Vê aquele homem ali? – Apontou para um indivíduo cabisbaixo, sentado sozinho, encarando sua cerveja com tristeza. – É um dos melhores. Bem, considerando o lugar, não diria algo assim. Você amaria uma conversa com ele, tem tanto o que ensinar!

Má Sorte não queria ficar ouvindo Vida e Apolo dialogarem. Sem escolha, voltou-se para o senhor de meia-idade, barba cinzenta por fazer, e ele não se mexeu. Má Sorte sentou-se ao seu lado. Nada disse, não foi preciso. Ele quem começou a conversa.

– Vá embora. – Diferenciou cada sílaba por tom. Singelo, sincero e impaciente. O retrato de seus sentimentos sobre toda a situação. – Vá embora.

– Melhor não. Minha amiga me mandou vir conversar com você, arranjou um novo namorado e te daria um prêmio se adivinhasse o que acontece depois.

Ele nada respondeu, virara-se à sua posição inicial.

– Sou Má Sorte. Quem é você?

– Importa? – pronunciou. Quando acabou a última letra, o pior. Contraiu-se, apertando suas mãos contra os ouvidos e se embolando como um tatu. Gritou, nada de palavras audíveis, apenas um sopro de voz, um berro pedindo por ajuda. Má Sorte nada fez, além de admirar a tragédia e pensar o quão coitado o doido era. Demorou apenas alguns segundos para voltar a seu aspecto infeliz de antes. – *Que tal, todos nos matamos e os problemas do mundo acabam?*

– Que disse?

– Eu? Nada disse. Foi minha maldição.

– Que maldição?

– EU SOU POETA. Meu nome é Poeta. Era apenas um normal apaixonado pela harmonia, quando, quão desvairado fui, entrei num caso com Literatura, a mãe de todos nós. Disso surgiu Poesia, minha filha. Literatura não aceitou ter surgido um ser de tão indecente relação e me amaldiçoou! Agora as vozes em minha cabeça nunca param! Continuam com seus versos até o fim de meus dias! E nesse jogo, nem sei por onde anda minha cria ou minha amada, que me afugentou de seus aposentos. Agora sou só um calamitoso, à procura de diversão.

– É uma história triste, mas te contaria mais duas se me pedisse. – Má Sorte não tinha paciência com o vitimismo do mundo atual. – Sabe onde encontro Religião? – Vida se orgulharia dela se a ouvisse.

– Claro, naquela porta ali. – Apontou para a porta branca. – Não, não, estou brincando. – Puxou-a pelo braço, vendo que estava se direcionando para lá. – Não sei onde encontrar Religião. Já a vi várias vezes, é claro, mas não existe um caminho certo. Bem, se existisse, continuaria perdida. Este mundo é sempre o mesmo.

– Não, não. Do Norte, de onde vim, tinha um castelo a cada passo. A moda mais bela que já existiu.

– Bem, garotinha, seu mundo é outro. Parabéns, merece congratulações por isso.

Calaram-se. O momento durou alguns minutos, o suficiente para Má Sorte investigar Vida e Apolo, que não mudaram em nada, e os outros prisioneiros naquela grande prisão.

– Há quanto tempo está aqui? – Má Sorte perguntou, suas mãos indo para o copo de bebida à sua frente. Queria parecer casual, durona, embora não soubesse o último a beber no mesmo bico. Aquilo, o que quer que fosse, desceu ardendo. Não tossiu ou cuspiu.

– Nem sei. Por aqui o tempo não passa. É sempre o mesmo, vazio esmo da solidão. – Suspirou. – Por que está procurando por Religião? Não parece os crentes que procuram pelo Céu.

– Minha amiga, aquela lá – gesticulou para Vida –, sua filha precisa de Religião para se restituir. Senão será a mais infeliz das criaturas, suas palavras.

– Já ouviu falar de Mãe Literatura? – Desviou-se do assunto, vendo que o rumo que iria tomar não era um dos mais perfeitos.

– Já. – Princesa Loura lhe falara algumas vezes sobre a relação que mantinha com seu reino, e sobre o comércio. Questões de Estado. Porém pouco sabia, aquém de que era uma mão de vaca, mas seus súditos eram os mais obedientes de quase todo o mundo. – Minha namorada me contou sobre ela. Princesa Loura.

– Nunca ouvi falar.

– Não é uma surpresa. Não era muito popular. Ela me aposentou, filha da puta. Eu era sua serva, sua matadora. Mantinha o reino longe dos sete perigos afora do portão. Meu trabalho requeria coragem, paixão, fogo, vivência. O mais insubstituível. Substituiu-me fácil, por um duque sei lá das quantas. Eu gostava dela, sabe? Eu gostava do seu amor, de sua afeição por mim. Mas creio que não era amor, não sinto mais nada por ela, e amor não se acaba assim. Entretanto, que sei eu de amor? Nunca o encontrei. – Estava atormentada por um desabafo. Apenas um, para alguém que não a ouvisse. Apenas um relatório falado sobre tudo que lhe acontecera em tão curto espaço de tempo. – Agora, conte-me uma história sua.

– Eu... eu... eu sou só mais um miserável. Cresci num reino, também. O de Mãe Literatura, obviamente. Quando nasci, ela já era uma mulher. Sua maturidade me encantava. Logo eu, que sempre admirei o luar, ficar sentado no batente esperando por algo a mais. Presumo eu que minha situação se iguala à sua com sua princesa. Começamos um relacionamento, o servo e a rainha, como no conto de Cinderela, e não tinha conjuntura mais bonita que aquela, mais lírica. E, bem, madrugada vem, madrugada vai, surgiu Poesia. Dos seres, a mais bela. Tem de conhecê-la um dia, Má Sorte, seu jeito de falar é o mais impressionante. Seu modo de pensar, fantástico. Meu maior orgulho, porém não o de minha querida. Ela já tem filhos célebres, não precisava de um com um mero camponês. Embraveceu-se tanto comigo quando Poesia surgiu que me lançou a maldição. A cada palavra que ouvia, um verso em minha mente. Nunca teria paz, a modo de me humilhar por uma noite de sono. E agora estou aqui, encarcerado em minha própria meditação.

– E como chegou aqui?

– Mãe Literatura se tempestuou tanto que me expulsou de seu feudo. Poesia ficou para aqueles cantos, nada aconteceu a ela, espero. Era melhor a deixar lá, que mãe ousaria encostar em seu próprio filho? Eu vagueei, andei, refleti. Cheguei aqui, onde vivo, consternado, à procura da satisfação.

– Acha que vai encontrá-la aqui?

– Eu já encontrei. Estais vendo isto aqui? – Balançou a taça em sua mão. – Me tira a dor de cabeça. Dor de cabeça. Dor de cabeça.

– É um dos melhores loucos que já conheci – Má Sorte disse, maravilhada. Não conhecera muitas personalidades em sua vida, mas tinha certeza de que nem em mil anos encontraria uma como aquela. – Leia-me um de seus versos.

– O quê?

– Disse que fazia versos como fazia opiniões. Pois bem, conte-me um deles. Faz tempo que não ouço algo tão musical quanto a prosa.

– Quer mesmo? Mais adoidada que eu. Que seja, vamos, por ventura.

4:36
4:36
Pulei da janela
e matei mais três
4:36
4:36
A polícia não me pegou
mais uma vez
4:36
4:36
Em minhas mãos,
meu destino se desfez
4:36
4:36
Viveria foragido
até o último mês
4:36
4:36
Já faz muito tempo
que essa terra tem escassez
4:36
4:36
E em minha mente,
não há leis
4:36
4:36
Sentiria o sangue
rodear minha tez
4:36
4:36

E para você,
assassinos são como reis
4:36
4:36

– Estupendo! Extraordinário! Que significa?
– Que significa? Sei lá eu. Considero a narração de um assassino em série, em fuga do governo.
– E por que 4h36? Que tem com esse horário?
– Nada! Pois, Má Sorte, não se pede para um poeta explicar sua poesia. É impossível.
– Só escreveu pela musicalidade, então?
– Que seja.
– Mostre-me mais. Não me saciei. E olha que tenho um dos melhores paladares de todo o Vasto Deserto. – Fez graça.
– Só lhe acredito vendo. Pois nós vamos:

Pare, senhor capitão!
Olhe, escute, viva
e veja as velas no cais.

O mar vai passando,
a tempestade, chegando,
mas não bateremos nas velas do cais.

O céu me toca
em sua noite a velha moda,
nunca chegarei até as velas do cais.

Mas então avante!
E nunca mais se levante,
seremos só nós nas velas do cais.

E o porto chega,
na nossa imaginação,
amigos do cão,
solidão em vão,
para sempre velas do cais!

– Já esteve num cais? – Má Sorte perguntou. A figura de Poeta estava feita em sua mente, mais nada para acrescentar. Estava extasiada pelo seu jeito misterioso, diferente de qualquer criatura antes vista por ela. Seu modo de falar, perfeito. Seu olhar? Matador. Tudo nele era aquela grande incerteza, que mexia com seus nervos mais escondidos. Não se parecia com ninguém.

– Montevidéu. É no Uruguai, final da América. Longe demais daqui. Pois bem, é uma das cidades mais honrosas. Sua tarde é da mais melancólica. Tudo lá brilha tanto que chega a doer às vistas e o coração.

– Já explorou este mundo? – Má Sorte indagou.
– Ficaria surpresa se te contasse por quantos lugares já passei.
– Muitos?
– Nem imagina. Sabia que posso ser um xingamento?
– Aposto que mente.
– Não minto nunca. Nunca, às vezes. Às vezes, sempre. Talvez.

Não use drogas, filho. Você fará o seu futuro. Um dia estará sozinho, por si só, se perderá e morrerá, então não use drogas para não adiantar os pesadelos; os ferreiros, espetos de pau nunca usarão. É coisa de poeta. Drogas fazem os poetas fazerem suas poesias e não seja como eles. Mal-amados e escravizados de Deuses que nunca virão. Não seja poeta.

Em mil anos, em mim, em você, em meus pensamentos e sentimentos, não deixe a escola para pensar. Não fuja ou vá embora, faça amizades com os professores e estude matemática, gramática e mágica, mas não vire as costas para os portões, que te prenderão nessa cadeira de metal. Não saia da escola antes de a terminar, é coisa de poeta, infeliz, drogado, burro, bêbado, não seja poeta.

Mas de noite, meu filho, quando a tristeza tirar seu amor e o casamento pesar, o filho chorar e o emprego perder, talvez a poesia seja uma boa opção. Largue a escola, use drogas e tenha paixão. Seja poeta e use as palavras com convicção. Seja poeta e grite suas poesias com nenhuma discrição. Irei te acompanhar junto de minha amiga, Depressão.

– Ensina-me a fazer poesia – Má Sorte pediu.

– Não. – Poeta lhe mostrou a língua. – Não existe uma fórmula. É apenas fazer quando seu coração mandar, quando sentir que é a hora, então as palavras virão como enchente e você não terá dificuldade nenhuma em escrevê-las.

– Estais me enrolando, não quer me ensinar. Olhe o que eu faço e aprecie, sou sempre a melhor. – Puxou de seu vestido o papel e caneta já empoeirados, que trouxera de seu reino.

Era uma vez Valentina,
que todos chamavam de Tina.
Mas ela nunca encheu uma bacia
nem de água, nem de sangue.

Valentina não tinha medo de nada.
Exceto da polícia.
Tina tinha medo da delegacia
quando matava alguém.

Valentina ia à terapia.
O psicólogo recomendou

*um psiquiatra que recomendou
um manicômio.*

*Tina, tina, tina não entendia
por que admirava o sangue.
Por que nunca foi azul.
Por que Tina tinha*

*Uma faca chamada Tino.
Tina e Tino,
que eram grandes amigos
e se ajudavam.*

– Quem é Valentina? – Poeta atiçou, com um sorriso malandro.
– Diferente de você, sei explicar muito bem. É um alter ego.
– Já matou alguém?
– Já lhe disse que era matadora.
– Já matou semelhante? Quero dizer, igual, ser humano.
– Não, eram todos deformados.
– Então nunca matou ninguém.
– Néscio.
– Sua faca se chama Tino? – Poeta segurou a risada, seu rosto vagabundo era o mais formoso debaixo da luz das velas.
– Ah, cale a boca!

Permaneceriam assim até tarde, e o fizeram. Má Sorte não tinha certeza se Poeta gostava de sua presença, mas sabia, em todo o seu interior, que o amava. Aquele homem que acabara de conhecer seria a partir de então a muralha de sua existência, e cada palavra dita por ele seria como seus olhos, seus músculos, sua boca e pele, e a deixaria ir aos piores dias, e aquela era a melhor mocidade que poderia ter. Não havia mais Princesa Loura, ou Vida, Religião. Poeta tinha o dom de transformar seu dia em alegria, e seu coração, em paixão e admiração.

E começou a beber o que lhe ofereciam, sentir o calor e o sentimento que apenas o bar poderia lhe dar. Tudo começou a parecer bonito e certo: as prostitutas, os imaturos e os iguais. Estava tudo onde devia estar, e enquanto estivesse com Poeta e o cheiro de urina continuasse a instigar, nenhum problema a poderia matar.

Capítulo 4

Passaram-se três dias, mas ninguém notou. As pequenas janelas eram tapadas com cortinas finas, de modo que não dava para se ver a paisagem, apenas a luz que vinha dela. Má Sorte não dormira, não precisava, a cocaína que passou a adentrar seu subconsciente era o necessário para mantê-la de pé. Poeta também não dormiu, sua mente perturbada o proibira daquele ato fazia séculos.

Almas que se deram melhor eram impossíveis de se achar. Ele ainda estava assustado com o comportamento curioso de sua recém-amiga, mas se confortara o suficiente para contar sua poesia, lembrar-se de sua família, causos, histórias. Disse-lhe de todos os lugares por onde já passara, cada entidade que já conhecera. Má Sorte, encantada, só ousava perguntar. Nem notara Vida, que também se maravilhara por Apolo, o sentimento era recíproco. Estava tudo perfeito, quando, numa tarde, o representante de Religião aproximou-se da mesa de Má Sorte e Poeta.

– Menina, temos de ir. Já conversei com Vida, partiremos agora. Veja que encontrei Hel, uma conhecida. Repare que não falei amiga, pois é minha rival.

Apolo, gesticulando, continuaria falando se Má Sorte não lhe tivesse lançado um olhar de desdém.

– Eu não estou indo para lugar nenhum. Achei donde eu vim.

– Não fale baboseiras, Má Sorte. Vamos logo, quero partir antes do pôr do sol.

– Eu não vou, vão sem mim.

– Você vai.

– Não vou.
– Você vai.
– Não vou!
– Que está acontecendo? – Vida fora até a mesa, já estressada com a demora. Suas mãos estavam sobre seu colo, ao seu lado uma menina. Má Sorte nem notara como ela era, estava preocupada com a possibilidade de ir embora e deixar seu canto.
– Má Sorte não quer ir!
– Não vou!
– Veja, Má Sorte, por que faz isso? – Vida interrogou, agastada pela teimosia de sua parceira.
– Eu não quero ir embora.
– Má Sorte, você deveria ir. – Poeta se expressou. – Ficou deslumbrada pelas minhas aventuras no mundo afora, agora é sua vez de fazê-las. Bem, companheira, a aventura está lá fora! Vá viver por mim, por esta velha alma.
– Viu? – Apolo zombou.
– Eu não vou, quero ficar aqui. – Má Sorte saiu da defensiva. Olhou carinhosamente para Poeta e tocou seu ombro. Sentia amor por ele e não toleraria grosserias em sua direção.
– Vamos JÁ, Má Sorte! – Vida se esgotou, vozeirando. – Tem cinco maios! Depois disso nem lhe falarei!
– Eu não vou!
– Você vai! – Vida gritou.
– Você vai! – Apolo gritou.
– Você vai! – a menina gritou.
– Vá, querida – Poeta disse.
Vida saiu marchando ao balcão, Apolo em seu encalço. A menina fora até a porta branca, abrindo-a e desaparecendo na escuridão.
– Tem alguma coisa para despedidas? – Má Sorte solicitou, chorosa, olhando com pesar para Poeta.

– Eu sempre tenho.
– Pois me dê.
– Já é seu há tempos.

Corra para longe, cabeça de caubói. Observe seu cavalo lhe deixar para trás, viva a vida como a menina de doces lá de casa. Não espere por mim quando eu lhe deixar, fantasiada de vestidos dourados da realeza, nesse deserto árido que não é de Deus. Desembainhe seu revólver, cabeça de caubói. E talvez nós possamos matar algumas pessoas e arrancar algumas cabeças. Porque o sol acabou de se pôr lá no Oeste, então viveremos por mais dois dias. Até a noite acabar, porque Deus não está do seu lado.

Reze uma prece, cabeça de caubói. O padre te espera do lado de fora. Com seus chapéus de palha e dialeto caipira, o cavalo está pisoteando a igreja. Porque não ligamos para o exorcismo do padre, porque isso parece ser só mais uma de suas vidas. Porque Deus agora tem ódio de nós.

Continue sempre em frente, cabeça de caubói. A vida há de melhorar para quem enterra. A morte parece tão longe agora, companheiro, mas talvez as brincadeiras sejam mais do que reais. Porque às vezes temos que tropeçar nos próprios pés para perceber que a liberdade nunca existiu, e que no calor seco do deserto nossas vidas não passam de invisíveis mortes ao moinho. Mas olhe para Deus, menino, e talvez o veja nos amando de novo.

Mas escute-me, cabeça de caubói, o mundo melhora para a morte e a vida melhora para Deus. O Pai Nosso continuará rezando mesmo que o revólver tenha caído. O padre continuará morto mesmo que se arrependa. Porque Deus não te odiará mais se largar o seu cavalo e seu chapéu de palha, caubói. Porque a vida não passa de uma brincadeira no deserto.

Olhe para mim, cabeça de caubói. Pare de matar e encare meus olhos. A vida há de melhorar.

– Eu... eu sou cabeça de caubói? – Má Sorte estava extasiada.

– Melhor título não poderia achar – Poeta respondeu, sorridente.

– Eu...

Vida apareceu nessa hora, olhando fuzilante para Má Sorte.

– Hora de ir – disse.

– Falou que não falaria nada.

Vida ia lhe responder duramente quando Poeta puxou o ombro de Má Sorte, até ficarem muito próximos, e proferiu, num tom desesperado, em seu ouvido:

– Olhe – sua voz parecia um sussurro –, arranje um jeito de achar Poesia. Ela é minha vida, mais que isso. Estará no Reino de Mãe Literatura. Por favor, eu confio tanto em você! – A última frase fora dita tão inocentemente que Má Sorte o olhou com compaixão, como se ele fosse um animal de rua.

– Eu vou achá-la.

– Tome conta dela para mim.

– Vou tomar.

– Nunca vou te esquecer.

– Quem dirá eu.

Má Sorte levantou-se, seguindo Vida, que já estava à porta. Seu coração dobrou-se ao meio. Olhou para trás uma última vez, tendo a vaga certeza de que nunca mais voltaria a vê-lo.

Perdera o momento que Poeta tirou uma caneta do bolso, junto de um papel almaço, e começou com sua caligrafia caprichosa:

Minha Pietá foi embora. Ela não vai voltar, ela não vai voltar. Fora um erro, eu sabia, deixá-la ir assim. Ela era tão bela, segurando seu neném, sua euforia, como se fosse mais uma de suas bagagens, sua lembrança, sua piedade. Minha Pietá foi embora. Ela não vai voltar, ela não vai voltar. E eu sabia que sua dor era pior do que a de Jesus, embora não fosse tão amada. Uma mãe, uma mulher, sua paixão, meu amor, seu coração. Minha Pietá foi embora. Ela não vai voltar. Ela não vai voltar.

Uma lágrima caiu de seus olhos.

※ ※ ※

– Má Sorte, esta é Hel. Pagã, seus poderes vão ajudar Apolo a achar Religião. Estou tão presunçosa, pensei que passaríamos séculos a procurá-la. Com sorte, em poucos anos, minha filha estará completa. – Andavam pelo Vasto Deserto, após o bar não havia mais nada. Nem uma viva alma. O clima era ameno, uma brisa gostosa brincava com seus cabelos.

Em sequência, estava Vida, Má Sorte, Apolo e Hel. Esta última era apenas uma menina, pequena, delicada. Lembrava Princesa Loura em sua juventude, se não carregasse uma onda negra pesada com ela, de sensações ruins. Como se estivesse próxima de morrer. Era branca, pálida, tinha traços fortes, de guerreira, de mulher. Seus cabelos eram negros como o céu noturno, assim como seus olhos inocentes e infantis. Um sorriso calmo discreto era o apetrecho final de tão nobre deusa. Porém, em sua cintura, o terror dos terrores. Era podrido, pernas da mesma cor que o rosto entravam em decomposição, assumindo as cores verde, roxo, vermelho. Gangrena, sangue, ossos quebrados e fraturados, era como se uma bomba tivesse caído em seu torso. Vestia uma roupa colada feita de pele de urso marrom-escuro.

– Prazer – Hel sussurrou, tímida.

Má Sorte lhe respondeu com um sorriso torto. Ainda estava triste por Poeta.

– Ela é a dona do bar – Apolo falou. – A porta branca era a entrada para seu quarto. Bem, no norte do norte, ela é a deusa do Inferno. Daí vem *Hel*. Não é uma das minhas melhores amigas, é claro, sou o deus sol grego, ela é só uma bárbara grotesca, mas significou muito em sua região. Vida não gostou dela por motivos óbvios, morte não é sua melhor palavra, mas creio que se darão bem, Má Sorte. Você sempre foi meio estranha.

– Sorte minha – disse, amuada. Odiara Apolo. Odiara seu jeito arrogante, dono do mundo. Paspalho.

– Ah, vamos lá, anime-se. Amanhã nem se lembrará mais de seu amigo. – Vida pronunciou-se.

– Sorte minha – repetiu.

Caminharam em silêncio. Ninguém tinha alguma coisa que importasse para falar, o que era uma novidade. Má Sorte não sabia para onde estavam indo, apenas seguia. Apolo e Hel às vezes trocavam meia dúzia de palavras, talvez para confirmar consigo mesmos que estavam certos. Vida apenas olhava, melancólica, para o céu de final da tarde. O sentimento era de saudade.

Má Sorte aproveitou para analisar Hel. Não parecia uma ameaça, mas naquele ponto não tinha mais diferença. Nunca desafie um homem que não tem nada a perder. Pois bem. Ela não tinha nada a perder. Não vivia mais para nada. Sorte dela. Lembrou-se do que Vida lhe falara, que já parecia como se fosse milhões de anos atrás: "Aviso a todos que encontro, eu nunca deixo ninguém de vez. Só a mais morta das criaturas eu abandono. De resto, sempre restará uma memória, uma lembrança, que tenha sua cara, que tenha seu nome. E essa, minha querida, deveria ser a mais bela maravilha do mundo". Não se sentia como se alguém fosse lembrar seu nome, ou fazê-la viva de novo. Pronto, era só mais um fantasma. Ninguém mais lembra, ninguém mais sabe.

– É demais para mim. Fiquem aqui. Vou buscar comida. – Apolo parara de andar, olhando para as meninas.

– Se achar algum lugar que tenha comida aqui, então será a mais poderosa das criaturas – Vida zombou, sentando-se na areia. Não que estivesse cansada, mas precisava de uma pausa.

– Sempre tão engraçada. Não aguento essa angústia que me traz. Não me sigam. Só voltarei com um carneiro – respondeu.

– Sorte nossa. – Má Sorte bufou. – Ei, bola de fogo, com uma mão e vendada caço melhor que três de você – provocou alto Apolo, que a olhou com ignorância.

– Quando seus talentos levarem a um Deus, podemos conversar.

Má Sorte ia atacá-lo com sua faca. Já tinha pulado para cima dele, mas Vida a segurou, tempo suficiente para o homem sair correndo, direção sul.

Vida esperou cinco minutos para soltar Má Sorte. Ela logo se acalmou, estava demasiado triste para se importar com aquele loiro idiota. O seu ser inteiro lhe dizia que deveria voltar para o bar, e era o que faria quando aquela loucura acabasse. Seria só mais uma no meio dos desolados, e Apolo nenhum lhe falaria para ir.

– Argh! – exclamou sua amiga. Cruzou as pernas do lado de Hel, que segurava os joelhos com as mãos. Sinalizou para Má Sorte se juntar a elas, e logo o fez. Não tinha mais nada para fazer mesmo.

– Perdoe-me por Apolo – disse a defunta, a voz mansa. – Vida me disse que se encontraram com Maomé, ele e eu. Não tiveram sorte. Tantas almas por aí, tantas crenças, e pegaram justo as mais perturbadas. Pelo menos, daremos em algum lugar. – Riu. Má Sorte a ignorou completamente. Vida, idem. Estava com o mesmo saco cheio de Má Sorte, queria ir para outras aventuras. – Ele ainda não superou que foi deixado de lado. Que não é mais levado a sério, a religião dos civilizados. Alimenta um ódio enorme por Cristianismo. Ainda vamos vê-lo, é o representante de Deus mais fiel. Seu braço direito, o mais famoso, rico e respeitado.

– Mas você é Deus – Vida observou, sem olhar para a falante.

– Uma deusa menor, esquecida. Não faço mais tanta diferença assim, pelo menos fui eternizada no dialeto popular. Bem, como ia dizendo, Apolo não era assim no começo. A Europa era a maior potência, suas doutrinas eram prestigiadas sempre. Dominávamos o mundo. Quem diria, um israelense poria tudo a perder. No começo nem nos importamos, a ideia de o Oriente Médio tirar-nos o que tínhamos era muito vaga e distante. Aconteceu. Apolo, assim como os deuses gregos, latinos, africanos, asiáticos e alguns nórdicos, tomou Cristo como um traidor. Um rei que ergueu seu reinado à custa de outros. Não foi bem assim. Cristo só fez o que deveria fazer. "Ide por todo o mundo e pregai o Evangelho a toda criatura." Eu já li a Bíblia, eu até mesmo já conheci Jesus. E, oras, ele é convincente. O povo dele é convincente. Pensei até mesmo em me converter. A Religião é uma guerra, quando a conhecerem tomarão nota disso. É a tão esperada Terceira Grande Guerra, que deveria ser Guerra Zero, pois já ocorre há muito tempo.

– Gosta de falar sobre isso? Vejo que fala demais – Má Sorte firmou, também sem a olhar.

– Sim, é meu assunto preferido. Aquela porta dava na minha biblioteca, estudo muito sobre esse assunto. Pois vejam esse trecho que separei para lhes mostrar:

Conforme nos conhecíamos, a certeza de que nada se perderia enquanto estivéssemos nos braços da Religião. E fomos, andando, caminhando, correndo por este longo mundo, chamando e clamando por nosso Senhor, que era Jesus, era Alá, era Odin, era Iemanjá. E enquanto íamos, jogávamos graças de Deus sobre o mar, sobre o povo, sobre o meu coração.

E fomos ao Oriente Médio, Europa, América, Ásia, África. Nós nos espalhávamos como vírus, destruindo a ciência inexistente, de um mundo que ainda ia surgir. E apresentamos teoria, Messias, Jesus, alquimia, Teseu, poesia. Dizíamos que alcançaríamos o Paraíso, e com mais um dízimo talvez muito mais. Era assim que espalhávamos para todos a graça de Deus.

Então entramos em guerra, tempo ruim. Choveu, trovejou, a tempestade não passou. Matei meu irmão, com a glória do cristianismo, profetizando a graça de Deus. Obriguei aldeias a entrarem em navios para a América, Europa, e contemplarem a graça de Deus. Esmaguei meus colegas, diante de meu salvador, pela graça de Deus. E pela humanidade, continuarei a fazê--lo, porque a graça de Deus me tomou e agora nada mais posso fazer além de cumprir meu legado. Que saiba qualquer um que me julgar, aquém do Armageddon, quando o último ser humano restar, eu, Cristianismo, serei lembrado, de acordo com a graça de Deus.

– Cristianismo quem fez? – Vida perguntou, depois que Hel abaixou a folha de papel que puxara do vestido.

– Não, Cristianismo não existe. Quem fez foi um cristão.

– Ele se toma como se fosse o Cristianismo.

– Ele sempre foi meio louco, na verdade.

Ficaram em silêncio. Para Má Sorte, o vazio poderia vir a ser seu melhor amigo. Para Vida, algo ruim iria acontecer, dali a uns dias. Para Hel, não havia mais nenhum assunto, e isso a deixava ansiosa.

– Vocês devem ter muitas histórias para contar... vamos lá, me contem alguma. Vamos brincar! Eu conto uma história, vocês contam outras. Assim, o jogo flui. Eu posso começar.

Má Sorte e Vida se entreolharam, curiosas. Sorriram as duas de lado, indolentes.

– Quem ganha? – Vida se interessou. Ainda estava abalada, mas o seu antigo ser, sua alma mais indiscreta, animava-a a jogar qualquer aposta. Viver. Sentir-se viva. Sentir seu sangue. – Eu topo, de qualquer jeito.

– O ganhador será aquele que tiver a melhor história. O que vocês têm a oferecer? – Hel replicou.

– Espere, quem julgará? – Má Sorte manifestou-se. Por mais que preferisse a solidão, não podia se conter em ter alguma diversão.

– Apolo. Terão três melhores histórias. Uma sua, outra de Vida e uma minha. Apolo representa a ordem e a razão. Ele será honesto e imparcial. O vencedor fica com tudo que será oferecido. O que tens a oferecer?

– Ofereço minha faca – Má Sorte expressou, rápida e eufórica. Nunca desafie um homem que não tem nada a perder.

Vida percebeu que Má Sorte entregava ali o que tinha de mais valioso. Sentiu como se fosse uma ofensa, que deveria replicar, pela sua honradez.

– Ofereço meu manto – disse, passando as mãos pela túnica.

– Grande porcaria – Má Sorte encorajou, olhando-a ardilosa.

– Grande porcaria? Pois, Má Sorte, todas as vidas, de cada ser vivente neste mundo, estão nesse pano. Representa meu poder. Se eu o rasgar, todos morrerão.

– Eu ofereço minhas pernas – Hel falou, ligeira, tentando evitar uma possível discussão.
– Grande porcaria – disseram as duas, em uníssono.
– Não, não, queridas. Eu já perdi muitas coisas nesta vida, se é que posso chamar assim. Minhas pernas, lutei para mantê-las. São símbolos de minha luta e sacrifício para continuar a andar.
– Que se ferre, vamos começar logo a competição.
– É uma brincadeira, Vida, não uma competição.
– Que seja. Você começa.

Hel sorriu.

– Bem, existia uma mulher. Ela era uma prostituta, que se apaixonara por um de seus clientes. O homem também a amava, e tinham tudo para ficarem juntos, porém suas posições sociais não os deixavam. Irritados e aborrecidos, vieram falar comigo, sabe-se lá por que, já que não remeto a alegria. Eu lhes disse para serem pacientes, e que se não conseguissem nada em vida, teriam em morte. Eu mesma administraria para terem a melhor vida pós-morte possível. Eles ainda eram jovens e não consideravam a ideia de morrer, então não estavam satisfeitos com as minhas palavras. Imploraram por minha benção. Eu lhes disse que nada vindo de mim era bom, e que uma benção se transformaria numa maldição, mas eles eram imprudentes e me atormentavam para tê-la. Eu, zangada, não neguei e dei de uma vez por todas, para ter paz. Eles foram embora felizes, e eu realmente pensei que tinha tomado a decisão certa. Foi uma cena bonita, eles partindo de meu templo. Era pôr do sol alaranjado, e logo só se via duas figuras negras de mãos atadas. Algum tempo depois, vi que tudo que sai de minha boca é uma calamidade. Após exatos dois meses, fui ver como estavam, e a mulher fora escravizada pelo próprio homem, que não a amava de verdade, apenas desejava mais uma posse. A família da mulher ficou inconsolável, enquanto o homem, sádico, fez coisas tão ruins que quebrei minha promessa e lhe dei um dos piores castigos em Terra. A pobre moça se matou, assim como o cara aflito pela sua maldição.

— Estais tentando botar medo na gente? — Má Sorte questionou, enquanto afiava a faca com as próprias mãos.

— Nunca. Foi só um fato. Vez de Má Sorte. — Olhou para ela.

— Um dia, de noite, no Reino de Rainha Hipocrisia, um homem entrou pela janela de seu quarto. Era um quarto imenso e com tantos objetos, confuso. O indigente foi cair bem na janela de sua cama. A Rainha gritou tanto, que diziam que no Japão deu para ouvi-la. Eu, como assassina oficial, fui chamada no mesmo segundo. Duas criadas dormiam com ela, para protegê-la, nesse dia, mas nenhuma era capacitada o suficiente para matar aquele horripilante ser. Ser tão horripilante que eram dois. Eu conversei com eles antes de matá-los, devia interrogá-los e testemunhar após o que aconteceu. Eram dois malucos. Falaram sobre outro mundo, de onde vieram. Um universo paralelo, onde tudo era muito parecido e ao mesmo tempo muito diferente. Quando os matei, ninguém veio atrás dele, mas tive um vislumbre ao dormir. Uma família, debruçada sobre dois caixões, chorando. Nos caixões, seus corpos. Ninguém da nobreza ousou entrar no quarto de novo, todos tinham medo de que outras criaturas entrassem.

— Eis a minha história, então — Vida começou. — Essa terra se chama Terra de Desenganos. Como um todo, quero dizer, o deserto é Vasto Deserto mesmo, mas o grande conjunto de terras é Terra de Desenganos. Ela é um reflexo de outra, bem menor e mais sem graça. Nesse outro mundo, tudo que existe é convicção. Por exemplo, Deus, quem lá já viu? Vida, Morte? Aqui, somos comuns; lá, devaneios. Em outras palavras, somos mais perfeitos, melhores, somos a evolução do espelho.

Silêncio. Tentavam absorver a ideia, enquanto Vida sorria vitoriosa, crente de que tinha ganhado.

– Por que... "Terra de Desenganos"? – Hel perguntou. Sentia-se um pouco ofendida, trapacear era seu departamento, embora reconhecesse que as situações mudaram. Mas, mesmo assim, deveria saber se o nome de sua casa fosse uma piada. O que seus súditos pensariam? Perderiam todo o respeito que tinham por ela.

– Não sei. Morte me contou, ela disse que foi Deus quem lhe contou. Já deve tê-la conhecido, minha irmã.

– É uma grande amiga – disse, ainda chateada. Sendo a única deusa ali, sua chateação encadeou reações ruins nos outros que estavam ao seu lado.

– Bem, Vida ganhou – Má Sorte reconheceu, estendendo sua faca para sua amiga. Os olhos de Hel se arregalaram, apavorados. Pensara que ia ganhar, não ia, de modo algum, dar suas pernas.

– Sou misericordiosa. Claro que sou. Que seria da vida se não fosse? Justiça é com Morte. Sou piedosa. Guardem suas apostas, seus bens. Já os tenho demais.

Má Sorte deu de ombros, não se importava mesmo. Hel riu, aliviada.

– Não nos contou como nasceu, Vida. Sempre quis saber como aconteceu – Hel disse, encarando-a nos olhos. Os seus próprios felicitavam-se, era uma bela primeira-dama. Suas feições, gestos, contribuíam para a classe e elegância que carregava nos ombros altivos.

– Eu não nasci, tecnicamente. Deus quis criar o mundo, seus filhos. Adão e Eva, é uma história das mais comuns. Porém não surgi junto deles, não, não. Eu só fui criada quando Adão abriu seus olhos, ao acordar embebedado pela fruta proibida. Ele se sentiu vivo. Sentiu-se como se existisse, sentiu que poderia pecar, e correr, e gritar, sentir seu sangue correr. Então eu vim. Eva também quis o desejo, a ternura, a história das noites, o movimento, o álcool, o Inferno. Sabem, não sou das filhas mais queridas de Deus. Sei que Ele só me mantém porque sou essencial. Sem mim, sua criação não existiria, e se existisse, seria morta. Não violariam regras ou se perverteriam. Seus milagres seriam inúteis, ninguém nunca acreditaria n'Ele. Portanto, eu existo. Mas sou mais adorada por Ele do que Morte. Ela, sim, é desprezada, pobre menina. Ela existe apenas pelo motivo de que a Terra não aguentaria tanta gente. Porém teima em me dizer que não, que é a minha natureza, que sem ela a graça de Deus não poderia ser feita, as pessoas não teriam medo de nada. Diz ainda que é o assunto mais falado desde que o mundo é mundo. Irritava-me muito quando eu convivia com ela. Viu? Conviver. Vem da substância de viver. Até nos verbos eu estou, claro que sou de maior importância.

– Por falar em conviver com Morte, não deveria estar ocupada, Vida? Quero dizer, administrando seus clientes? – Hel perguntou.

– Administrando o quê? Eles sabem viver sozinhos, minha cara. Não tenho nada a administrar, seria trabalho de Deus. Morte, pelo contrário, sente todos que morrem. Se algum ser, divino ou não, bate as botas, tem espasmos. Vive com esse problema nos nervos. Tenho dó. Sabem de uma curiosidade sobre ela? Quero muito apresentá-la, Má Sorte, e quando isso acontecer, não a toque. Nem um aperto de mão por educação. Apenas eu posso fazer isso, pois minha magia de vida é mais poderosa que a dela de morte. E, bem, se encostar nela, morrerá. Ela irradia o falecimento. Hel, sei que já a conhece, não é?

– Ela ia todos os dias ao meu palácio.

– Sim, sim, ela gosta de passear. Conhecer todas as almas, todos os lugares. Eu também, mas prefiro a superfície. Bem, eu lhes disse que cheguei a coabitar com ela. Foi há muito tempo, quando ainda éramos crianças e não sabíamos cuidar de nós mesmas. Eu era seu pilar, ela era o meu. Fora a mais poética das relações.

– Li isso um dia – Má Sorte disse, sua voz saiu pesarosa. Seu olhar fixava-se no fim das dunas. – Um homem. – Olhou para Vida. – Representava Morte. Uma mulher representava Vida. Os dois se apaixonaram. Vida sempre mandava presentes para Morte. Morte os guardava para sempre.

– Ah, sim, sim. Os mortais adoram me romantizar. São escritores natos, reconheço, sua imaginação e criatividade, as mais potentes. Foram feitos da imagem e semelhança de Deus. Creio por isso que ele é extremamente imaginativo. Criou-se o universo, então sua mente é deslumbrante. Queria um dia ver seu cérebro. Qual será seu tamanho? Qual será seu peso? Será de outra cor? Tantas dúvidas, só prova que eu existo.

Apolo abaixara acampamento nessa hora, sentando-se ao lado de Má Sorte e pondo as mãos no colo. Tinha um olhar travesso e um sorriso de gatuno.

– Conseguiu algo? – Hel o interrogou.

– Dois peixes, galões de água e vinho – respondeu, rindo.

– Como conseguiu vinho? – Má Sorte apressou-se para perguntar. Aquele filho da mãe voltara para o bar?!

– Calma, minha amiga. Daqui a duas léguas tem um senhor andarilho que fabrica bebidas em casa. Fez-me uma promoção extremamente barata. Ele faz quando vende para um ser que nunca encontrou, mas tenho certeza de que dá dor de cabeça. Quem quer ter a honra de experimentar?

Ninguém respondeu. Má Sorte não se convencera.

– Tudo bem, companheiras, eu vou. – Bebeu em um gole toda a primeira garrafa. Engasgou e cuspiu todo o líquido no vestido de Hel, que o olhou com nojo e se levantou, tentando limpar a bagunça que ficara com a areia. – Não foi um dos melhores.

Bem, que seja, decidi que devemos seguir viagem amanhã ao amanhecer.

– Sabe o que acontece quando se passa a noite parado. – A voz de Vida soou rouca.

– O que acontece quando se passa a noite parado? – Má Sorte indagou, criando relação com seu ataque de lobos.

– Lobos atacam. Só você não sabia – respondeu.

– Podemos espantá-los – Apolo sugeriu. – Eu estou cansado. Todas vocês estão.

– Diga só por você, Apolo – Má Sorte rebateu.

Vida pôs-se de pé, ao lado de Hel. Olhou para Apolo com indignação e superioridade.

– Vamos hoje. Não correrei o risco de ser morta.

– Querida, você nunca será morta. Principalmente por um lobo, sabe o que acontece quando aquelas criaturinhas tentam te atacar. Você os dribla sem esforço algum.

– Já me decidi. Iremos agora. Nenhuma está cansada, não é? – Olhou para as meninas, que negaram. Má Sorte também se ergueu, deixando apenas Apolo sentado. – Bom. Agora, façam seus trabalhos. – Virou-se para os deuses. – Não temos tempo.

Apolo suspirou, agonizado por não ter palavra, mas seguiu. Hel e ele conversaram sobre a direção norte e seguiram por ela. As estrelas brilhavam tanto que iluminaram toda a face chorosa da areia, como se Deus fosse.

Má Sorte encarou os grãos enquanto andavam. Em lampejos, não eram mais montanhas. Tudo para ela ficou escuro, e grandes olhos prateados a miraram. Não pôde ver a pele em volta deles, ou até mesmo os cílios. Não tinham ao menos pupilas ou órbitas. Eram apenas prateados, ofuscantes. Não da cor amarelada de mofo da lua, eram como o fogo. Purpurando, estimulando qualquer um a tocá-los. Eles tomaram toda a mente da coitada de Má Sorte.

Quando voltou a si, ninguém a estranhava. Para os outros, era como se nada tivesse acontecido. Ela continuara a andar, com uma careta curiosa, mas sem nenhum motivo para pânico. Má Sorte preferiu esperar o amanhecer para contar-lhes de sua visão. Não queria aumentar aquela carga opressiva que o grupo levava. Porém, uma pergunta mantinha-se arisca em sua mente perturbada.

– O que... o que vocês acham que é Deus?

– Sou eu – Apolo respondeu na lata, sem nem pensar.

Hel deu-lhe com a língua e não disse nada.

Má Sorte olhou para Vida, esperando por sua fala. Ela logo notou e suspirou.

– Deus? Deus, meus caros amigos, nada mais é do que a forma coerente para entendermos o mundo. É um presente d'Ele mesmo. Olhem para isso, divaguem. Má Sorte, veja as pessoas ao seu redor, esse céu escuro e estrelado, essa areia brilhante. Deus é a explicação. É um sonho, uma fantasia, uma utopia. Deus é a forma coerente de entender o mundo. O amor, o ódio, a tristeza, a história, as marcas, tudo isso deriva de um grande porquê, de uma grande razão. Deus, amigos, Deus, Deus!

– Balela, Vida – Apolo recitou logo após Vida terminar a última palavra. – Eu sou Deus e acabou-se a história.

❦ ❦ ❦

– Então, eu vi. Grandes bolas, maiores que o mundo dobrado. Elas crepitavam, incendiavam. Senti como se fosse meu último segundo, e como se devesse confessar todos meus pecados. Que acham disso? – Má Sorte contava sua história. Sentaram-se ao raiar do dia, por muita insistência de Apolo, que por ele não aguentava mais seus próprios pés.

– Não quero falar sobre isso! – Apolo gritou, olhando incrédulo para a narradora. Cruzou os braços e mostrou-lhe a língua, como se perguntasse mentalmente: "Como pôde fazer isso comigo?".

– Apolo, deixe de criancice e leve como um elogio aos seus poderes!

– Não levo!

– O que é? O que é? – Má Sorte se ansiara.

– Bem, minha estimada, isso significa – Hel disse, virando-se para Apolo, zombeteira – que estamos muito perto de Deus. Ou de Cristão, que seja. Você viu os olhos do Redentor. Isso é de muita dignidade. Deveria ser eternamente grata. Por isso senti meus poderes diminuindo. Estamos nos aproximando de algo maior, bem maior. Com certeza, com mais força.

– Logo lhes daremos adeus – Apolo, cabisbaixo, contestou.

– Graças a Deus – Má Sorte falou. Vida riu.

– Então – Vida comunicou –, não vamos ficar aqui, parados, esperando pelo fim. Vamos agora ao encontro desse algo maior. Estou muito inspirada.

Andaram. Andaram. Andaram. Hel sempre falava que estavam muito perto, mas parecia que estavam se afastando cada vez mais. Nunca chegavam, e seus pés cansavam. Andaram por oito dias e oito noites sem parar, nem para beber ou para comer, ato que Apolo repudiou e não parou um segundo de reclamar. Eram suas pernas e pés que o matavam, eram seus olhos que gritavam por descanso, era sua boca que doía de tanto falar, era o Inferno que o carregava. Má Sorte por muitas vezes tentou matá-lo, mas Vida a convenceu de não o fazer pelo simples raciocínio de que Apolo não morria, então sempre se restabeleceria para irritá-la. Hel manteve-se quieta, só se ouvia sua voz para dizer-lhes quanto tempo faltava para o encontro de Deus.

Vida também deixara sua forma tagarela a levar. Falava cada vez mais quão animada estava para encontrar "o maior ser já existente", suas palavras. Isso deu a Má Sorte uma falsa alegria, alimentava cada vez mais a empolgação de encontrar o salvador. E assim levaram suas vidas por cada tempo mais.

Fora numa noitinha, pôr do sol, que Hel se virou para trás e passou as mãos pelo corpo, medrosa. Sentou-se no chão e começou a chorar. Apolo correu para acudi-la.

– Não chore, querida, não chore – aclamava.

– Que houve? – Vida perguntou, olhando os deuses de cima, Má Sorte ao seu lado.

– Ele. Ele! Oh, céus, Ele! – ela suplicava de volta, seu rosto entre as palmas.

– Que tem Ele? – Má Sorte interrogou do modo mais grosseiro possível. Estava irritadiça com eles. Queria se livrar de todos rapidamente, mas sentia-se feliz por se sentir assim, pelo menos não tinha mais aquela tristeza que Poeta lhe emprestou.

– A-ali. – Apontou, a voz trêmula, ao oeste. Lá, atrás de uma duna, Vida enxergou a nuca acastanhada de alguém. Má Sorte, míope, não enxergou nada.

As duas saíram correndo em direção à cabeça, abandonando um Apolo revoltado, perguntando se elas não tinham dignidade. Nem se importaram, Vida enjoava-se fácil de um namorado e Má Sorte apenas antipatizava com ele.

Ao atravessarem o que pareceu cem metros, Vida tomou a mão de um homem em suas próprias. Ele tinha um nariz feio, torto, fora a primeira coisa que Má Sorte percebeu. Seus olhos eram miúdos, da cor dos de vaca. Sua boca demonstrava desgosto. Vestia-se com uma longa túnica negra, que cobria todo seu corpo e cabelos, assim como Maomé usava.

Ao seu lado, uma mulher dependurava-se em pedaços de tábua, mexendo com potes, copos e massas. Vestiam do mesmo vestido, com a diferença de que o véu da mulher era mais elegante. Ela, em comparação a ele, era bela. Seus olhos eram azuis como o céu, como se pudesse ver as nuvens zanzando pelas órbitas. Sua pele era tão castanha quanto a dele, mas suas feições não eram de... servo, como a de seu parceiro. Eram de soberana, eram como as de Deus. Seus cabelos caíam em cachos pela cintura, pretos.

– Sou Vida – apresentou-se alegremente. – Meus amigos me disseram que são a maior honra de Deus. Bem, procuro por Religião. Minha filha se quebrou e precisa dela.

O homem soltou-se de sua amiga e olhou para a mulher, esperando que ela fizesse algo. Ela o ignorou e lançou um olhar de carinho para Vida.

– Que aconteceu com sua filha? Conte-me mais – ela falou, doce e afável. Sua voz era como baunilha, o melhor sabor de sorvete que Má Sorte já provara.

– Ela caiu de um muro. Jogou-se, na verdade. Ela é uma trapaceira e adora se desafiar. Tentou se matar para ver no que dava, mas acho que fez isso sem querer, é meio maluca. Enfim, quebrou-se em muitos pedaços. Para completá-la, preciso encontrar suas partes. E uma delas é Religião, por isso agora ando como uma escrava atrás dela – explicou. Já decorara a longa velha história.

– Pobre menina. Como se chama? – A moça se interessou. Seu olhar foi de cumplicidade e esperança. Pousou uma mão no ombro de Vida, e, por algum motivo, esta não a tirou.

– Humanidade.

– Humanidade, querido. – A senhorita virou-se para o homem, que mexia com panos, sentado. Ele olhou para ela e abaixou a cabeça de volta, desinteressado. – É uma velha companheira minha.

– Era muito popular – Vida reconheceu.

– Bem, sinto-me na obrigação de convidá-las para jantar conosco. Estava preparando um falafel. É delicioso, dizem que sou prendada.

O homem balançou a nuca sarcasticamente. Havia feito uma fogueira, sabe-se Deus como. Má Sorte olhou para Vida, que a olhou de volta. Estranhamente, conversaram mentalmente. Não com palavras, mas Má Sorte sentiu sua amiga lhe dizer que deveriam ficar, pedir-lhe, na verdade, para que ela se comportasse. Má Sorte lhe respondeu: "Sem problemas", e tivera certeza de que Vida a entendera.

Sentaram-se.

Má Sorte procurou o lugar mais próximo do fogo, pois as noites eram frias e fazia tempo que não se esquentava. As chamas a lembravam de casa, de Sol. Como ele estaria?

– Contem-me as suas histórias. – A mulher sorriu para elas, voltando a cutucar a aparelhagem culinária.

– Se a senhora contar a sua antes – Má Sorte lhe respondeu. Não quisera ser imprudente, só não confiava em aceitar alimento e abrigo de um estranho. Vida lhe deu um tapa de leve, repreendendo-a. O homem a olhou de modo engraçado.

– Oh, tudo bem. Acho que foi um erro meu não lhes contar antes. Eu sou Eva, a mãe de tudo.

Capítulo 5

– Uau! – Vida exclamou, as mãos à boca, os olhos arregalados.
– É um prazer, senhora. É um grande privilégio conhecê-la assim.
Eva lhe sorriu de volta. Tão afetuosa, Sua presença irradiava calor. Colocou em suas mãos pratos de madeira, bem simples, com massas finas. O tal de falafel. Má Sorte mordeu, com fome demais para pensar se estava envenenado ou não. Era bom. Era pão. Fazia tempo que não comia pão. Se morresse por aquilo, seria uma honra.
– Esse é Judeu. Estamos cruzando o deserto.
– Cruzando, não! – Judeu a corrigiu. Voltou-se para Má Sorte e Vida. – Estamos indo para Jerusalém. Avisei a Eva que não podia ficar tanto tempo ausente. Você nunca me ouve!
– Por que saíram de lá? – A boca de Má Sorte enchia-se do tal pão, sua fala saiu confusa. O homem a olhou com nojo.
– Peregrinação. Jornada. Chame como quiser. Bem, querida, eu não sou a Curiosidade, mas fui abençoada por ela. Sempre amei uma boa aventura, acho tão digno qualquer tipo de risco. E também estou sempre à procura do conhecimento. Da sabedoria, sou um ser tão íntegro. Oras, eu convenci esse rabugento aqui a me acompanhar até Alexandria – Eva contava.
– A terra dos bárbaros – Judeu a interrompeu.
– Dizem que lá existe a maior biblioteca do mundo. Venero bons livros, na verdade, qualquer tipo. Conhecimento nunca faz mal, nem experiências novas. Fomos para lá, seguimos caminho pelo Vasto Deserto, lado a lado do mar Mediterrâneo. Já viram a imensidão daquelas águas? Se vissem, nunca mais a quereriam

abandonar. Chegamos, li muito, passamos cerca de um mês na cidade. Li cerca de mil papiros e aprendi dois idiomas novos. Conversei com muita gente: mendigos, reis, feiticeiros. Judeu andou pela cidade, arranjando lugares calmos e pacíficos para realizar suas preces e conversar com Deus. Ele não gosta muito do povo, baderna e confusão. Leu alguns comigo. Um sobre o qual dialoguei contou-me sobre Cairo. Claro que eu já sabia muito sobre a cidade, e estava certa de que seguiria para lá. Com muita batalha, Judeu acompanhou-me. Fomos de embarcações, pelo Nilo. Melhor perícia impossível. Deparamo-nos com jacarés e conheci um dos amigos de Cleópatra, que me deu uma de suas coroas preciosas. Fugi como uma ladra com ela. Judeu censurou-me tanto, mas já não me importo muito. Chegamos a Cairo e aprendi latim, quero dizer, mais do que já sabia. Aprendi os postos políticos em latim, lá estava um dos generais de César. Fizemos grandes expedições pelas pirâmides. Vejam, meninas, somos aventureiros. Agora, tomamos nosso caminho de volta a Israel. Esse cara aqui tem que se lamentar em seu muro.

– Respeito, Eva – o homem sussurrou.

– Posso chamá-lo de Cristão? – Vida lhe perguntou.

– Judeu – corrigiu.

Má Sorte, faminta, ia pedir mais, quando Eva lhe deu outro tipo de pão. Feliz, não queria deixar nunca mais aquela barraca.

– Qual sua próxima grande exploração? – Vida perguntou a Eva, que se juntou a eles, sentada. Sua postura ereta lhe dava um ar de rainha.

– Europa. Estive apenas no sul dos reinos, não é o suficiente para tão curiosa alma como a minha. Eu já estive em toda a África, Oriente Médio e Noroeste Asiático. Agora, quero ir para o continente acima. Descobri-lo por inteiro, pensei até em morar uns maios com os nórdicos, vikings, para saber como vivem. Nunca vi neve. É um dos maiores erros, para tão abelhuda e antiga pessoa. Uma vergonha. Já me aventurei por Roma e Grécia, mas foi só. Não, não, já cheguei até a Romênia, terra assustadora aquela. Quero mais, nunca me sacio. Quando conhecer lá por inteiro, irei até a Ásia. Adoraria ver a China, Japão, Índia. A China principalmente. As delicadas mulheres, seus vestidos são tão graciosos, e seus olhares, discretos. Os guerreiros são corajosos e poéticos, creio que me satisfará demais.

– Má Sorte é de lá – Vida falou, capturando a atenção do assunto, pois não se importava com expedições de ninguém.

– Da China? – Eva avaliou o rosto de Má Sorte como se avaliasse o de Deus.

– Europa – Vida respondeu. – Dos reinos.

– Qual parte? – Eva questionou.

– Nunca perguntei. Qual parte, Má Sorte?

– Sei lá eu – respondeu. Nunca fora muito interessada em geografia. Nunca fora muito interessada em matéria alguma, na verdade.

– Tem sotaque da França – Vida observou.

– E você tem cara de peixe – Má Sorte respondeu.

– O quê? Não! – Vida gargalhava. Seu corpo caíra para trás. A euforia era tanta que Má Sorte riu também, Eva as acompanhando, mas mais nobremente, e Judeu as olhava com desdém, porém em sua face mostrava que se divertia.

– Então, querida – Eva pronunciou, ajeitando a veste sorridente –, de qual reino era?

– Reino de Rainha Hipocrisia, senhora. – O termo pareceu extremamente apropriado para Má Sorte, não se importaria de seguir aquela moça até o final do mundo.

– Já ouvi falar. Conte-me como aquela sua ama era, ou melhor, é – Eva exigiu, contudo sem ser autoritária.

– Rainha Hipocrisia? Entretanto, como posso descrevê-la?

Rainha Hipocrisia, minha querida, onde tu estás? Estou aqui! Me ouça, me veja, me acredite!

Cadê você, Rainha? Te procurei pela cidade toda, noite e dia! É que me escondi nas almas. Daquelas pessoas feitas profetas de Jesus, que não passam de tolas almas.

Rainha, Rainha! Mas quem seria então o Deus? Deus eu não sei quem é, só sei que você nunca será.

Mas, Hipocrisia, e a mídia? É minha filha preferida! Tão linda! Tão manipuladora! Tão bela!

Qual o sentido disso, Rainha? Não tem sentido! Não faz sentido! Não faz sentido! Rainha Hipocrisia! Não faz sentido!

– *"É quem ou aquele que demonstra uma coisa, quando sente ou pensa outra, que dissimula sua verdadeira personalidade e afeta, quase sempre por motivos interesseiros ou por medo de assumir sua verdadeira natureza, qualidades ou sentimentos que não possui; fingido, falso, simulado"* – Má Sorte ditou. Vida e Eva a olharam com desconforto.

– Tudo bem, querida, essa é a definição que te ensinaram. Quero saber o que você acha dela.

– Eu? Ah... bem... ela é confusa. Eu nunca sabia o que queria quando me gritava ordens. Ela dizia algo e depois se contradizia. Meu pai dizia-me que sou filha dela também, quando eu chorava de raiva ou apenas por medo de sua pessoa. Ele me dizia que eu nasci em seu reinado, logo ela existe dentro de mim. Eu também sou uma hipócrita, ele era, minha namorada. Havia uma lenda de que seu reino imaginário era o maior do mundo, mas nunca cri nisso. Falavam que ela está no coração de cada ser, que não importasse onde fosse, nunca me veria livre da sua figura. Só alimentavam meu grande pavor nela – sincretizou. Por dentro, sua situação lhe dera um alívio, nunca mais veria os olhos desesperados de sua rainha.

– Gostaria de conhecê-la algum dia – Eva confessou.

– Não gostaria, não – Má Sorte consertou.

– Nunca conheci grandes personalidades – Eva admitiu tristemente.

– Conheces a serpente e já dizes por si só – Vida invejou. O que não daria para conhecer a cobra?

– Não é uma de suas melhores amigas – Judeu chateou-as, metendo-se na conversa.

– Realmente – Eva reconheceu.

– Pois bem, amigos, preciso de Religião. Se me demorar demais, perderei meu pique e destino – Vida lembrou-os, causando tristeza em Má Sorte, que não queria ir embora tão cedo.

– Oh, claro! Apresentá-la-ei amanhã, pelo raiar do sol. Vejam que é meio da madrugada e precisamos descansar – Eva falou.

– Não são atacados por lobos? – Má Sorte constatou que já deviam tê-los atacado, pelo cheiro forte de massa que emanavam e pela quantidade de itens que traziam.

– Não, não, eles não podem nos atacar. O Demônio chega até nós pelo conhecimento, não por sua carapaça fútil. Aliás, não entendo por que tantos têm medo d'Ele. Reparem, dei tudo para ser como Deus, e sei que, se essa proposta chegasse para qualquer um, aceitaria sem nem pensar. Então, medo de quê? Se Ele vier, nada poderá fazer, além de sucumbir aos seus interesses.

– Ótimo ponto de vista. Mas olhem que estou cansada, peço licença para me retirar e dormir. Irei para aquele canto, onde podem me ver, assim meus roncos e besteiras de dorminhoca não incomodarão a ninguém – Vida decretou, erguendo-se. Bateu a mão pelo vestido, tirando os resquícios de areia. Eva lhe sorriu e aqueceu suas palmas no fogo, já hasteando também, porém seguindo para uma das barracas. Ao passar por Má Sorte, cumprimentou-a. Pronto, só restavam Judeu e ela.

Não iria ficar ali com aquele emburrado. Foi até Vida; entre suas filosofias ultrapassadas e uma careta enfezada, preferia a primeira opção. Esta estava deitada, encarando o céu estrelado. Deitou-se ao seu lado.

– Sabia que sei reconhecer estrelas? – Vida lhe falou, a voz soava mais animada do que nunca.

– Duvido.

– Aquela é Sirius, a maior e mais brilhante.

– São tantas. Para que as nomear?

– Nunca entendi. Alguém passou horas moscando e inventando nomes. Mais valia estar ajudando um pobre.

– Quem vê pensa que és generosa.

– Boba. – Vida mostrou-lhe a língua. – Que achou de Eva?

– Parece uma alteza.

– Ela veio da costela de um homem.

– Que perdedora.

– Não fale assim. Já leu a Bíblia?

– Algumas vezes.

– Qual a melhor passagem para ti?

– Gênesis 6:9: "Quem derrama sangue humano, por um ser humano, terá o próprio sangue derramado; pois Deus fez os seres humanos à sua imagem".

– É exatamente o que você fazia.

– Por isso mesmo. Quero ter meu sangue derramado diante da glória de Deus. Quero que todos os moradores das mansões celestiais corram pelas nuvens, parando em minha casa e espiando minha morte. Quero que seja sangrenta, como a de um guerreiro, e que o Redentor diga todos os meus pecados, e me condenará ao Inferno, com sua espada dourada. Eu irei, e será a pior coisa que já me aconteceu.

Pois venho aqui exprimir meu desejo, assim como todos que dizem sobre a tal morte indolor. Que morte indolor é essa, se a melhor maneira de morrer é a mais dolorosa possível? Quando chegar minha hora, quero sentir todos meus ossos quebrarem, como palavras, quando não se pode concluir um pensamento. Quero sentir meu sangue escorrer e minhas veias se romperem, como minha vida. Meus músculos se conterão como líquido, minha pele arderá até se colorir de vermelho. E, por fim, quando não aguentar mais, meu coração vai parar, numa súplica em esperança lhe pedindo para parar. Não quero nada limpo; quero insetos, sujeira, mau cheiro. Quero que a poeira cubra meu corpo como poesia. E Deus buscará minha alma como buscou as de seus discípulos. A glória e a honra prevalecerão e acabarão por alcançar o céu. Será uma tragédia grega, porque eu sou a rainha dela. E meu ser inteiro se envolverá na história que terei para contar, além da morte indolor.

– Você escreve? – Vida perguntou.
– Não. Quero dizer, às vezes, mas são textos ruins. Nunca me agradam. Eu queria saber fazer poesia. Meu amigo, o qual você apresentou, nunca ouvi textos melhores. Eu gostaria de ser como ele, orgulhá-lo.

Eu não sei fazer poesia. Nunca soube. Mesmo quando as palavras surgiam no papel, e as pessoas elogiavam a rima, sabia que era uma mentira. A das maiores. Eu era apenas um poeta enganado, repetindo os momentos, com a triste certeza de que já vivera tudo isso antes.
Eu não sei fazer poesia, me dizia a família, enquanto dirigíamos pela cidade. Você não sabe fazer poesia. Nós não

sabemos fazer poesia. E tanto disse que no final virou verdade. Mesmo quando tudo embolava e os sentimentos se reproduziam, as pessoas choravam, assim como meu coração, não era poesia. Era armação.

 Eu não sei fazer poesia. Os leigos me lembravam disso toda hora, enquanto me punha a ouvi-los. Mesmo suas cartilhas estranhas, sem sentido, eram melhores que a minha. De poesia não tinha nada, e ainda assim tinha tanto, que o vale de mais de mil anos deixou de acreditar em mim.

 E a personificação morreu, a vida renasceu, e a amargura se pôs em mim. Eu não sei fazer poesia. É a verdade absoluta, parei de me enganar. Nem ao menos sei escrever, falar, colocar as palavras com destreza e impressionar. Pare de tentar me convencer, querida mente, apenas Jesus sabia. Mas alguém liga? Alguém se importa? Somos todos inteligentes. Somos todos poetas. Assim surgiu Deus.

 Deus surgiu quando viram que eram poetas. Ou, pelo menos, acreditaram nisso. Criaram um ser divino, cristão, para os fazer crer que importavam para alguém. Mentira. Balela. Eu não sei fazer poesia.

 E o mundo é o maior poeta, quando resolve parir uma cria. E ela se forma, do sangue, do gozo, para um olho, uma cabeça que sabe pensar, uma boca que sabe falar. Erro. Mundo errado. Me criou. Justo eu, que não sei fazer poesia.

 E então, terei. Gritarei. Morrerei. Renascerei. Talvez como poeta. E meus passos serão rimas, meus ossos serão palavras, minha boca será estrofe, e todo meu ser se reconciliará em torno do poeta que serei. Porque, afinal, eu não sei fazer poesia.

– Conte-me os seus desejos, Má Sorte – Vida disse, apoiando-se num braço, encarando-a de lado.

– Agora não tenho desejo nenhum. No máximo, eu me alegraria em encontrar Poesia, pois prometi ao meu amigo que o faria, mas não é uma aspiração, uma meta. É só um... agrado ao meu ego – Má Sorte evidenciou, suspirando. Sua voz parecia distante demais, sua visão mirada em algum ponto entre Canopus e Arcturus.

– Conte-me então algo por que você já ansiou.

– Já ansiei tanta coisa, Vida. Quando eu era pequena, meu maior desejo era mudar o mundo. Grande demais, impossível demais. Eu dizia ao meu pai que o que faria mudaria a ordem mundial, e todos olhariam para o plano mais certo e perfeito que já existiu. Ele ria e me vislumbrava como se eu fosse uma criança, virtuosa demais para entender de algo. Eu queria ajudá-lo. Depois de sua morte, passei a ter a mesma rotina que ele. Era uma rotina vulgar, indecente. Nós acordávamos cedo, estressávamo-nos, humilhávamo-nos. Quando pequena, eu o via reclamar, e almejava por tirá-lo dali. Por dar-lhe orgulho. Para ganhar dinheiro, mostrar a ele o mundo, fazê-lo ver que além dos muros a vida era muito melhor. Eu seria sua menina dos olhos. Todos veriam meu triunfo, minha integridade. Entretanto, eu fui crescendo e as obrigações chegaram. Eu não passava mais as tardes traçando objetivos ou como os alcançar. Faltou-me disciplina, não sei, mas fui me deixando levar. Deixei-me tanto que ocupei o lugar de meu velho pai, e passei a ser mais uma. Eu... eu... devia ter feito algo a mais. Agora estou aqui, vivendo esta vida de cão, desgastada, oprimida, sem importar para alma alguma, sem ser do querer de ninguém. Não era para eu ser assim. Má Sorte de oito maios atrás não iria querer que fosse assim. – A narradora chorava como um bebê.

Conselho de Má Sorte:
Só vivemos uma vez, e morremos uma vez também. Está vivendo o que gostaria? Está bem? Se pudesse mudar algo, o que mudaria? Os anos se passam como meses. Daqui a pouco será tarde demais. Sua pele vai se enrugar, e sua vida não fez sentido nenhum. Você desistiu de seus sonhos para vestir um uniforme que não quer. Você criticou o que mais gostava. Você é uma revolução contrária. Fique em paz e faça o que quiser. Acorde e desperte os outros também.

– Má Sorte, por que não enxerga que está numa aventura? Você conhece tantas pessoas, tantos perfis. Você acorda todos os dias, pensa, fala. E mesmo se não falasse, você tem o intelecto para compreender, lê a Bíblia, lê livros. Até mesmo se assistisse à televisão, você tem uma vida. E isso já é aventura demais, deveria agradecer a Deus por isso. Sua versão de oito maios atrás se orgulharia tanto. Você mudou. Você fez a diferença. Você existe, e uma alma a mais já é um balanço imenso neste pobre mundo. Você pode acreditar em divindades ou ser ateia, pode rir ou chorar, Má Sorte, temos tanta sorte. Somos agraciados, comparados aos mortos, que nada mais podem fazer além de se lamentar. E agora, pare de agir como uma e olhe para cima; enquanto conseguir enxergar as estrelas e rir por elas, está tudo bem.

Vivemos num mundo abstrato. Nada disso era para ter acontecido. Inventamos palavras para explicar sentimentos. É errado, Deus nunca deu tanto poder para o homem. Vá a uma floresta e olhe para os lados. Você tem tanto medo quanto tem dentro de sua casa? Não? É claro que não. Sua casa não é natural. O que você pensa não é natural. Seu trabalho não é natural. Nada é, apenas a natureza inventada de Deus. Então, para que se preocupar tanto? Criamos um pesadelo, pensando que é um sonho. Criamos preocupações de plástico, que serão descartadas no rio de Caronte. O negócio é: não se preocupe. Nada disso é real.

– Sempre tão positiva, minha cara amiga. Acredito mesmo, depois de tantas cacetadas, que nascemos para morrer. – Má Sorte limpava as lágrimas com as costas das mãos, fungando. Seu nariz entupiu e parecia o retrato do imoralismo. Vida deixou-se ser jogada na areia, seu braço desabara. Sentou-se, apressada. Olhou para Má Sorte e sua miragem soltava faíscas.

– Nunca me ofendeu tanto. – Sua fala escapara-se aguda. Era adorável irritada.

– Desculpe. Vai me dizer que não é verdade?

– Não, Má Sorte. Além de tudo, acima de todos, não é verdade. E eu não quero ter a velha opinião, não quero ser sobre autoajuda, mas não estamos aqui para morrer. Estamos aqui para fazer o que gostamos, o que estamos predestinados a ser. Veja Maomé, Judeu, eles estão espalhando a palavra de seu mestre como se fosse uma fofoca. É para isso que vieram, e essa será a causa de sua morte. Se você encontrar seu destino, seu caminho, se souber o que faz, então estará completa e ninguém ameaçará sua vaga no Paraíso. Nada do que falamos, fazemos, é em vão. É tudo em nome de algo, em nome do que tua alma luta. E quando encontrares esse porquê, esse grande vazio que te pertence, não restará mais sexto sentido nenhum e a verdade do universo será tua. Entende o que eu digo? Se estivermos aqui, que saibamos por quê. – Deitou-se de novo.

– Eu não sei por que estou aqui.

– Eu sei. Eu sei que você não sabe, quero dizer.

Calaram-se. O único som era o palpitar do vento nos grãos. Ao longe, ouviam o ronco confortante de Eva, e ainda a voz exasperada de Judeu clamando por seu Senhor.

– Explique-me a origem de seu nome. Má Sorte. Nunca ouvi antes – Vida pediu.

– É... uma história bem idiota, na verdade. Tem várias versões. Uma delas, meu pai dizia que nunca conhecera uma mulher como minha mãe. Ela era tudo que ele mais queria, era o seu sonho mais profundo. Tinha beleza, não no senso comum, mas uma que ele apreciava, de marinheira. Ela era marinheira. Viajante. Estava por lá de passagem, era o que ele me dizia. Fora logo se apresentar a ela e conversaram. Ficara encantado com sua inteligência e destreza das palavras. Não acho que ela fosse culta, mas conhecia o mar, os oceanos, os nomes dos países e falava mais de três línguas. Mas, como eu disse, um dia ela teria que ir, e foi. Tivera a má sorte de conhecê-la, pois, após ela, nunca mais tivera a paixão de olhar para feminina alma alguma.

– E qual a outra versão?

– O quê?

– Disse que havia várias.

– Ah, sim. Não creio que aquele homem era meu pai. Não por falta de provas, ainda que tivesse, apenas porque não significava nada para mim. Ele era um velho assassino, e me diziam que tinham me achado e me dado para ele, pois estava para morrer e alguém devia ocupar seu lugar. Isso fora Rainha Hipocrisia em pessoa que me contara, já conversei com ela muitas vezes. Um dos motivos para eu não gostar dela. Ela disse em tom brincalhão, nunca sei se é verdade. Falou que me acharam no Vasto Deserto, vagando sozinha, quando tinha quase dois anos. Era o mais próximo dos humanos que uma criatura vagabunda dessas terras pode ser. E, bem, papai era realmente velho. Não era segredo que a morte batia à sua porta, e ninguém queria ser caçador. Deram-me para ele criar, para absorver seu trabalho e o herdar. Meu nome fora pura balela. No momento que uma criada me levava ao meu quarto, estava com a conversa de amigas na cabeça: "Acertei duas tacadas na garrafa, mas era a errada. Perdi cinquenta moedas. Má sorte...". Quando o matador lhe perguntou meu nome, falou a primeira coisa que pensava.

– Existe uma terceira história?

– Que eu conheça, sim, e é apenas. A mãe de meu tutor me contou esse caso. Era para ser minha avó, se ele fosse meu progenitor. E se ele era idoso, ela era quase centenária. Um verdadeiro Matusalém. Sempre ouvi que velhos não mentem, e acredito. Em tamanha idade, não há motivos para não dizer a verdade, não há nada a perder. Isso me faz crer nessa historieta além das outras. Ela falou que eu vim de fato do Vasto Deserto, muito pequena, vagava em completa solidão. Porém, quando me acolheram, estava em meu bolso um papel. Este dizia:

Má Sorte.

E se então não acharmos nosso paradeiro, será que não foi o demônio que o escondeu? E se talvez sentirmos vontade de nos matar, a fantasia não passou de mais um sonho. Mas o erro foi nosso, me entrego, passe as algemas. Contudo, Deus não sente piedade do mal? Deus não sente raiva da vida? Pela imagem e semelhança, sou igual a Ele. Porque, por essas bandas, viver é só mais um livro de contos de fadas, que apodrece em sua estante.

– Esse trecho existe mesmo, na biblioteca principal do reino. Seu nome é Má Sorte e está em um livro gigante, cujo título é *Estranhezas do V.D. (Vasto Deserto)* – completou. – E Vida? De onde vem? Não parece algo como se tivesse criatividade o suficiente para inventar.

– Deveras. Cientificamente, a palavra vem do latim: *vita*, e está relacionada a *vivere*, viver. Mas meu conceito existe há muito tempo, além do que pode ser datado. Nunca conseguiram me definir de fato, não os culpo, também não consigo. E são muitos os povos, etnias, regiões; para cada um, eu represento algo. Às vezes sou o ânimo, a consciência; para outros, apenas o sangue que flui. Não tenho uma origem neste mundo tão legal quanto a sua.

– E a história do sopro da vida quando Adão nasceu?

– Balela, Má Sorte, é minha origem no cristianismo. Não mencionei na hora pois poderia desanimar Hel, e se ela desistisse, não chegaríamos até aqui. Agora, eu vou dormir. Eu também durmo. Não me canso fácil, mas ainda o faço.

– Vida, antes, eu posso te perguntar algo?

– Claro.

– Na expedição, te vi triste e desanimada. Como pode algo assim acontecer à Vida?

– Nunca se abateu, Má Sorte? Sabe, eu fico cansada de minhas representações como alguém animado, sorridente e eufórico sempre. Eu não sou assim. Eu represento a longa jornada neste mundo de um ser, e ele se deprime, se obscurece, reflete sobre a morte, dorme, se exausta, admira a lua, parado e quieto, se amadurece e sente a paz. Eu sou a observante disso tudo. Significa que passo pelas mesmas coisas. É uma resposta simples demais para bater a cabeça sobre. – Piscou para sua amiga, deitou-se de lado, e não se ouviu mais palavra alguma.

Capítulo 6

– Gostam de *tagine*? Sempre faço com carne de porco, e Judeu nunca come, é um enjoado – Eva reclamava, enquanto maneava as panelas de barro e ingredientes.
– Abençoado por Deus – Judeu corrigiu. – E não comeria de qualquer jeito, ninguém gosta dessa gororoba no desjejum.
– Um enjoado! – Serviu em pratos delicados os alimentos. Má Sorte passou a amá-la pelo refinado gosto gastronômico.
– Então, meninas, não vamos enrolar. Após a refeição, nós as conduziremos até Religião, pois também temos que voltar a nossa terra.
– Agradecemos pela gentileza, Eva – Vida gratificou.
– Que é isso. É o mínimo que poderíamos fazer. – Fez uma pausa, sorrindo. Seus olhos pareciam impacientes e flamejantes, de modo que Má Sorte quase conseguiu sentir sua respiração ofegante. – Pois bem! Enquanto comem, arrumarei o acampamento. É muito, porém notem como o organizo em pequenas malas. – Saíra, aparentando felicidade, guardando em panos os objetos pequenos que via. Os olhos de todos os presentes a cercavam.
– Está aflita. Sabe que, quando voltar para Jerusalém, encontrará Adão – Judeu segredou.
– Não gosta de Adão? – Vida indagou.
– Não gosta de ninguém. Não a culpo, já foi culpada demais. É como a caixa de Pandora, mordeu a maçã e liberou todo o mal. Seu marido ainda a culpa por isso e mete em sua cara seus erros. Ela se irrita fácil e, nesses momentos, vai embora. Não

quer saber de ninguém. Da última vez, disseram que cruzou todo o deserto.

– Interessante.

– Só isso tens a dizer? Não é a mais sábia – Judeu canalizou.

– Cala-te – Vida lhe respondeu, porém sorrindo. Sua boca colorida formava uma bela linha de expressão por sua face. Judeu a olhou desgostoso, não questionou. Continuou... ele estava meditando? – Sabes por onde vamos?

– Não sei se Eva se felicitaria por eu lhe contar. Que seja, vamos por ali. – Apontou ao noroeste. – Caminho de Deus. Caminho do Oriente Médio.

– Dê-me um caminho certo para o seu Deus e nunca mais o incomodarei – Vida suplicou. Adoraria manter contato com poderosa criatura. Nunca a vira. Não fora criada por Ele. Como disse a Má Sorte, nem ao menos fora criada. Era apenas uma ideia vaga, uma filosofia subjetiva, a qual invejava qualquer ser certeiro, que tinha uma definição.

Judeu sorriu sádico, mexeu em um bolsão que carregava e tirou um livro enorme. Quinhentas, seiscentas páginas, quase todas marcadas com fitas pretas em suas bordas. Estendeu-o a Vida; seus olhos, naquele dia acastanhados, brilhavam. Ela o pegou, mas, ao abri-lo, encarou Judeu com fúria. Má Sorte não entendeu o motivo e tentou ler as folhas também, porém sua amiga já o tinha fechado e praticamente jogado no religioso, sua mente enraivada.

– Ao meu povo – cínico, Judeu lhe respondeu, pegando o livro com delicadeza e o guardando de volta.

– Que houve? – Má Sorte interrogou, curiosa.

– Este... este... abençoado deu-me uma Bíblia em branco! Sofrerá por meu tormento em toda sua eternidade!

– "Se Deus é por nós, quem será contra nós?". Bem, ao meu povo! Seria um ultraje apresentar tão nobres ensinamentos a tão ignorante criatura. Não acha, Eva? – Eva aproximava-se, o acampamento estava incrivelmente escondido em maletas. Ela o olhou e expressou dúvida.

– Não sei do que falam.

– Se soubesse, choraria dias e noites! – Vida, ofendida, disse.

Eva lançou a Judeu um olhar de complacência, pedindo-lhe para se controlar. Ele não se importou, ocupado demais em levantar-se e espalhar areia pela túnica.

– Perdoem-me. Contudo, que não percamos tempo. Estão prontas, queridas? Quanto antes sairmos, melhor.

Vida olhou Má Sorte, que deu de ombros. Pronta? Nascera pronta, para tudo. Não tinha nada a guardar, nada a organizar para partir viagem. Vida, idem. Eva percebera o movimento e apontou para a mesma direção que Judeu lhes havia apontado antes. Dissera que por lá era mais rápido, entretanto que todos os caminhos levavam a Deus. Judeu a repudiou por esse ato, aconselhando-a a não contar nada sobre Deus para aqueles *seres indignos*.

Eva bronqueou, porém calou-se. Não fora dito mais nada, e Má Sorte aproveitara o tempo em silêncio para admirar os olhos de Eva. Quando a encontrou por primeiro, eram azulados, turquesa. Agora, eram avermelhados como o fogo. Dava para se ver o azul ainda, porém da ponta das chamas, enérgico, vingativo, vivo. Eles pareciam se encher com o que se encontrava pela frente, apenas deserto, armazenava-os para queimar, e quebrar, e destruir. Lindos. A verdadeira dona da tragédia grega. E Eva reparou em sua encarada às órbitas, sorriu, e o fogo desapareceu, voltando à cor primária.

– Sabe, Má Sorte – virou-se para vê-la –, a maioria das pessoas... – refletiu sobre o que falaria – é, como poderei dizer? "Cautelosa" diante do pecado. Elas querem alcançar o Céu e viver ao lado de Deus. Elas tentam seguir a Bíblia, Torá, Alcorão, que seja, fazem ofertas e sacrifícios, jejuns, tornam-se verdadeiros anjos profetas. Eu? Eu não. Eu procuro o pecado. Às vezes as pessoas me põem como uma grande vítima do mal. A pobre menina seduzida pela serpente. Eu me chateio tanto com essa interpretação. Eu sou como a grande prostituta do Apocalipse. Eu estou sempre à procura da grande verdade, que compõe o universo. Eu sou do povo, das estrelas, do céu e do luar. Eu sou como Deus.

Má Sorte a olhou meticulosa, de lado. Algo lhe dizia que a combustão tomara seu cenho novamente.

– Também procuro pela heresia. Por isso estou aqui.

– Por isso te admiro. – Regressara à sua faceta maternal e carismática.

– És cristã? – Má Sorte perguntou enfim, após muito pensar sobre suas ideologias.

– Cristã? É um adjetivo muito vago, não é? Vim por antes de Cristo mesmo. Como acreditaria no futuro, se este é incerto e só cabe a Deus?

– Não és – Vida lhe respondeu com escória e sarcasmo.

– Queridas, existe um conto dentro de cada Bíblia que a grande maioria dos habitantes deste mundo já ouviu. É o conto mais famoso e estimado. É uma Divindade que controla tudo aos seus pés, ou seja, nós, meros mortais. Ele nos põe aqui, onde estamos, para exaltá-lO. E quem não fizer está condenado à punição eterna. Não é isso um desacato? Uma desumanidade? Nossos trajetos são predestinados por alguém que não somos nós. Onde está a liberdade? Onde está o sonho que todos esperavam? Se essa é a religião, se essa é a utopia, isso é o cristianismo, o que não seria, então?

– És estranha – Vida observou.

– E quem não é? É a mais estranha das criaturas e devia se orgulhar. Conheces, Vida, que és mãe de Humanidade e este é um dos postos mais reconhecidos?

– Não, não é. Nunca me deram créditos o bastante, mas não me entristeço. Existo e isso basta. Conheço as criaturas, e para mim está bom, não me importa que me conheçam de volta.

– Singular. Daria três moedas de ouro como aposta de que conhece mais de mil celebridades – Eva malandreou, passando o braço direito pelos ombros de Vida.

– Não se engane, minha cara amiga. É verdade que conheço muitos, mas mil é demais. Não gosto de famosos. Para mim, é a população, os sem alma, os que vivem para reis e ainda fazem revoluções. Entretanto, o que não daria para conhecer Jesus? Nunca o vi. Judeu, és sortudo por isso.

Judeu franziu seu horroroso nariz. Não era uma história da qual se orgulhava, de bordar na pele.

– É – foi tudo o que disse. – Veja, Eva, estamos perto.

– Sim, sim, estás certo. Realmente, sinto um frio pela espinha. Mais próximo, impossível. Estimadas, terei de ir. Mais para lá está Deus. Não posso me aproximar muito, Ele não gosta de mim. Sou sua criação e a mãe das mulheres, a grande mãe, mas ainda nutre uma birra pela cobra. Acha que sou bisbilhoteira e traiçoeira por tentar ser como Ele. Fico por aqui. Aliás, já me vou. Judeu também vai, voltaremos a Jerusalém. – Olhou para Judeu, que assentiu.

– Acho uma falta de respeito avizinhar tão prestigioso Deus. – Sua voz soara alfinetada, e Má Sorte teve certeza de que fora uma indireta bem mal elaborada.

– Sigam por... por ali! – Eva esticara os braços para o norte. – E como lembrou Judeu, sim, sejam cautelosas com as palavras, respeitem-nO acima de tudo. – Estava pronta para sair correndo. *Por quê?*

– Espera! – Vida gritou quando ela deu no pé, porém Judeu ficara, caminhando calmamente. Eva olhou para trás, seus olhos aquosos. – Eu não quero ver Deus! Quero dizer, quero, mas não agora! Não é do que Humanidade precisa! Supliquei-lhe por Religião!

– Atenue-se, Vida! Religião estará ao Seu lado – respondera. Saiu correndo depois, e Má Sorte, que examinava toda a cena, não pôde deixar de sentir uma dor no peito. Não queria dar adeus a Eva, e com certeza não queria que ela fosse sem nem o dizer. Ela a recordaria em tempos de crise.

Quando os dois se foram, a mulher longe demais para ser vista e o homem apenas uma sombra negra, Vida olhou cúmplice para si.

– Duas possibilidades: sair correndo como eles e procurar por outra alma religiosa que possa nos ajudar melhor ou encarar a grande face de Deus.

– Vamos correr. – Olhara apreensiva para o caminho que Eva e Judeu tomaram. Não queria que a mulher fosse embora daquele modo, sem dar adeus ou sem a devida cerimônia.

– Chegamos tão longe para voltar?

– Não! Não, Vida! Não! Vamos para Jerusalém. Sei pouco sobre Cristo, mas é sua cidade, não é? É um lugar abençoado. Um local divino, sagrado, bom, acima de tudo. Vamos para lá! Aposto que nunca foi! – suplicava, mal sabia por quê. Algo lhe dizia para ir.

– Várias vezes em vida – respondeu. Olhou, receosa, para a mesma direção que as pupilas de Má Sorte seguiam. Encarou o chão, mordendo os lábios inquietamente. Estalou os dedos. – É melhor não – disse, por fim.

– Vida! Oh, minha cara, um dia atrás me perguntava se eu tinha desejos e lhe falei que não! Veja agora que meu ser se enche deles, e suplico para irmos a Jerusalém! Se não formos, nunca encontrarei o caminho sozinha e morrerei amargurada de ressentimento!

Vida soltou um grande suspiro, olhando cética para Má Sorte, irradiava sarcasmo. Quando viu que esta não estava brincando, levantou os antebraços ao alto, demonstrando rendição.

– Tudo bem.

– Obrigada, Vida! Obrigada, obrigada! – Tomara as mãos de sua companheira em suas próprias. – Não vai se arrepender!

– Espero que não... então, o que faremos?

– Nós os seguiremos. – Apontou para os amigos.

– Falaremos com eles sobre nossa decisão? Não quero parecer chata ou inconveniente.

– Não seremos, Vida. Vamos logo! Estou tão animada, não vê em meu rosto minha felicidade?

Seguiram, andaram, caminharam, correram. Parecia que Eva e Judeu se afastavam cada vez mais, porém conseguiam enxergar suas silhuetas, então estava tudo bem.

– Veja que aceitei porque ficaria feliz. Não acho uma boa ideia, contudo sou uma alma caridosa.

– Realmente. – Sorrira. – Muita gentileza de sua parte. Como é lá?

– Não quero me apressar em dizer e estragar a farra. Verá e já é o bastante. Tens certeza de que são eles lá? E se estamos seguindo as pessoas erradas?

– Ah, Vida, deixe de bobagem! Quem mais seria? Em algum momento teria a proeza de ver dois grupos juntos nesta vastidão de deserto? Claro que não! Nunca!

– Má Sorte, noto que estás muito contente. Por quê?

– Não sei. Não sei o que me deu. Algo me diz que devo ir, e algo ainda maior me fala que deveria seguir minha intuição. Confia nisso?

– Em sexto sentido? Com toda certeza! Creio que cada ser humano, dentro de si, mantém uma mágica única. Um quê de vidente. E ainda irei mais longe, Deus sabe o futuro, não sabe?

Não é o olho que tudo vê? E se as pessoas foram feitas à Sua imagem e semelhança, então também temos pelo menos uma retina dessa pupila preciosa.

– Que achas sobre humanos que querem ser Deus? Como Eva.

– O que eu acho? E o que tenho eu de achar, Má Sorte? Pessoas assim existem, e quem dirá que estão erradas? Quem falará que estão certas? Só tenho a ver e admirar suas coragens. E você?

– Nunca formei opinião sobre isso.

– Nunca formou muitas opiniões.

– Já me conhece demais.

– Obviamente.

Fecharam-se as bocas. O sol se punha no oeste. Era triste, mas amoroso. Era lindo. Uma pintura de Da Vinci. Uma pintura de todas as almas vivas.

Capítulo 7

– Sabias que se encarar a cor verde por muito tempo ficas cega? – Vida tagarelava, os olhos fechados em concentração, a boca escancarada numa grande risada.
– Mentes.
– Mais do que nunca.
Eram mais de dois dias rumando à utopia. Em todas as horas, Vida reclamava que seguiam as criaturas erradas, e Má Sorte continuava a falar que era impossível. Pois estava certa, já que Judeu deixou cair um de seus Salmos pela trilha, apanhado calmamente pelas mãos macias de Vida. Ela leu e releu, então disse:
– Em noites de perigo, manteremos isto conosco como se fosse espada. Sua religião nos salvará de todo o mal. Acreditas?
– Não, Vida, já lhe disse que não creio que algo seja real, talvez nem mesmo nossas existências.
– Ah, Má Sorte, que balela!
– Quer argumentos? Sei que estou certa.
– Que argumentos? Argumentos não são necessários. Se acreditar, será real. Se disser que acredita, será. Aliás, como quer chegar à cidade de Deus sendo descrente desse modo? Será uma vergonha, seremos expulsas!
– Poxa, Vida.

Nós nunca iremos para Jerusalém? Ao além, amém, calem!
Iremos para Jerusalém, agora mesmo, esmo, lesmo, fez para
ir à cidade de Deus. A cidade do Juízo Final. Final! Cidade de
Jesus, dos sonhos, Babilônia, terra proibida, de prostitutas,

anjos e profetas, eu morrerei em Jerusalém. E minha alma será cremada, morta, mutilada, apostada nas mesas dos grandes reis, que para sempre reinarão em Jerusalém.

Matusalém, vovó já dizia, que dizia Pedro, que dizia João: se negar Cristo por três vezes, então uma boa história terá para contar. E se gritar, chorar, descabelar-se, mais ainda terá. As cruzes, às cruzes, às cruzes! Cruzadas! Quanto já não? Tanto sangue não derramou? Guerras não viu? Amaldiçoada! O fim será quando em ti tiver paz. Abençoada! Terra de Deus, como seria? Como Ele, apenas. Só terá paz no fim. O reflexo. E ainda dizem que seu povo é como pequenos deuses, e seus olhares são os mais pecaminosos, Jerusalém! Nós nunca iremos para Jerusalém! Tomarei meu caminho a Jerusalém! Ao além, amém, calem! Jerusalém!

– "Poxa, Vida", acho engraçadas as expressões comigo. – Sorrira. – As pessoas não sabem quanto me alegro com elas. Sinto-me a mais bela, a melhor, a maioral. Uma rainha!
– E quando é sobre algo ruim?
– Ruim? Má Sorte, eu só sou sobre algo ruim quando é o meu fim. – Sua voz soara arrastada, melosa.
– Misericórdia.
– Não diga misericórdia para mim.
– Por quê?
– Não sei. Sinto-me triste com a palavra, como se uma calamidade tivesse acontecido. Não aconteceu, pois? A Morte era um mar de nervoso e estresse. Em tempos que convivi com ela, sempre dramatizava sobre as mais ridículas coisas, os assuntos mais idiotas. "Uma jarra de leite caiu, misericórdia! Socorro, Deus, socorro! Que irei eu fazer?". Quando pequena, assistia a seu desespero e me desesperava junto, imaginando o azar que teríamos a partir dali. Com o passar dos anos, passei a responder: "Tola, não

vê que mais mil jarras se postam em sua frente?'". Ela não aprovava meu debate e se desmanchava novamente.

– Ela era mais velha que você?

– Sim, sim. Morte é mais velha que Vida, grande descoberta. É porque a morte existia já muito antes. Deus a sentiu, em Sua pele, na solidão que O tomou em seu universo. Portanto, criou o homem. Muitas pessoas confundem a Morte com a tristeza e a mim com a felicidade, estão mais do que certas. A Morte nada nos traz além de luto, escuridão, ódio, rancor e arrependimento. Eu? Eu não. Eu trago o perdão, trago o amor, a esperança. Que mais esperava? Não se sente bem estando junto a mim?

– Não – Má Sorte gracejou.

– Chata. Entediante! – Deu-lhe com a língua. – Nunca teve irmãos?

– Não

– E também não quis?

– Não.

– Nada como Boa Sorte? – zombou. Seus dentes enfileirados davam a noção de limpeza e saúde.

– Depois eu que sou irônica.

– Não, querida, você é a única irônica aqui. Eu faço piadas assim, enquanto este é o seu estilo de vida. Há uma ampla diferença.

– Vida?... – clamou Má Sorte, seus olhos saltados, observando os lados com atenção e pavor. Puxava as mangas de sua amiga e a mirava suplicante.

– Que é?

– Olhe!

Vida, pressurosa, olhou para Má Sorte e seguiu sua vista. Prédios de três e quatro andares erguiam-se por suas cabeças, engrandecendo-se, mostrando a glória da cidade que alcançaram.

– B-bem... vin-do. – Má Sorte tentava ler de uma placa. Os prédios deram lugar a construções arquitetadas e urbanizadas. Era uma paisagem em tom pastel, em sua maioria amarelada, decerto pelo céu caloroso, dourado, com nuvens compridas quase azuis de tão brancas.

– Parabéns, querida, você sabe ler – Vida satirizou. Notava com olhos inquietos as ruas e pessoas que se estendiam diante delas. Do nada, tudo surgira. Quando menos esperava, a grande explosão demográfica. Pequenos andares e casas isoladas deram lugar a um monstro de terra e barro. – Que fazemos agora? Evidentemente perdemos Judeu e Eva. Não sabemos para onde ir, o que fazer. Que ótimo! Sabia que não devia ter vindo!

– Lamentar-se não vai ajudar! – Má Sorte brigara. Nunca vira uma cidade grande. Nunca vira uma cidade.

– O que fazemos, então?

– Entender para onde vamos é o principal. – Vida a acarou com deboche. – Olhe, devemos achar um lugar onde passar a noite, ou andaremos! Se andarmos, qual é o problema? Sei que ama a longa caminhada exaustiva, e eu nunca tive grandes desejos.

Vida assentiu e disse:

– Vamos conhecer o local. O povo, os bairros.

– Claro! – Sorrira animadamente. Esperava pela sua concordância, para mostrar que não trazia más ideias, embora tivesse o nome mais sugestivo.

Ambularam pelas áreas, dando às duas a oportunidade de descobrir melhor a cidade de Deus. Má Sorte atendeu às pessoas, assim como Vida. Reparou que eram de várias etnias, algumas o oposto. Lá havia brancos, mestiços, puros, de tudo. A maioria vestia-se de túnicas de cor sólida, mas também havia os que expunham vestidos coloridos e modernos, como os de reis. As ruas iam de apertadas para soltas e afastadas. O chão era de areia, porém mais firme, de modo que não entendera o processo que recorria ali. Os edifícios eram também de areia em forma de barro, com janelas rústicas, discordantes, as quais Má Sorte se acostumara a ver nos reinos. De qualquer forma, tudo ali era lotado. Uma enorme metrópole. As pessoas se formigavam, de modo que, se alguém parasse, seria empurrado com os corpos. Todos ocupados, levando algo ou apenas apressados. Duas vezes vira carruagens luxuosas. Quando passavam, os meros mortais se amontoavam mais ainda, o que era impossível, para não serem atropelados.

Vida logo se entusiasmou com o movimento. Estar tão perto de tantos indivíduos a enchia de energia. Uma hora, entrara escondida num bar, rindo de lado para Má Sorte, e roubara um mapa e um cigarro. Questionou o porquê do cigarro, Vida respondeu que era apenas pelo prazer da malandragem, contudo o mapa ajudaria.

Ao entardecer, sentaram-se na sarjeta de uma vereda vazia, difícil de achar. Riram consigo, sem motivo, apenas pelo fato de estarem felizes, e aquela era a melhor das risadas.

– Está noite. E agora?

– Agora? Agora, Vida – Má Sorte soava drogada, embriagada pela paixão de viver –, vamos atrás de Madalena!

– O quê?

– Passamos por tantos bares! Vamos a algum, vai!

– Suas propostas sempre dão errado.

– Esta não dará! Que custa?

– Ainda não achei Religião, Má Sorte. Essa aventura tomou-me apenas tempo.

– Amanhã, pela manhã, partiremos!

– Promete?

– Prometo!

Vida a olhou desconfiada, porém era apenas brincadeira. Rira, após alguns segundos, não conseguindo manter a encarada. Ambas se desmancharam em gargalhadas. Encontraram a utopia, não queriam mais voltar.

Partiram, assim sendo, sem rumo, apenas com o destino final de um bar. Encontraram, após cerca de duas horas, uma loja aberta que emanava o cheiro podrido de álcool. Lembrou Má Sorte de Poeta, e isso lhe trouxe raiva, pois se entristeceu, e não queria se dar a esse luxo enquanto estava tão contente.

Algumas pessoas sentavam-se às mesas para fora, comendo e bebendo, vendo o vento passar. Má Sorte voltara a ser bem-disposta novamente. Todos se divertiam e não havia problemas. Estava tudo perfeito, não queria mais ir, não como fizera antes. Concluíra que se sentia atraída por lugares cheios, que emanavam o deleite. Lugares barulhentos, cheirosos, gritantes. Pois havia ainda um pouco de Vida em si!

O garçom tinha olhos aviados, com bandejas em mãos. Mostrou a elas uma mesa com rapidez imensa, uma mesa meio caída, no canto mais buliçoso. O suficiente! Mais que suficiente! Sentaram-se e conversaram sobre o ambiente, sobre as personalidades.

Pediram água, nenhuma queria beber. Oras, não eram bêbadas! Por isso, viram a noite virar, naquela cadeira quente de madeira. E contemplaram com zelo, pela madrugada, quando uma mulher se aproximara delas. Sem aviso prévio ou delicadeza para pedir, sentou-se numa terceira cadeira vazia defronte delas. Vida e Má Sorte já tinham lido a Bíblia. Má Sorte mais vezes que Vida, pois era o único livro que Rainha Hipocrisia a deixava ler, portanto era seu único lazer pelos finais de semana. Logo, não fora nenhuma dislexia reconhecer Madalena ali. Maria Madalena. A santa, a prostituta, o exemplo de todas as senhoras e homens, o amor, a paixão, o calor, as histórias, a sangria e o veneno. Madalena.

Má Sorte, num ato maduro por demais, engasgou com sua própria saliva e teve que olhar para cima e puxar o ar para voltar a respirar. Vida riu discretamente, já tinha rido de muito pelo dia. Não tinha reconhecido a profeta, não era experiente o suficiente.

A mulher, diferente da maioria ali, usava um vestido vermelho, que se estendia até os tornozelos e abria-se nas coxas e ombros. Sua pele era acastanhada e marcada pelo sol, meio rosada para o preto. Seus cabelos soltos eram marrons, como o solo vulcânico, ondulados e lisos, uma faixa amarrava-os. Seus lábios eram finos e cobertos por ruge vermelho vivo. Tinha colares no pescoço. Sua presença irradiava liberdade e exaltação. Acima de tudo, uma cócega rodeou a tez de Má Sorte. Sentia-se mal por sua malcriação em vida.

– Senhora. – Má Sorte abaixara a face em submissão e sinal de respeito. Crescera lendo o Novo Testamento, seu testamento predileto, e tomava Madalena como um tipo de heroína. Na fase rebelde de sua adolescência, era seu maior exemplo, pois suas lendas não a tinham como modelo exaltado por Deus e seu povo. Era uma mulher pecadora, da terra, da serpente, mas que alcançava o Céu. Era um sonho.

Vida a olhou engraçado, Madalena apenas abriu mais seu sorriso.

– Vão embora. – Sua voz soava compreensiva e cômica. Sua boca turvava-se como uma palestrante, tal qual teatrista. Má Sorte, ainda extravagada, não cria na beleza de tal moça. Queria ouvir sua risada, encarar seus burlescos e expressivos olhos. Queria ouvi-la contar sobre o Paraíso, que talvez fosse uma manta no inverno, e sobre a vadiagem que carregava. O que achava do mundo, tinha tanto a contar. – Esta cidade não é para vocês.

Vida a visou ofendida, arfando. Quem ela pensava que era? Para falar à própria Vida que ali não era o seu lugar?!

Após, Madalena se levantou e saiu; saíra tão repentinamente quanto entrou. Seus passos balançavam como os de gato.

– Má Sorte, ouviu isso?

Má Sorte não teve tempo de responder; levantara-se e caminhara em direção ao seu ídolo, de seu senhor. Não a podia deixar ir assim, como deixou Poeta, e depois se amargurar profundamente.

De longe e na multidão, Madalena era só mais uma. Seus cabelos se emaranhavam como os de outros homens, como qualquer um, porém aquele brilho especial que tomava seus fios denunciava sua posição. Parara antes de sair, na parte mais lotada, e ficara ali pairando, como um pássaro de fogo, desfiando penas e procurando por um lar.

– Mulher! – Não existia melhor nome para chamá-la.

Madalena, como se soubesse que alguém viria persegui-la, virara seu rosto em direção ao chamante e respondera:

– Que é?

Feminina alma,
tão mulher,
tanto eufemismo,
em teu seio
viro poesia.

Feminina alma,
a eugenia
dos que não te amaram
se tornará obsessão
dos que estão por vir.

Feminina alma,
por que veio?
Me trouxe aqui.

Feminina alma,
nunca se torne masculina,

porque senão, apenas senão,
[nunca será]
não virarei mais poesia
em teu querido seio
de minha alma feminina.

– Não me deixe! Oh, mulher, não me deixe! Não vá assim, não me deixe aqui, desolada, esperando pelo nada, fique! – Humilhava-se tanto, contudo não se importava. Afora Poeta, nunca achara tão preciosa pessoa. Nem Eva se comparava a sua meiguice. Queria jogar-se em seus pés e implorar pelo seu amor. Por um momento, sentira-se como seu pai quando encontrou sua marinheira. Madalena a olhou tensa e suas órbitas luxuosas percorreram o salão. Mordeu o lábio inferior. Tirou um papel das mãos de um senhor que escrevia um bilhetinho ao seu lado, junto de sua caneta. O homem amargurou, porém, quando se virou para reclamar, viu a figura da ladra e deu de ombros, em desistência.

Madalena usou a mão como apoio e escreveu rapidamente. Sua face se contorcia em atraso.

– Tome. – Má Sorte pegou a folha e leu afobada. Era um endereço. – Escreva-me quando quiser. Poderá me contar suas angústias e acontecimentos. Posso ver em seu cenho que já passou por demais. E nenhum barco se mantém sem um porto seguro. Pois então eu o serei. Mande-me cartas quando quiser, prometo que as lerei. Apenas não sei se responderei, não devo lhe confirmar nada.

– Tudo bem. – A agraciada sorrira, feliz demais para levar em conta qualquer detalhe besta. – Como devia lhe agradecer? – Levantou a face do endereço para encarar Madalena, mas esta já tinha desaparecido.

– Mulher! Mulher! – gritara por seu nome, em vão. Tinha ido há tempos e não voltaria mais. Correu de um lado a outro do galpão, empurrada e encurralada por corpos. Inútil. Daquela vez, fora sua Pietá a partir.

E o que poderia fazer?

❦ ❦ ❦

– Viu que tolice? Provavelmente, era mais um bebum deste lugar. Cidade de Deus, cidade de Deus, bah! É uma cidade pecaminosa tanto quanto outras! – Vida reclamava. Má Sorte apenas a ouvia, calada. Que falaria? Contar ao povo sobre Madalena apenas tornaria sua imagem mais irreal.

– Pois é... vamos?

– Aonde?

– Encontrar sua Religião.

– Ah, Má Sorte! Não era você quem queria vir para cá de tudo quanto era jeito? Aqui fiquemos, então, por apenas mais que um dia. Quero ver ainda as atrações turísticas.

– Que atrações?

– O Muro das Lamentações. Sempre quis ver uma multidão a se lamentar em conjunto.

– Não acho que os que se lamentam se considerem uma atração turística, Vida...

– Que me importa o que acham, minha cara amiga? Neste mapa diz que recebem milhares de estrangeiros ao dia.

– É só uma propaganda...

– Como amanheceu chata, Má Sorte! Deve de ser influência daquela lá de ontem. Intrometida! Enraivei-me tanto de sua pessoa, e veja que não me enraiveço por nada.

– Obviamente – respondeu, indiferente. Vida bufou.

– É ao norte o nosso muro. Seguiremos.

Andaram ao norte. Má Sorte não via nada parecido com um grande muro.

Fora uma longa caminhada, afinal. Tão longa que Vida teve de negociar um copo de água num restaurante. Fora a primeira vez que vira Vida beber água, o que parecia uma grande sátira. O clima era mais quente do que no deserto, já que a aglomeração de seres humanos esquentava a mais fria criatura, e as construções douradas apenas refletiam o brilho do sol. Passaram por bairros nobres, com casas de ouro, e Má Sorte não conseguia relacionar a nada sobre política.

Após o que lhe pareceu quatro horas, no sol quente como um burro de carga (os quais, aliás, perambulavam por entre o povo como se fossem um deles), chegaram a umas enormes pedras enfileiradas, das mesmas cores de todas do município. Alguns homens ajoelhavam-se diante delas, vestidos como em luto, de um lado isolado. De outro, os mesmos pobres cidadãos esperando pela morte mantinham-se como sempre, como em latas de sardinha, pequenos peixes tentando alcançar os mesmos blocos.

– Não é lindo? – Vida questionou, extasiada.

– Oh, é maravilhoso – Má Sorte ironizou, revirando os olhos. O lugar tinha cheiro de suor, de sangue e de tecido sujo, todos lhe davam enjoos suficientes para se tornarem desagradáveis.

– Você é uma trágica. Este é um dos mais belos locais que já visitei.

– Você tem um péssimo gosto.

– Ah, cale-se! Má Sorte, Má Sorte! Olhe! – Apontou para o local particular. – Veja se aquele não é Judeu!

– É?... – Olhou. Os homens eram iguais a Judeu. Não conseguia distinguir o conhecido dos outros.

– Sim, claro que é. Não vamos falar com ele, não? Está muito ocupado, e nos acharia imbecis, mais do que já acha. Será que Eva chegou até aqui? Creio que não! Deve ter ficado na muvuca, na multidão! Tão sábia. Ela, sim, sabe aproveitar a vida, Má Sorte. A propósito, vamos sem demora. Você estava certa, devemos encontrar Religião logo.

– Estás falando sério?

– Mais, impossível! Não temos mais nada com aqui. Nunca gostei de ruínas, mesmo.

Má Sorte sorrira de lado. A contradição que era Vida lhe parecia fascinante.

Saíram, realmente Jerusalém não tinha o que acrescentar a elas. Era uma metrópole movimentada, alegre, e casa de mais estonteante alma que já vira e que nunca mais esqueceria. De resto, era por só.

Achar a estrada de volta ao Vasto Deserto fora tão fácil quanto fora chegar lá. Nos entremeados de rua, as casas começaram a desaparecer, e as pessoas, a sumir. Quando chegaram à areia, eram apenas elas de novo. Uma dupla, uma companhia.

Vida voltou a falar, protestar sobre Madalena, e, em susto, Má Sorte reparou que Vida guardara para si até o rótulo do copo de água, para comentar sobre este mais tarde. Que, por envolta, achara belo, porém muito simples, e declarou que, se tivesse uma fábrica de rótulos de copos de água, ela os faria em um estilo moderno.

– Quanto tempo falta para encontrarmos Religião? – Má Sorte indagou, impaciente. Eram três semanas de volta às dunas.

– Sei lá eu.

– Como sabe para onde estamos indo?

– Já lhe disse que O sinto.

Má Sorte bufou.

– Não se irrite. Não falta muito.

E, oh, Deus, não faltava.

Capítulo 8

Má Sorte já tinha pensado em seu encontro com Deus. Imaginava que, quando morresse, uma grande figura com espada a levaria ao Inferno. Sua pele seria castanha, como os nativos de Israel, e seus olhos seriam como a terra. Contudo, o que sentiu fora como a morte, e não tinha nenhum pedaço de seu coração que suplicasse que Aquele não fosse Deus. Em instantes, era como uma doente, uma formiga.

Sua avó costumava falar que um dia cairia por terra. Má Sorte caíra. Seus músculos fraquejaram, todos, de todo seu corpo, certa de que seus órgãos também. Seus joelhos cravaram-se na areia, seus pés afundaram. Logo, seu torso era pesado demais. Seus ombros se curvaram como se carregassem o mundo, todos os continentes, e seus antebraços também se soterraram. Suas mãos se fecharam em punhos, e chorara. Chorara como um bebê. As lágrimas se suicidavam de seus olhos e nem sabia explicar que sentimento sentira.

Tentara ver que desgraçado a fizera assim, mas não conseguia se levantar, manter-se altiva, não via nada aquém do chão. Quando pensara que sua face tombaria por igual, arranjou forças, das mais profundas, alimentadas por um orgulho inútil, para jogar-se ao lado, para a esquerda, de modo que enxergara numa bagunça o vislumbre de Vida, intacta, de pé, ajoelhando-se por vontade própria. Sentira inveja e raiva por sua imunidade, contudo esta era óbvia. Deus precisava de Vida. Vida podia morrer pelas mãos de Deus.

Afinal, como numa grande brincadeira de desgosto, a sensação de gravidade ao extremo parara, mas, com inércia, continuara a ruir, como uma muralha, e a lacrimar. Contorcera a faceta em uma careta, das piores, e sentiu comer os grãos da terra. Nunca tão antes humilhada, nunca tão antes serva.

Suja e impura, a pujança que se alimentara do ódio a fez se elevar até os joelhos. Ajoelhada, preferiu ter ficado caída. Sentado, numa cerca de madeira, estava um... ser. Não mulher, não homem, um ser. Vestido de uma túnica preta, como todo religioso, seu rosto era terrível. Era a terceira guerra, era a grande revolta, a fome, a devolução, o medo, o pavor. Suas feições queimavam, severas, seus olhos eram indistinguíveis na confusão. Gritara, ou tentara. Sabia que, até o fim de seus dias, a face de Deus a seguiria e a perturbaria, sendo o principal motivo de todos os seus pesadelos.

Movera a vista para qualquer lugar que não fosse o homem, e encontrara uma mulher ao seu lado. Ela segurava pilhas de papéis, como sua secretária, e sorrira docemente, tal qual Eva. Sua pele era esbranquiçada, e sua boca, rosada. Seus olhos ternos eram rosa, como bochechas de bebê, com alguns riscos amarelos, como a luz da lareira num dia de neve. Era esguia e baixa, vestia da mesma roupa chata e entediante, mas que parecia tão bem e precisa em seu corpo. Má Sorte quis salvá-la, quis tirá-la dali, quis deixá-la longe de Deus.

Arfando, encarara de volta o homem. Não era medrosa – embora sentisse vontade de ser –, e sua falta de fala lhe deu ódio.

– Sabe por que estou aqui. – A voz de Vida ecoou pelo silêncio, indo aos ouvidos sangrentos de Má Sorte até os caixões que deviam existir ao chão.

– Me quer – a mulher respondeu, esticando os braços e caminhando para perto. Era realmente pequena e delicada.

Vida sorrira com a facilidade de tê-la, e uma fatalidade acontecera, então, para complementar o terror de Má Sorte. Religião se transformara em líquido, derretendo a cada poro, começando pela cabeça até os pés, o vestido consigo. Em azul vibrante que se transformou, escorreu pelas dunas, e Vida, que tinha se levantado, ajoelhou-se novamente para guardá-la num frasco. Tampou-a com rolha.

Voltou-se para Má Sorte e em seu olhar demonstrava piedade e misericórdia. Puxou-a pelo braço, sentiu dor, e a pôs de pé.

– Hora de ir. – Apoiou sua amiga em seus ombros e, com ela mancando, virou as costas. Mas, antes de ir muito longe, virara para trás e dissera: "Amém".

Má Sorte não sabia o que falar, não entendia o que acontecera, ainda estava embriagada com tudo. Passaram várias montanhas, suficientes para não se ver mais a Deus, e, quando era remoto demais, Vida a soltou. Desmoronara-se com um baque. Sentia seu rosto ferver e a pele arder. Onde estava a morte dolorosa? Não, não, havia a dor. Onde estava a morte?

☙ ☙ ☙

– Ah, você está aí! Pensei que morreria, iria para o Inferno, ficaria sozinha! – Má Sorte acordara com Vida lhe sacudindo os ombros, os olhos aprofundados em mágoa e agitação. Parecia meio maluca naquele estado.

Sentou-se e sentiu as pernas reclamarem. Tudo que restara em sua mente fora uma lembrança vaga do que acontecera, do líquido Religião, e de uma versão malvada de Jesus.

– O que... o que houve? – questionou, as mãos nas têmporas. Não tinha um arranhão desde a vez que encontrara os lobos.

– Vimos Deus. Acho que é mesmo ateia, não reagiu nada bem ao seu salvador.

– Salvador... de minha angústia, queres dizer. Agora, não sinto tristeza nenhuma. – Sorriu, sádica.
– Uma tragédia. Você é uma tragédia.
– Queres... queres parar de falar?
– Perdoe-me, senhora. – Vida fora sarcástica. – Não sabia que o barulho incomodava tanto a *vous chéri*.
– Vá se foder.
– Os mais incapacitados primeiro.

Má Sorte a olhou, incompreendida por ainda não ter entendido que necessitava do vazio. Porém, ao tirar os olhos de sua companhia e olhar o pôr do Sol, relacionou que Vida deveria ser a mais carinhosa das criaturas por irritá-la.

Quando refletiu sobre o céu colorido, a mesma visão que atormentou seu subconsciente voltara à tona. Os olhos incaracterizáveis de Deus a caracterizavam como uma menininha assustada. Bufou. Sabia que nunca mais teria a paz, e essa conclusão lhe dava energia para seguir em frente.

– Onde... onde está Religião?

Vida abriu um dos panos de seu manto e tirou de lá o mesmo frasco. Sorriu.

– Quando capturarmos a todos, voltaremos para encontrar Humanidade. Ela os beberá e tudo voltará a ser como antes. Não é lindo?

– Não.
– Niilista.
– Nem sei o que é.
– Estúpida.
– Sua mãe.

Má Sorte se alegrou. Aquele estranho e bruto diálogo lhe pareceu o auge da amizade, que nunca tivera com ninguém. Por um momento, também quis guardar Vida num vidro e a beber. Logo após, sentiu-se mal, pois sabia que sua amiga não se sentia

do mesmo jeito, já tivera muitas amizades e todas eram iguais. Sentiu-se excluída, embora estivessem apenas em dois.
– Para onde vamos agora?
– Não é tão claro, Má Sorte? Não está estampado em meu rosto que vamos à procura de Política?

Capítulo 9

– Sabe, agora estou filosofando comigo mesma – Vida discursava interminavelmente. – Não encontramos Cristão ou qualquer representante do Cristianismo.

Estavam andando, de volta àquela maravilhosa rotina, pelo Vasto Deserto. Saíram de seu acampamento pobre pela madrugada, e agora admiravam o nascer do Sol azulado, que apenas aquelas terras sabiam dar.

– Judeu – Má Sorte respondeu, inocente por Madalena, olhando para Vida pelo canto dos olhos. Acostumara-se tanto com sua presença e sua voz jovial que passara a esperar e amar. Não se irritava mais com suas fofocas e bisbilhotices.

– Não, não. Cristão é quem acredita que Cristo é o salvador. O cristianismo segue Cristo. Judeu segue apenas a Deus e a sabedoria.

– Então Deus. – Falar aquele nome lhe dera vertigens. Já se recuperara do grande golpe, porém às vezes, quando estava distraída e com frio, via seu rosto distante, encarando-a como se encara um presidiário condenado.

– Eurocêntrica. Existem várias religiões que seguem a Deus, não viu Alá?

– Não me chame de nomes que não conheço.

– Devias ler mais livros.

– Que tenho eu com palavras antigas?

– Dão conhecimento.

– Pois duvido.

As mesmas janelas que abrimos de dia, fechamos de noite. Qual a necessidade então de abri-las? Seria o desespero pela luz do sol? O desespero pela parte fingida de liberdade?

– O que livros têm a ver com janelas e liberdade? – Vida objetou-se.

– Livros são janelas. Pessoas dizem que viajamos quando lemos livros, entramos em universos diferentes. Realmente. Fazemos isso porque nosso cotidiano é muito chato, e não iríamos aguentar. Porém, de noite, fechamos as capas e os guardamos na estante. Lemos, lemos, viajamos, e viemos parar no mesmo lugar. Para que então os ler?

Vida a olhou surpreendida.

– Sabe, às vezes acho que és um filósofo.

– E não somos todos?

– Existem pessoas que não são. Que aceitam o que lhes dão, que seguem a linha, que não pensam. Esses não são. Você ainda conhece pouco do mundo para afirmar tão poderoso pensamento. Se fôssemos todos filósofos, já teríamos saído da Idade da Pedra há tempos.

– Você é muito prepotente. Que seja, ainda não me explicou quem é Política.

– A mais chata dos seres. Odiaria a conhecer. Se acha que sou prepotente, ainda não a conheceu. É a mãe de todos os reis e presidentes, familiar de todo o mal e o bem, dona da sabedoria e de toda a geografia deste mundo.

– Essa quantidade de formalidade sempre me assusta – Má Sorte ponderou.

– É a sua informalidade que está prevista – Vida rebateu, escarnicando.

– E como achamos Política?

– Da mesma forma que achamos Religião. – O falar fortunoso da companheira encheu Má Sorte de esperança e orgulho, o suficiente para calar-se e admirar seus olhos e seu modo de pronunciar as palavras.

Foram quarenta dias e quarenta noites. No final destas, Vida dizia que estavam como Noé no dilúvio, para Má Sorte responder que realmente estavam num dilúvio de azar mandado por Deus.

Vida, como no começo, fazia brotar frutos secos e velhos, estragados, e se desculpava dizendo que estava fora de prática e que nunca pegou o jeito. Era só a forma que encontrava de puxar assunto sobre as folhas secas marrons do outono, e sobre os olhos de Paz, que eram da mesma cor. Má Sorte ouvia atentamente e dizia que seu pai tinha os colírios da mesma cor, e que colírio rimava com lírio, que soava como lírico, que não soava como coisa alguma. Vida dizia que ela era maluca, Má Sorte agradecia e seguiam caminho.

Em nenhum momento cruzaram com qualquer criatura ou ser vivo. Apenas no quadragésimo primeiro dia, após comerem uma maçã verde (de bolor) que Vida criara.

– Sua comida está cada vez pior – Má Sorte notara, olhando feio para a criadora.

– Cale a boca, pelo menos tem o que comer.

– Preferia eu não ter.

– Ingrata.

– Nunca. – Sorrira marotamente Má Sorte, dando de ombros e jogando o caule da fruta fora. Sentira-se como Eva. Aliás, estava sentindo-se como muita gente após conhecer suas histórias, que Vida lhe contara.

Silêncio. Apenas o som amargo da respiração das duas.

– Ah! – Vida quebrara aquela linda ordem.

Má Sorte e ela deram um pulo, Má Sorte engatando sua faca e Vida gritando com a mão ao peito. Olharam para baixo ao mesmo tempo, desesperadas. Uma mão. Uma mão branca meio escura de sujeira, coberta de pó, unhas dilaceradas, punha-se para fora da areia, agarrada ao pé de Vida.

Enquanto Vida se descabelava, Má Sorte, com cautela, aproximou-se e meteu a lâmina afiada numa veia daquele pobre membro, onde sabia que dava ao coração. A mão soltou-se, morta, dos pés de Vida. Silêncio.

Seus suspiros se misturavam numa música. Vida correra por até dois metros, seus peitos subindo e descendo pela adrenalina. Má Sorte não estava feliz com aquilo, e havia de matar o desgraçado que o fez. Agachou-se, de joelhos, na área da mão. Descobriu-a sem instrumento algum. Poucos centímetros depois do palmo, havia o corpo de uma mulher. Desprotegeu-a por inteiro e puxou-a pelos ombros para a superfície. Gritou.

Ali jazia o corpo inerte de Rainha Hipocrisia.

Ofegou e deu uns passos para trás, amuada e descontrolada como Vida. Ainda gritava, e, como num ataque de pânico, tombou, as mãos nas orelhas, berrando. Fora ela quem a matara? Iam matá-la. O que fazia ali? Como chegara? Onde estava Princesa Loura? O que estava acontecendo?!

Em surpresa, fora Vida quem investigara seu cadáver. Ignorara Má Sorte completamente, e, quando se recompôs, fora direto à Rainha. Ela tinha cabelos escuros, negros, ondulados e bagunçados, como num ninho. Seus olhos vagos pareciam os de uma boneca, encaravam o céu e algum ponto distante entre ele. Sua boca se comprimia em sofrimento, de modo a estar roxa, assim como o resto de seu rosto, outrora branco. Em sua nuca, uma coroa de ouro enfeitada de pedras preciosas vermelhas. Em seu torso, um vestido verde e azul, de seda cara, francesa.

Enquanto Má Sorte ainda chorava em fobia, cuidou de analisar com cuidado a situação. Rainha Hipocrisia. Rainha. Rainha! Um passo a mais para Política. E então parou para refletir de verdade. Aquela não era a soberana de sua conhecida, não, não. Era apenas a forma de uma monarca aleatória. Abriu sua boca e confirmou. Rainha Hipocrisia tinha dentes de cavalo, amarelados, grandes e indiscretos. A mulher ali, não. Eram dentes de ouro que fediam a peixe e frango crus. Arrebitou o nariz.

– Venha cá e veja, agoniada, como não é sua majestade aqui. – Chamara por Má Sorte, virando-se para olhá-la e gesticulando para vir. Ela nem levantou os olhos, ainda presa em seu mundo paralelo. Vida bufou. – Ah, vamos lá! Pare com isso. Estás sendo boba e fútil.

Nenhuma interação.

Perdera a paciência.

Levantara-se e puxara Má Sorte pelos braços, fazendo-a encarar.

– Me escute, sua idiota! Não é Rainha Hipocrisia, é uma rainha aleatória! Não tem nada de errado aqui, mas vai ter se continuar assim!

Sua voz inquieta atraíra a atenção de Má Sorte, que voltara a fixar o olhar, desta vez em sua amiga. Balançou a cabeça, recobrando a consciência. Que tipo de assassina era? Qual respeito queria agindo desse modo? Arrependera-se amargamente, crente de que nunca mais seria enxergada do mesmo jeito que era por Vida.

Tentando mudar essa realidade, precipitou-se até a rainha. Observando-a com cuidado, tivera a certeza de que realmente nunca tivera relação alguma com a mulher. Alguns traços dela eram diferentes da conhecida por Má Sorte, irreconhecíveis para um estranho, mas perceptíveis para alguém que convivera consigo. Suspirara. Tanto temor para nada.

– Conheces? – perguntou à Vida.

– Nunca vi. E tu?

– Graças a Deus, não. Vamos ignorá-la e seguir caminho – propusera.

– Não, não, Má Sorte – suplicava Vida. – Não podemos ir assim.
– Que devemos fazer, então?
– Tens papel?

Má Sorte bufou. Não queria emprestar papel para Vida, até porque sabia que ela nunca o devolveria, e só tinha as folhas que trouxera do Palácio, as quais estavam acabando. De qualquer modo, explicar seus medos para Vida seria em vão. Puxara o pedido.

– Tome.

Ela pegou com as mãos exaltadas e tirou seu próprio lápis. Apoiou-se no nada mesmo e se pôs a escrever. Ficara assim por cinco minutos. Sua letra, Má Sorte verificara, era garrancho e feia pela pressa. Ao terminar, dera trêmula o documento a ela.

S'il vous plaît, mon chéri, mas acho que deixou sua dignidade cair. Ela está na rua dos desolados, na França pobre, com miseráveis achando que são burgueses com bom fim. Eu realmente não queria perturbar a votre seigneurie, mas acho que não sobreviveria sem ela, sem um apoio inexistente de autoestima mentirosa que te diz que de fome nunca morrerá.

Please, my lady, mas Nova Iorque não é para nós. É para eles, ricos depressivos das mansões. Somos apenas pós de Deus, não dos mesmos que fizeram os gigantes. Somos formigas que obedecem a suas rainhas, que são homem. Somos revolucionários que se atrasaram para a própria revolução, e te digo, essa é nossa tarefa, num ódio amoroso como uma Latin American.

Aber lassen Sie mich nicht, Ma'am, que meu amor, minha vida é para ti. É para a poesia portuguesa dos crioulos que imitavam os que sabiam o que fazer. É nosso mar na terra, do desbravamento da pobreza desse mundo que criou meu coração. Não me deixe apenas pela minha falta de conhecimento, não sou uma princesa norueguesa, mas posso ser para ti sempre o teu dicionário de outras classes para representar sempre o mesmo sentimento, teu coração.

– Que idiota, Vida – Má Sorte opinara, após ler com rapidez.
– Por que fez isso?
– Argh! Não está claro? Odeio seu ceticismo! Se mantivermos a compostura de manifestante, mostraremos a quem vier buscar seu corpo que ela morreu por uma razão, é o único jeito de salvar o mundo e a monarquia.
Má Sorte atentou-se à poeira que cobria o defunto.
– Se alguém a viesse buscar, já teria vindo há tempos.
– Não! Às vezes demoram, os reinos são muito longe e o Vasto Deserto é enorme. Alguém vai vir, e quando vier, devemos respeitar!
– Vida, onde está sua sanidade? Esta... carne não passa de uma representação de que os reis estão mortos, de que uma nova ordem mundial se instaurou. Ninguém virá atrás dela porque ela nunca teve vida, ela nunca respirou. É só um boneco, uma figura teatral.
– Desde quando entende de civilidade?
– Nunca confiou em meu intelecto.
Vida, nervosa, amassou e rasgou o papel. Má Sorte se arrependera de tê-lo dado, enquanto o admirava voar com o vento até o fim do horizonte.
– Então... o que faremos? – Vida questionara, alisando os cabelos e sentando-se ao lado da carcaça.
– Sei lá eu.
– Melhor o deixar aí.
– Sim...

Vida a encarou com pesar, seus olhos com mais de cem quilos. Não queria ir sem fazer nada. Estava atemorizada e temia que, se fossem, alguém iria atrás. Estava penitente por ter jogado fora a escritura. Por precaução, devia tê-la mantido ali.

– Vamos logo que seus olhos me dão arrepios – disse, por fim, vendo pela última vez o corpo morto daquele estranho ser.

※ ※ ※

– Sabe, Má Sorte – Vida falava –, ainda tento ser positiva. Achou-se o fim do reinado, significa que Política está próxima. Passaram-se dois dias. No primeiro, fora um mar de silêncio. Nenhuma das duas ousara dizer uma palavra. Sentiam-se depressivas e cansadas.

– Não acredito nisso. Política também é sobre reis.

– Não em todos os lugares – espevitara-a, com suas grandes órbitas coloridas. Amarelas, rosas, pretas. – Gosta de politicagem?

– Odeio – dissera com franqueza.

– Mas entende?

– Muito pouco.

– Humm, pois vejamos: o que faz um presidente? – Vida testou.

– Preza por seus dentes?

Vida rira. Má Sorte não entendera, embora tivesse feito mesmo uma piada. Não sabia lhufas.

– É uma boa teoria, é uma boa teoria. Se o mundo fosse feito de teorias como as suas, seríamos muito melhores.

– E já não somos?

– Às vezes acho que diz a primeira coisa que lhe vem à mente.

– E não é?

Riram.

– Que seja! Quanto tempo acha que levaremos para encontrar Política? – Vida indagou, de bom humor. Essa era sua melhor forma.

– Menos que Deus. Política se vê em qualquer esquina. Deus, apenas no Paraíso.

– Ou no Inferno – Vida observou. – Sabes, às vezes penso se não vivemos num Inferno de outro mundo. Um lugar melhor para onde temem vir. E as almas ruins realmente vêm, como num versículo bíblico.

– Achas isso mesmo? Depois diz que eu quem sou tola. Vida, serei como você agora, sinta a paz. Um dia, quando era criança, andei pelos jardins. Jardim é um nome bonito, aquilo era apenas um gramado. Bem, eu olhei para cima, e, planando, lá estava a lua. Grande, impotente, amarelada. Encarava-me, e eu me senti em paz, e tive certeza de que qualquer teoria como a tua está errada. Não sei de onde viemos ou para onde vamos, não sei nem por que estou aqui, mas sei que, acima de tudo, não é um Inferno.

Vida parara de andar e levara os braços às costas, cruzando-os. Cravou os olhos em Má Sorte.

– És estranha – concluiu por fim, voltando a andar. – Então isso pode ser um Paraíso.

– Não também! Vida, não complique! Sei lá o que é isto, mas não é nenhum extremo! Pode ser, no máximo, um purgatório com recompensas.

– És maluca também. Suas ideias são muito enevoadas, mas agradáveis. Nunca pensou em estudar?

– Estudar?

– Sim. Sabe do que digo, não é? Se formar, apostilas, professores, se qualificar.

– Não, não, meu emprego nunca requereu. E eu via as pessoas apostiladas, estudadas, formadas, e nossos estilos de vida não eram tão distintos. Íamos às mesmas passeatas, defendíamos as mesmas causas, comíamos do mesmo pão. Nunca tive a oportunidade nem a vontade, então não era um problema. E você?

– Ah, Má Sorte, não me indague coisas como se eu fosse uma mortal. Eu sou do mundo, eu não pertenço a lugar nenhum. Minha vida sempre foi para subir e descer continentes, amar as pessoas. Nunca teria o tempo de me engravatar.

– Queria?

– Não me vejo melhor do que vivo hoje.

Caminharam em mutismo.

– Conte-me mais sobre de quem estamos atrás – Má Sorte indagara, sorrindo de lado.

– Ela mora numa mansão. Seu sorriso é o mais sádico. Tem vários filhos, todos são pinéis como ela. Aliás, sua família é enorme. Deriva da Filosofia, Sociologia, Sabedoria e Cidadania. Vive se gabando de sua linhagem nobre. Vindos de si, tem muito mais parentes além destes. Netos, bisnetos, filhos de monte.

– Tem marido?

– Alguns. – Sorrira. – Já vivera com Direito, Diplomacia, Economia, Ordem, Sistemas.

– Quem acha que encontraremos primeiro?

– Como?

– Quando fomos à procura de Deus, vimos por primeiro Maomé. Quem acha que é agora?

– Algum de seus amigos ou próximos, não sei.

– Você a sente também?

– Vou por meu senso comum. O senso comum leva a sua gente, não a ela em si. Mas tudo bem, logo a encontraremos.

– Falta muito para Humanidade se completar?

– Só sabe fazer perguntas, Má Sorte? Que inconveniente! Porém, não, não falta. Deus, Política, mais três almas e já estará feita.

Má Sorte calara-se, absorvendo a informação. Pensava em tanto e ao mesmo tempo em nada. Encontraria a verdadeira Rainha Hipocrisia algum dia? Voltaria a ver Princesa Loura? Não queria admitir, contudo em verdade não dera muita atenção ao que Vida lhe falara. Pensava mesmo em seu passado, em seu outro cotidiano.

– Como quer morrer? – Vida a indagou, num momento aleatório da andança.

– O quê?

– Como você... deseja morrer? – Má Sorte a visara. Seu rosto estava avoado, os olhos voltados para o céu. Tinham o reflexo do azul-turquesa do final da tarde, e mostravam uma estranha curiosidade, como se estivesse questionando aos astros o sentido do mundo. Seu rosto estava limpo de qualquer impureza, como cabelos que atrapalham a visão.

– Já não lhe respondi uns dias atrás?

– Não. Você apenas me disse que queria seu sangue derramado diante da glória de Deus. Não especificou como queria.

– Eu... eu acho que a melhor forma que poderia morrer seria assassinada. Por qualquer ser ou objeto, até hábito. Pode ser por bebidas, ou por um ladrão, até por um canhão. É a forma mais digna de morrer.

– Não é a forma mais digna de morrer. É a morte que sua mente arranjou para não se considerar fraca.

– Virou analista quando?

– Uns maios atrás. – Sorrira sacana.

– Por que me pergunta sobre a morte? Qual é a noção, se és a Vida?

– A noção, Má Sorte, é que a morte é parte de mim. Pensei que soubesse. Mesmo quando não quero, ela é minha irmã, veio dos meus pais, nasceu no meu país. Somos... tão diferentes, mas tão iguais. O que seria da vida sem a morte? Apenas dias que se passam em vão, sem rumo ou temor, seria apenas a existência.

– Sabe algo que reparei apenas por agora? – Má Sorte falou após longa pausa. – Hel nos disse que Religião seria como uma guerra. É a mais agradável das criaturas. Viu-a assim?

– Assim como? A mais agradável das criaturas?

– É.

– Saiba que apenas você. Para mim, era uma mulher normal. Aliás, bem parecida comigo. Eu sou sua essência, por isso soava como minha filha. Ela é como eu, Má Sorte. Para uns, bela e graciosa; para outros, o horror.

– Você sempre me pareceu bonita – observara, sincera. Não gostaria de admitir, mas as feições de Vida eram superiores até às de Princesa Loura, e isso ela encarava como uma ofensa para ambas.

– Agradeço. Má Sorte, talvez exista algo que eu deva lhe confessar. – Fisgara a atenção da companheira. – Humanidade... realmente caiu de um muro. No entanto, ela queria. Ando muito preocupada com sua consciência, ainda é tão criança, e eu a abandonei assim. – Fechara os olhos, como se não suportasse a confissão. – Julguei que minha ausência a faria melhor. Sabe como é, nada melhor do que a falta de responsável para se divertir, e convidar amigos, e namorar! Talvez minha saída a alegre. Ela... tem andado suicida. E é tão pequena! Morte ao menos estava em seu batizado! Tem se jogado de telhados, batido a cabeça em colunas, arranhado suas bochechas, até mesmo tentou se matar! Com remédios, e tosses, e rasgos, e sua pele estava cinza da última vez que a vi. Temo que, quando voltar, com todas suas partes e todos seus pilares, não estará mais lá. Em seu lugar, permanecerá sua tumba com uma fotografia em sépia. Oh, Má Sorte! Minha filha!

– Vida chorava causticamente. Má Sorte ensaiou um abraço, desistiu. Não deveria mostrar que notara a fraqueza da amiga. Esta, contudo, recuperou-se de imediato e limpou as lágrimas, como se a amedrontasse a ideia de ser lembrada como fracote.

– O que poderia fazer... se fosse aventureira? – Má Sorte mudou de assunto.

– Não achas que sou a Aventura em pessoa, Má Sorte?

– Não.

– Estás certa. De aventura tenho tanto que já não tenho nada. Se eu fosse, voltaria a minha terra natal e sairia nua pelas ruas, a gritar sobre liberdade e meus desejos. As pessoas me olhariam como louca, eu as encararia de volta e lhes diria: "Quem vocês são?". Elas se calariam e eu seguiria meu caminho, meu vasto caminho, que daria até aqui. E você?

– Eu? Se eu tivesse coragem, apenas um por cento, voltaria até o Reino de Rainha Hipocrisia e me levaria em ridículo, obrigando-os a me aceitar, e Princesa Loura a me dizer por que desistiu de mim.

Vida não dissera coisa alguma. Após o pequeno desabafo, Má Sorte mergulhara seu ser na tristeza e desânimo que carregava, como um piano sobre seus pobres ombros. Suspirara, cansada. Cansada. De Deus. Cansada. De tudo. Cansara. De estar.

Pegara, deprimente, um papel e sua inseparável caneta. Até seus movimentos pareciam desistentes.

Minha cara amiga,
Esta é a carta do mais fundo poço, para retratar a mais funda angústia, de uma mente paranoica e depressiva, cansada de tanto pensar. E pensava tanto que pensava que já não podia mais, mas, em meio às estrelas e ao luar, a resposta era escrita de Deus para o homem sobre o perdão. Querida, de nada funcionou. E não digo que sou pessimista, mas estamos perto, perto, longe, em vão.

E eu vou embora, agora, nunca mais, jamais. Essa alma triste e mal corrente não aguenta mais as cacetadas do dia a dia, na folia e sem disposição. Me perdoe se fui incompleta, incorreta, mas exprimi aqui meu mais vasto pesadelo. Mente paranoica. Heroica. Civilização.

Sua etc.

Assim que terminou a última letra, um pássaro comum aparecera ao nada. Ele pairou e desceu com velocidade. Pegou a carta das mãos de Má Sorte e a segurou em seu bico, indo embora e a levando para o horizonte. Má Sorte nada fizera, sabia que aquele era o destino traçado das palavras. Esperava que Madalena soubesse também.

Em nenhum momento Vida questionara algo.

Capítulo 10

Má Sorte sorriu à Vida quando esta lhe perguntou se entendera sua piada. Era sobre algo como feudo e cavalos. Nem prestara atenção. Estava transtornada demais com a situação, que se juntou ao fato de que vira uma lebre andar pulando ao seu lado. Contara à sua amiga, mas esta ignorou e disse que estava vendo coisas. A observadora, preocupada, imaginou até o pequeno animal com os olhos enormes de Deus. Estava ficando cada vez mais horrorizada com o vento.

É claro que tentara seguir o animal e correr para alcançá-lo, mas não conseguiu. Ele se escondeu na parte baixa de alguma duna. Vira-o por três vezes. Maldito ser, agora nem entender as piadas bestas que Vida fazia conseguia.

Era muito tempo desde que contemplaram Deus e iniciaram as buscas por Política. Andava por muito cética e mal-amada. Dizia que nunca chegariam ao destino, o que lhe dava sensações ruins, pois a levava a crer que era verdade.

Fora num desses dias que mirara ao longe a mesma lebre. Sentou-se no chão, exausta, e pôs as mãos à nuca, em sinal de rendição. Gemera.

– O que é? – Vida lhe perguntou, olhando-a de cima, indiferente.

– Esta maldita criatura! Quando a tocar, vou matá-la no mesmo momento! Não mais aguento! – reclamara. Estava próxima da loucura, mantinha-se cada vez mais pirada.

– Ah, deixe de ser aporrinhante! Comporta-se como um turista! E se esse animal existe, o que fará? Largue-o, não te faz nenhum mal, aposto que muito menos o deseja.

– Diz isso porque não tem visões. Eu creio que é Deus me julgando de longe.

– Não, estás sendo dramática. Deus não tomaria seu tempo a julgar você em dias comuns. Achas que tens todo este tamanho mesmo?

Má Sorte se levantou, absorta.

– Seguiremos caminho – Vida concluiu.

– Este deserto nunca acaba? – Embora fosse distinto de sua realidade, estava extenuada com a imensidão de areia, sempre igual. Até quando o céu mudava de cor, indo ao vermelho e roxo, era como se fosse um relógio que percorria para sempre a mesma trilha. Habitaria aquele local até quando? Fatigava-se por saber que ainda teria muito que encerrar ali.

– Para você ver... – Fora tudo que Vida respondera, fechando as mãos e as abrindo, mostrando pequenos pedaços esmigalhados de tâmaras podres e negras.

Então, um estrondo percorrera todo o infinito que as rodeava. A areia que tinha contato direto com o ar tremera. Má Sorte assustou-se e pulou, em alerta. Vinha de um lugar que não conseguia avistar, diante da montanha de grãos que os separava. Vinha de onde a lebre fugira.

Correra o mais rápido que suas pernas moribundas atingiam, com Vida em seu encalço gritando seu nome e que não era o mais seguro a se fazer. Ignorara, o que a obrigara a segui-la.

Quando chegara ao pé do morro, não mais o bicho ali estava. Como um oásis, um trono de ouro brilhava ao seu campo de vista, causando-lhe cegueira rápida. Ele dourava-se, transmitindo a luz do sol. Em sua cadeira, um homem postava-se como um rei, altivo e glorioso. Sua postura era ereta, e encarava Má Sorte com olhos imensos e cativantes. Sem medo, aproximou-se da mais nova criatura. Fora até o pé de seu encosto.

Ele vestia-se de um longo manto vermelho aveludado, que parecia mais caro que o coração de reles criaturas. Por debaixo, uma camisa branca de seda lustrava-se abotoada. Usava uma calça de linho marrom e sapatos pretos. Em seu rosto, uma barba que ia até seu pescoço, negra como seus cabelos, porém emaranhada, enquanto os fios da nuca se alinhavam penteados. Sua íris era negra, e Deus, o universo, parecia estar nela, resplandecendo seu amor pelos seus habitantes. Seus lábios fechavam-se com força. Suas mãos mantinham-se na braceira de sua cadeira. Má Sorte sentira-se envergonhada com tamanha nobreza. Sabia que nem Princesa Loura se igualava ao homem, muito menos Rainha Hipocrisia. Algo nele trazia liberdade e juízo. Juiz. Talvez ele fosse o juiz da batalha final.

Ouviu os passos arrastados de Vida atrás de si e apressou-se para falar:

– Má Sorte, senhor. – Curvara-se e estendera-lhe a mão. Algo em sua face lhe dera o respeito que nunca tivera com alguém da realeza.

Ele sorriu caloroso, como se emanasse as chamas da lareira de sua pele branca. Apertou-lhe a mão de volta. Quando Vida estava perto o suficiente, fizera o mesmo com ela.

– Não sou quem pensa que sou – pronunciara à Má Sorte. – Não sou um rei, pelo contrário. Chamo-me Capitalismo, e é um prazer conhecê-las.

– Capitalista, o senhor significa – Vida o corrigiu.

– Capitalismo. Apenas. E você seria...?

– Vida. A sua... – sorrira, cansada, porém em seus dentes e boca havia tanta luz, que poderia iluminar uma cidade inteira – essência. Embora eu ache que está mais para o lado de Morte. Contudo, quem será eu para ter alguma opinião política? Minha amiga aqui não tem nenhuma. Zero. Um absurdo, porém sou mais. Tanto que já vi, tanto que já vivi, e possuo-as menos ainda.

Capitalismo levantara-se e Má Sorte temeu que Vida o irritasse. Ele devia ter poder o bastante para queimar o Vasto Deserto. E, bem, ele era intimidador só com as mãos nuas. Devia ser duas de Má Sorte somando com uma de Vida, seus ombros largos e membros idem. Seria um monstro, se não fosse burguês.

Como se soubesse o propósito do mundo, caminhara como um velho sábio em direção ao sol, que se punha. Vida o seguiu com as mãos cruzadas atrás, e logo Má Sorte fora também.

– Vida... – sua voz era profunda e grossa – pelo contrário. É você quem me sustenta, senhoria. Sem ti, seria ninguém. Apenas mais um sistema usado e trocado, substituído. A força dos que me têm é uma benção sua, você quem me trouxe até aqui e me deu... – pausara, esticando o braço esquerdo e rondando a área com ele – isto.

– Sabe que o Vasto Deserto não é seu, não é? – Como num raio, a rebeldia de Má Sorte voltara a ordenar em sua mente embaraçada, porém exprimira sua frase com o maior tom de respeito que conseguia.

– Má Sorte, ele é de quem?

– Deus? Oras, eu não sei – respondera, encabulada e confusa.

– Eu tenho o dinheiro. Eu tenho o trabalho e a servidão. Querida, isso me dá os tempos vazios de lua cheia, os nutrientes do solo e a razão. Ninguém me daria uma bronca ou negaria o fato de que tudo me pertence. Se o céu não é meu, então de quem seria?

– É de Deus. – Suspirou. Não daria seu braço a torcer por rei nenhum, depois das histórias que tinha para contar.

– Eu existo e isso é certo.

– Eu já vi Deus.

– Talvez tivesse sido uma miragem.

– Senhor. – Vida interrompeu a futura discussão, com a voz aguda. – Pareces com um nobre, embora eu saiba que não és.

Poderia nos dar a honra de sua explicação? – Má Sorte sentira uma pontada de ódio pela admiração e mansidão da amiga.

– Eu vim dos nobres, da realeza. Embora eu represente o futuro, a liberdade, o vento que nos toma quando não estamos em qualquer ditadura.

– Por que não és então uma figura mais caricata? Alguém que nunca conseguiria sentar num trono de ouro. – Má Sorte espetara, tentando resgatar seu orgulho.

– Porque a nobreza sempre está por cima. – Foram suas únicas palavras.

– És uma piada – Vida concluiu.

Capitalismo olhara irado para ela. Seus colírios pareciam como os de Eva, por um tempo. Em chamas, consumindo tudo o que se podia ver.

– O quê? – Mesmo baixa, sua voz parecia um urro, um ruído alto e gritante no silêncio.

– És uma piada, senhor. Todos vocês, sistemas, são. Os antigos reis sempre estarão por cima. Até mesmo no Comunismo, em ti, Anarquismo, Feudalismo! Há sempre uma corporação que aprova ou desaprova a papelada. E ela sempre será os de sangue azul. Sua liberdade é uma piada. És uma brincadeira – proferiu, gesticulando. Não aparentava estar tão nervosa quanto Má Sorte, com a possibilidade iminente de o homem torturá-las e jogá-las aos lobos.

Porém, algo na fala embolada de Vida dera ao homem a paciência de que precisava. Sua face suavizou-se e encarou as viajantes como se fossem suas alunas, que desconhecem sobre o ensinamento. Suas pupilas retornaram à cor do chumbo.

– Vida, não sou como Comunismo ou Anarquismo. Não diga que minha liberdade é uma piada. Ela é real. Qualquer ser, pobre ou de cor, pode erguer seu reinado em mim. Diferente de meus companheiros, que mantêm essa baboseira de coletividade.

– Não. Eu nunca vi um africano em Wall Street.

Capitalismo a esfaqueou com seu olhar compenetrante.

– Não saia de nosso tempo! Não vês que estamos no Vasto Deserto, sua tola? – desta vez, urrara de verdade.

Vida, corajosa, peitara-o, com o rosto elevado, os olhos implorando pela guerra que se seguiria. Sua respiração tornou-se o único som.

– Não me chame de tola! Você quem é, a mais besta das criaturas, o mais inútil dos sistemas! Essa beleza que esbanja é uma máscara para sua miséria! Enxergou o ouro de seus dentes, Má Sorte? Fora posto ali com sangue de prole, por cima de muito esqueleto, daqueles que morreram sem um nome! São lindas suas palavras, não são? Elas são poéticas, pensadas, maravilhosas. Uma janela fechada para toda a carne humana que consumiu, de todos que matou!

– NÃO FALE MENTIRAS DESSE MODO! – Num lampejo de ventania, a areia que os circulava ergueu-se, como num temporal, e rodopiou Vida, como se esta fosse o centro de um furacão. Capitalismo mostrou-se mais forte, uma potência (como este dizia). Ergueu-se em mais dois metros e tornara-se ainda mais belo e másculo, enquanto Vida, pobre Vida, teve a gordura do corpo sugada, sentindo-se mais fraca e tombando para a frente, as mãos na barriga, num pedido mudo de socorro.

Má Sorte tentara alcançá-la, resgatá-la, contudo não conseguia se movimentar. Capitalismo era forte demais, e seu sorriso sádico mostrava que não pouparia forças para extinguir quem se prostrasse à sua frente.

Vida, porém, escancarou sua boca branca anêmica, revelando seus dentes brancos intactos, e gritara mudamente. O vento cessou. Os grãos voltaram ao seu lugar. Capitalismo diminuíra, até ficar do tamanho de Má Sorte, e tomara-se mais ao chão.

Como um monstro, fora mudando sua forma, enquanto o grito de Vida tornara-se mais audível e desagradável. Sua pele escurecera-se, seus braços emagreceram, suas roupas sujaram-se e seu tecido desgastou-se. Sua face encheu-se de machucados e cortes. Seus cabelos encresparam e se altivaram. Sua pele agora era negra.

Vida calou-se. O rei, o juiz, o grande dono, era uma mulher preta, franzina, cansada, rala de fome, com dentes amarelos e tortos, quebrados e ausentes na frente. Tinha traços africanos vívidos e marcados, suas roupas eram cinza e marrom, enlameadas e ensopadas. Entretanto, suas córneas permaneceram intactas, com sua ufania e exaltação iguais às que o real Capitalismo mostrava.

Vida, como um coronel, marchou até o fino corpo-cadáver da moça. Encarou-a de cima, ostentando seu brilho usual.

– Que fizeste? – A voz não se modificara, também. A arrogância persistia.

– Nada. Você fez isso consigo mesma – Vida respondeu, em timbre duro e tristonho. Aproximara-se mais, e agachara. Seus rostos estavam na mesma altura. – Liberte-se – sussurrara num sopro.

Capitalismo feminino sorrira banguela, e arraiou os olhos. Eles transformaram-se num amarelado, não como o sol poente, mas como a lua, no início da manhã, prestes a partir. Era bela. Toda sua faceta era feia e brega, porém aquela expressão vazava toda sua virilidade e fantasia. Má Sorte encontrou um motivo para amá-la.

Ela, a vítima, como num assobio alegre de verão, erguera-se como uma rainha, ainda pobre, mas tal qual Cinderela. Suas pupilas vislumbravam o céu em toda sua grandiosidade, e tornaram-se um só, na vastidão que apenas aquele deserto sabia ter.

Deixando seu minguado sonho de lado, a donzela as encarara de volta, preferenciando Vida.

– Não posso. Sou mais uma escrava de meu tempo e cotidiano. Perdoem-me as minhas ofensas, assim como as perdoo por me terem ofendido. – Agora, era como um rouxinol.

– Não há problema – Vida dissera, misericordiosa. – Está tudo bem.

A moça, como seu antigo ser, caminhara em solidão até o horizonte. Seguiram-na, em mutismo. Nenhum som era necessário. Acima de tudo, estavam depressivas e pensativas, desfiando-se em seus próprios pensamentos.

– Eu sou cruel – Capitalismo falara. Sua voz, mesmo que doce, era alta e onipresente. A atenção de todas foi resgatada para o falante. – Eu sou libertosa, também. Contudo, a liberdade é cruel.

– Eu lhe falei. Isso foi teu estopim. Se não tivesse sido, estaria perdida e não saberia o que fazer – Vida dissera, sem a visar.

Capitalismo a ignorara.

– As pessoas em mim não têm chance alguma, assim como não as têm na monarquia. Um filho de um aristocrata não tem as mesmas chances que um filho de padeiro, que não tem as de um mendigo. Aqui, todos são diferentes, marginalizados ao seu modo. – Apontara para seu seio. – Há barreiras, há limites. Boatos de que Comunismo acredita no fantástico do homem, que o ser humano é realista como Deus. Mentira. Eu também sou assim. Um burguês vai querer que sua família, filhos, descendentes tomem conta do mundo em sua ausência. Logo, um gênio filho de pedreiro não poderá nunca manifestar seu intelecto e viver coberto pela fama e glória. Não há espaço suficiente, não há dinheiro, não há bondade. Não há nada além do egoísmo que eu trago ao mundo. – Agora, a pobre mulher derramava lágrimas gordas pela bochecha desnuda. Seu semblante era de fracasso.

– Eu sou natural, porém. Eu sou a manifestação do pior que há no homem. Ninguém me planejou, ninguém me achou a melhor escolha, a mais justa. As coisas foram indo, em lei e ordem do senso comum. Eu sou o pior que há no homem. Eu sou o pior que há no homem. – Chorava como um bebê, mas sem desistir de andar.

– Não és o pior que há no homem. – Vida a consolou. – És o mais inteligente. És a história e a sabedoria.

– Sabedoria, Vida? Sabedoria? – Nada adiantou. – De que adiantam os dias que carrego em meus ombros? São apenas peso, nada mais. De que adianta a honra que tenho, se não vou ao Céu? Se sou tão cruel assim?

– Menina, não és cruel. – Má Sorte também a tentara acalmar. Odiava ver seres tão belos e delicados se desfazerem como papel na chuva.

Inútil, em vão. Ela ainda era triste.

– Às vezes eu gostaria de me entregar, morrer e ir ao Inferno que me reserva. Mas não me deixam ir. Há sempre alguém, uma pessoa má, que me puxa de volta e me mantém em meu lugar. Eu não aguento mais. Sabedoria, minhas amigas, nada mais é que anos que se transformam em idade e me dizem que já devo morrer. Porém, não! Não me deixam! Não me buscam, Deus me abandonou, ninguém mais se importa, sozinha! Sou um sistema desgraçado sozinho, vagando pelo deserto e encontrando um trono no vazio. Ajude-me!

– Pare... – Má Sorte implorou, desesperada.

– Parar? Como eu... – seus soluços a impediam de terminar sua fala – poderia... parar?

Faça o que quiser, o que vier, você é mesmo só mais um, sem rumo, sem destino, sem castidade. E não está bem por quê? Para quê? Para morrer? Se mate, se ferre, isso não passa de uma farsa! Uma mordaça para você não ver o lado de fora, não ver o que é a vida, o que se passa entre o povo, o tempo, a margem de você e não vê! Você é só uma criança aos pés de Deus esperando pelo Papai Noel, você não sabe de nada, você não sabe do que o mundo é feito, vasto mundo, de tão vasto que não vê nem seus próprios pés. Corra, morra, vá! E não volte. A vida é plena, mas a morte.

Seu choro desandava por entre a areia, rastejando como uma cobra, e sua lacrimação formava a nascente de um pequeno rio salgado, no meio de um deserto. Alguém a devia parar, antes que modificasse a estrutura do bioma no qual viviam.

– Volte a ser o rei que era – Vida, num acalento final, professara, pondo a mão na testa da moça. Ela a olhou com imensos olhos, curiosos, porém ainda aguados.

Ela tombou ao chão como uma vela que derrete, lenta e pesarosamente. Seus músculos se contraíram contra o próprio osso, dolorosamente. Má Sorte correu até ela, tomando seu delicado corpo com as mãos, porém Vida a arrastou de volta pelos ombros. A mulher morreu em dor e se transformou num pó, que passaria a correr pelo modesto rio que o seu pranto formou. Em seu lugar insignificante, o ar circulou ventando e a figura do homem tremeluziu algumas vezes, até se objetificar.

Vida, admirando sua obra, apenas disse:

– Não me desafie mais.

O homem, emburrado, suspirara. Pequenos átomos de ouro se juntaram em sua nuca, e Má Sorte, assustada, recuou um passo. Vida revirara os olhos e falara: "Que desagradável". Um adereço como uma coroa folheava sua cabeça, dando-lhe o ar de veneração que já tinha. O burguês fizera seu mimo mais uma vez. Nessa hora, Má Sorte lembrou-se de sua segunda versão e a miséria que exalava.

– Eu gosto de demonstrar que possuo – explicara-se. – Quando quero ser rei, sou.

– Pensei que fosse libertoso. – Vida alfinetara.

– E não sou? Eu sou. Tanto que sou monarca apenas quando quero. As pessoas em mim só fazem o que querem quando querem. Não veem a beleza que isso traz? Não veem a beleza que isso é?

– Realmente. – Vida sorria como uma francesa. Tinha algo de verdadeiro em sua fisionomia que Má Sorte preferiu não questionar. Ela era estranha o suficiente para ser bipolar.

– Se isso lhe pertence – Má Sorte falou –, então mude. – Não gostara de Capitalismo e queria deixar o mais claro possível.

A figura, antes parada, começara a ambular novamente. Mesma direção. Sol poente.

– Como?

– Deus diz que tudo nesta terra Lhe pertence. Creio que seja verdade, porque Ele pode modificar o que quiser daqui. Pode transformar deserto em oceano. Oceano em deserto. Nesse caso, como diz que também é proprietário, mude. Mostre-me que tua grandiosidade é tão soberba que até mesmo a pedra te ouve.

Capitalismo, que seguia ostensivo pela frente, não virara para trás a encarar Má Sorte. Continuara seu caminho, ignorando-a.

– Não me ouviu? – importunou. Repetiu, três vezes, até obter uma resposta.

– Ouvi – retorquiu. – Absoluta e claramente. Só não tive a vontade ou o prazer de me estressar por tão idiota demanda. É óbvio como as roupas ou as indústrias, não mudamos o que possuímos, por isso o fazemos. Se eu quisesse que algo fosse do meu jeito, do meu gosto, eu o construiria. Eu o criaria. Se eu compro, é porque me agrada como é.

Má Sorte refletiu, ainda em sua traseira.

– Não podes mudar.

Capitalismo fatigou-se.

– Eu lhe explico a razão de não controlar os grãos quando mudar a cor de teu cabelo com o poder da mente.

– Não existe lógica – a questionadora observou.

– É claro que existe. Seu corpo não é seu? Não lhe pertence? Então mude seu cabelo. Colora-o de rosa. Se fizer isso, eu também o farei e lhe mostrarei a razão de minha impossibilidade.

– Não. Eu não possuo meu cabelo ou meu corpo, assim como não possui este deserto. É de Deus, senhor. É de Deus. É o motivo pelo qual não posso mudá-lo, assim como também não pode. Deus é – olhou triunfante para Vida – o grande porquê.

Vida a olhou de volta divertida e, apenas por perseguição à criatura ali presente, repetira a fala de sua amiga. "Deus, Deus, o porquê! Deus!"

Capitalismo alastrou-se quieto. Má Sorte o avizinhou apenas para ver seus olhos. Eles iam ao céu, vagos e pensativos. O negro deles era como uma lanterna, de modo que se sentiu mal por tê-lo enfrentado. Eles eram tão lindos. Contaminavam o espaço com seus sonhos escuros. Eles não tinham fim. Também havia um quê de beleza em si. Que talvez sua outra versão nunca fosse atingir.

– És cristã? – Sua voz forte a arrancara de seus devaneios.

– Com toda a certeza – disse rispidamente.

Vida a puxou pelo braço para uns metros de distância.

– És cristã, Má Sorte? Consegui? Consegui te converter? – Dramatizava com as mãos ao alto, implorando pela aleluia e salvação.

– Não. – Riu. – Não conseguiu me converter, minha cara, continuo a mesma ateia que sempre fui. E essa é mesmo a causa. Não suporto arrogantes. Tenho sempre de ter a última palavra.

Vida achou graça.

– Não tens recuperação.

– Até quando vamos ter de aguentá-lo? – Visara Capitalismo.

– Não sei. Não sei para onde vai. Acho que raciocina igual, quer se livrar de nós logo. Deve até mesmo pegar um atalho para Política. Estou tão confiante.

– Sempre está.

– E sempre deu certo. – Sorria como uma louca. Parecia mais desesperada do que esperançosa, tal qual Maria Antonieta no começo da revolução.

– Senhoritas. – Capitalismo as chamara. – Venham contemplar isso. – Sua voz tranquila era uma ofensa à exaltação das duas.

O homem estava ao pé de uma duna e apenas suas costas eram visíveis. Desceram rapidamente ao seu encontro. Lá, uma farda esticava-se em... uma preguiça de farda. Estava passada e era verde-escura. Ainda, era grande para um gigante de dois metros. Enfeitava-se de broches, bandeiras vermelhas e distintivos. Tentou ler, inevitável. Não fora feito para ser lido. Apressou-se ao encontro. Vida a impediu.

– Que achas que é? – a divindade perguntara a Capitalismo.

– É um sistema. – Sorrira fraco. – Não o tenho como rival, ainda que ele me tenha como um inimigo. Sempre me odiou. Tudo bem. Nunca fiz muita questão. Respeito-o e isso basta. Mas, bem, continuo sendo seu superior.

– É um sistema? – Má Sorte perguntara. – Tão parado assim?

– É seu simbolismo – Capitalismo respondera. – Comunismo nunca gostou muito de sua forma humana.

– Comunismo, huh? – Vida dissera. – Já ouvi muito. Liberdade – cutucara Má Sorte – me contava as histórias. O que devemos fazer para acordá-lo?

– Acordar? – Uma voz fina e nova soara, agitada e eufórica. As cabeças moveram-se em sua direção deliberadamente. – Eu nunca dormi!

Capítulo 11

Um menino, lá por seus 13 anos, substituíra a farda, embora ainda a vestisse. Sua altura era mínima, porém o tecido se ajustara e encaixara perfeitamente. Seu cabelo era mais branco que o de Princesa Loura, e sua pele, mais clara. Em seu rosto, sardas amarelas se amontoavam. Um garoto, uma criança, nada além. Sua face não demonstrava qualquer indício de assombro ou selvageria. Má Sorte já vira muitos como ele, trabalhando como condenados em campos e oficinas, pobres coitados, que tiveram suas vidas tomadas em idades tão pequenas.

– Comunismo! – Capitalismo, com maestria e diplomacia divertidas, acercou-o e estendeu a mão direita. – Quanto tempo! Pensei que nunca mais nos veríamos! Senti sua falta, rapaz.

Comunismo se afastara momentaneamente. Em suas pupilas, o susto e desespero iluminavam o castanho. Sua faceta moveu-se para todos os lados em alerta.

– Desgraçado! – falara rapidamente. – Opoente – desta vez, pausadamente. – Adversário da nação! Adversário do progresso! Infeliz!

Capitalismo rira e sussurrou: "Louco".

– Senhoritas! – O menino avizinhara Má Sorte e Vida. Pegara nas mãos de Vida. – Este homem é um desafortunado! Não confiem nele! Ele carrega a miséria, carrega a pobreza, carrega a escravidão em seu lombo! Diferente de mim. Revolucionários e amigos da revolução, sigam-me! Este homem – apontara indiscreto para Capitalismo – é o grande antagonista. Vá embora! Para que haja avanço, sua ida é fundamental. Senão, senhoritas, senão viveremos para sempre neste poço de tristeza, neste poço de injustiça! Tenho ou não a razão? Tenho. Tenho tanta que têm que acreditar em mim.

Tudo bem. Aquele miúdo não carregava nenhuma semelhança com os que conhecia.

– Senhoritas – desta vez, Capitalismo professara. Quando este pegou as mãos de Vida, Comunismo fugira mais uma vez. – Entrego-lhes esta criatura em seu mais sadio estado de espírito. – Piscara um olho. – Qualquer motim ou angústia causado por... seres, chamem por isto. – Entregara um papelzinho à Má Sorte. Ela leu com dificuldade: "Cavalaria branca".

– O que é "Cavalaria branca"? – Vida, que espionara de canto, perguntou.

– É uma de minhas posses pelo Vasto Deserto. Faz o que eu mando e, no caso, ajudará vocês em enrascadas – explicou. – Pois bem, já me vou indo. O tempo é curto e o mundo sempre foi necessitado de um líder.

Seus passos eram tão calmos e preguiçosos, porém majestosos, quanto os da primeira vez que o conheceu.

– Senhor! – Má Sorte gritou, acenando, conforme enxergava Capitalismo ir. – Esse líder já existe! É Jesus! – brincara, rindo.

O homem, que virara para trás, sorriu também. Construíram uma bonita relação, de amor fraternal. Ele era sensato e prudente. Acima de tudo, carismático. Má Sorte era apenas sozinha. Fora uma despedida degradante e melancólica. Porque as pessoas vinham tão fácil quanto iam.

Eu vivo para isso, para a música triste, o sol poente angustiante, a sua face distante, os olhares do desastre, eu vivo para isso. Renasci das sombras, para as sombras, de Inferno para o Inferno, apenas para voltar à sua casa, eu vivo para isso. Não

para você, para morrer, bater e colidir, sim para sofrer, sinhá--moça que só surge para você.
Eu vivo para isso, o feitiço mal estimulado que gerou uma maldição. Que Deus me viu, não me quer mais, as nuvens com as quais conversei me contaram que nunca mais pensou em mim. É verdade? Que até no além da escuridão, no fundo do universo, o seu coração de leão não tem mais o prazer do clarão de quem eu fui?
Eu vivo para isso, o suicídio dos que não viveram, eu no meio e você carregado, em nossas desgraças da nossa longa vida, pouca morte, que parece que não vai acabar. Eu vivo para isso. Eu vivo para quê?

E, em sua longa face, o mundo parecia que ia acabar. Uma lágrima molhou a areia.

❦ ❦ ❦

– Progressistas, isso é o certo! – Comunismo gritava, marchando em círculo. – Sem Capitalismo, vamos nos aliar e aqui será um lugar melhor! A melhor região do Vasto Deserto para se viver! Logo, nós o seremos inteiro. Todas as civilizações e sociedades vão sucumbir à minha glória. Ugh, quero dizer, nossa glória. Nossa glória! Porque seremos um só!
– Certo, glorioso – proferiu Vida –, mas agora poderia nos dizer o caminho?
– Para onde? – Os olhos inquietos de Comunismo eram assombrosos, como os de um cientista louco que ingeriu álcool demais. – Senhorita...?
– Vida. Chamam-me por Vida. Eu perdi minha filha. Ela caiu d'um muro. Quebrou-se em pedaços. Agora, vou-me em busca deles, para refazê-la.

– Oras, meus pêsames. Isso é horrível. – Comunismo se lamentara, apoiando-se nos ombros da consolada.

– Não diga "meus pêsames". Ela não morreu – Vida explicara, retirando gentilmente os braços do sistema.

– Não, não, não espera que ela volte, é? Essa é uma das grandes diferenças entre o malfeitor e eu! Capitalismo, se você for um burguês rapado, pode sustentar quantos paralíticos existir. Baboseira para rico. Comigo, se mantém quem consegue. Quem levanta cedo todos os dias para esticar os braços aos Céus pedindo perdão. Deficiente não fica, não. Só dão gastos, despesas.

– Não chame minha filha de "deficiente" – Vida falou, a voz aguda, ofendida.

– Ela está quebrada, não está?

– Está tanto quanto você, senhorio. – Vida chegou-se ao garoto e lhe deu um empurrão. Este fora para trás cambaleando, exibindo-se tão firme quanto manteiga. – Um quebra-cabeça. Várias peças, vários formatos, vários desenhos, porém o senhor é uma bagunça e nenhum se encaixa com o outro.

– Impugnadora! Para você, senhora, nada mais resta que a Guilhotina! Guilhotina! Morrerá envergonhada pelos seus atos contra o povo, contra a população! Não quer a paz? Quer realmente me contradizer? Morte! Guilhotina!

Tente não me contradizer. Me dizer que estou errado. Eu sou normal e eu juro, Deus, mas uma palavra torta e juro também que te jogo e mais meio mundo do oitavo andar. Grito contigo e te faço um escândalo para nunca mais me sobrepor. Sobrepor. Me trate como um senhor.

Dizer-me que sou ruim e me contar longas histórias de terror, não tente me fazer andar para trás, não tente me sobrepor. Te mato, esfaqueio e te carrego para o Inferno,

Inferno de onde suas aspirações vieram, Inferno no inverno que ninguém notou.

Suas palavras são chumbo e sua alma é pesada, não me contradiga a nada. Não tente me sobrepor.

– Guilhotina? – Má Sorte, em alerta, lembrou-se do primeiro dia com Princesa Loura, e das histórias que escutava quando criança. – Conheces Guilhotina?

– Ah, obviamente. Companheira, eu sou o berço da revolta. – Comunismo gesticulou ao alto, como um sonhador. Capitalismo era mais sensato que ele, que não passava de um grande utopista.

– Não, não é. – Vida olhou para Má Sorte. – Olhe, minha amiga pode até desconhecer sua origem e suas marcas, contudo eu conheço. E você nasceu bem após a Revolução Francesa. Estimado em cem anos. Cem anos! Sabes de nada, fedelho.

– Guilhotina! Guilhotina! Desafeta. Você, Vida, é uma mentira. Você só funciona comigo. Imagine com Capitalismo, aquilo não é vida! É escravidão! É sofrimento. É terror. És dependente de mim, senhora. O suficiente para não ser adversa aos meus planos! Aos meus modelos! Sua... opositora. – O menino confrontava a personificação, embora esta fosse quase o dobro de sua altura, e, perto de seu esplendor, parecia mais débil.

Vida, ao contrário do que Má Sorte imaginou e esperou, bagunçou o cabelo do moleque e sorriu maternal. Ele fez uma careta de censura, no entanto deixou qualquer desgosto de lado.

– Sabes, Má Sorte, ele é só uma criança – referiu-se, explicando-se. – Não sabe nada sobre o mundo. É ingênuo. Como eu, a representante da fertilidade e do amor ao próximo, poderia castigá-lo ou julgá-lo? Ele... ele crê que somos bondosos. Ele crê na paz de espírito, no evolucionismo, na intelectualidade – disse com pesar.

– Capitalismo crê também – recordou a mulher.

– Não... é mentira. Ele não crê na meritocracia, não crê que a burguesia vai aceitar um mendigo, pelo contrário. É escroto demais. Para ele, os do topo vão continuar no topo por séculos, e os de baixo continuarão a morrer sem uma lápide e sendo enterrados em quintais. Um dia, eu... – Fechou os olhos e suspirou, ainda afagando a nuca de Comunismo. – Eu fui enterrar alguém. Queriam me cobrar dinheiro, além do que eu tinha para oferecer. Eu disse: "Não posso. Não possuo". Eles queriam meu manto. Queriam meus olhos, meus dentes. Isso é o que Capitalismo prega. A mulher, de qualquer modo, está certa. Merece morrer e partir para o Inferno que a aguarda.

– Então és comunista? – O cachopo já marchava pela areia como no dia da Independência.

– Não, não. Ele ainda é jovem, sim, tem o que oferecer, sim, merece respeito e valor, porém é tão cruel quanto qualquer um. Não sei o quanto mais ditador. Não sei o quanto mais ofensivo e hostil. Mas que há em si uma dose, ah, há!

– Qual seria então o melhor?

– Má Sorte! Eu não sei... perguntaram-me o mesmo faz dez anos, enquanto eu caminhava por uma das praças de Viena. "Qual o melhor governo?". O de Deus. Não sou cristã ou um exemplo de religiosidade, todavia compreendo a ordem do ser humano, as leis do homem. E nenhuma, até hoje, em minha vã visão e linha de pensamento, é justa e igualitária. Nenhuma traz a liberdade que todos deveriam ter, nenhum te pergunta: "O que quer? Como está? Sente-se bem?", ou até mesmo: "Jantou hoje? Reuniu a família?". E o que eu poderia fazer? Não sou uma antagonista, uma teórica. Sou... só mais uma. Que vai seguindo os maiores, sem noção de esperança ou presidencialismo. Sou só mais uma... – Seu tom era deprimente. Má Sorte sentiu-se mal.

– Transformistas! Vejam! Vida, contou-me que procura por Política! – A voz desnorteada de Comunismo invadiu seus tímpanos. – Vou apoiá-la, o que seria de mim sem uma aventura? O caminho é por ali! – Apontara a noroeste. – Sugiro irmos depressa. É longe, longe, longe. Atravessaremos mar, e eu não tenho muito para desperdiçar aqui com vocês.

Vida revirou os olhos, entediada.

Lá se iam novamente, a essência, a entristecida e o maluco.

Capítulo 12

– Nunca nos explicou, Comunismo, o porquê de ser uma farda perdida no nada – Má Sorte questionou, após três dias. O mutismo seria absoluto se não existisse um terceiro, falante e conversador. Bah, conversador nada! O garoto era apenas locutor. Um *ditadorzinho* regendo seu povo.

– Ah! Aquilo? É, bem... eu não gosto de caminhar sozinho. De não ter alguém para ordenar, para convencer, e essa é a minha melhor forma. Se eu o fizesse solitário, seria um doido. – *Você já é*, Má Sorte pensou. – Não é a imagem que quero passar. Por isso, sou uma roupa, especial e significativa para mim. Quando alguém for se aproximar, volto à forma humanoide. – Sorrira caloroso. – Que bom que tenho vocês! Assim, não me é necessário ser aquele tormento de broches.

– Não deixou de ser um tormento – reconheceu Má Sorte, como quem não queria nada. – Que mar é esse que nos havia dito?

– O mar? Não é grande, mas é navegável. É uma beleza, uma das maravilhas de Deus. Eu já estive em três mares e dois lagos. Um dos lagos era imenso, porém eu conseguia enxergar a borda. Radicalistas, nós somos como mares e lagos. Discordantes, contudo, iguais. Com as mesmas metas! Abastecer o povo de mantimentos, ser um lazer necessário e transportar. Não que fazemos isso, obviamente, contudo é uma metáfora à nossa obrigação aos burgueses! Obrigação com a qual nascemos, não escolhemos, e ainda batalhamos para cumpri-la! Sim, batalhamos como escravos para um lucro que não nos pertence, que não chega a nós! Ao menos, sentimos o cheiro do dinheiro!

Das moedas de ouro! Isso é certo? Prole, isso é certo? – Suas córneas olhavam delirantes para Má Sorte. Se fosse um pouco menos durona, cagaria nas calças.

– Se és uma farda – Vida dissera com sua voz doce, alheia; surgia açúcar onde sua boca tocava –, defendes qualquer ditadura?

– Como poderia defender a ditadura, senhorita, se sou sobre a liberdade? – Comunismo lhe respondeu, com seus enormes olhos confusos.

– Não és sobre a liberdade. És sobre um novo tipo de prisão.

– Não, não – Comunismo negou, balançando a cabeça baixa. Algo nele o levava ao desespero. – Eu fui preso também, como poderia ser sobre prisão ou ditadura? Eles não gostam de meus seguidores. Eu saio muito pelo mundo, procurando convencer homens e tomar mentes. Toda teoria renasce. Mesmo que apaguem dos livros seu nome, e guilhotinem quem pensar nela, nem que seja em mil anos, um homem voltará a imaginar. E crerá que é algo novo, nunca testado, uma utopia. Nunca se some com um ideal, o mundo nunca aprendeu. Desavinda!

– Não rejeite quem é – Vida provocara, calmamente, após muito pensar sobre suas palavras.

Comunismo a vislumbrou irado, vermelho.

– Quanto tempo falta – Má Sorte dissera, apaziguando a briga – para chegarmos a algum lugar?

– Muito ainda. Muito ainda – Comunismo falara, esquecendo o antigo assunto. – Oh, não! Oh, não! – Passara a se lamentar com angústia, as mãos à cabeça. Andou em círculos.

– Que é? Que é? – Má Sorte apressou-se para perguntar, ansiosa.

– Errei o caminho. Margem de erro: três dias.

– Caminhamos três dias para o nada?! – Vida irritou-se. – Como pode errar o caminho? Nem há no que se espelhar! Era só seguir o seu senso! Como se deixou ser tão bobo?

– Eu? Não sou bobo, opositora. Apenas fui sôfrego de uma confusão interna, essas suas vozinhas de contradição me perturbam. E eu posso me consertar, é claro que irei consertar: no novo mundo, não importa quantas vezes tentem me lançar para baixo e pisar em mim, eu irei me reerguer, vitorioso! Eles tentaram me enterrar! Não sabiam, contudo, que eu era semente.

– És um poeta – Vida admitiu, sincera.

– Um *ideiudo* – Má Sorte corrigiu.

– Se seguirmos reto, chegaremos à estrada pela qual deveríamos ter seguido. Nem tudo está perdido, nem tudo é perdido! Dos burgueses, a filosofia! A genialidade, minha forma! O mal é necessário para que haja o bem, dizia minha avó, porém! Oh, porém! O mal tem de se extinguir. O mal, ele não pode sobreviver! Por isso, a reforma é precisa. Ela é certa, é absoluta. E, além do mais, por aqui é mais belo. – Voltara à realidade. – E eu sei que vocês admiram a beleza. Aqui dá numa serra, a única do Vasto Deserto, enquanto lá – apontara para a provável trilha certa com nojo – era só grãos e mais grãos de areia, e creio que já se enojaram.

– Passei séculos observando o movimento sazonal que a areia faz. – Vida se reconstituíra, tomando a frente, sorrindo convencida. – É tempo demais. Nunca me cansaria de minha moradia, esta savana.

– Não é uma savana – Má Sorte, alheia, dissera ao vento.

– Ah, quem lhe perguntou? – Vida respondeu. – Eu já vi cinco vales, mas nunca me aproximei de uma montanha. Ela é uma de minhas formações prediletas. Qual sua formação predileta, Comunismo?

– A humana. – Fora curto.

– E a sua, Má Sorte?

– Mantenho a mesma de Comunismo.

– Sem criatividade. Não tens criatividade. Deveria ter, é claro, deverias ser uma escritora. És uma assassina, como não seria?

Matadores deveriam ser os primeiros a amar. Devem de ser... desesperadoras as facadas. Por isso, agarrar-se-ia a qualquer ser implorando pelo perdão inconcedido de Deus. Não achas, Comunismo?

– Sim, sim! – Não prestava atenção. – Veja, Vida, veja! – Apontava eufórico para frente.

Má Sorte nunca vira algo como aquilo. Era lindo, encantador. Sentira uma pontada de, talvez fosse piedade, misericórdia, melancolia. Nunca sentira um misto tão volumoso antes. Rira, querendo chorar. Era tudo que podia fazer.

Em azul, uma cadeia montanhosa se sobrepunha majestosa sobre eles, sombreando seus corpos. Era gigante, mais que se pudesse contar, e emitia uma luz própria, ou talvez refletisse, de acordo com o sol. O clima esfriava. Não havia animais. Solitária, era a única paisagem além do nada.

– Oras! – fora tudo que conseguira dizer, embebedada pelas sensações. Deus... fazia quanto tempo que não pensava neste? Em sua figura alarmante? Se estivesse em paz, num dia bom, seria como aquele cartão postal. Vazio, quieto, no entanto grato pela existência do mundo ao seu redor. Grato pela existência do mundo. Era grata pela existência do mundo, e era o ápice do ser humano.

Visara os lados, procurando pelas reações exageradas de sua companheira e o olhar entediado e falante do louco. Vida tinha olhos arregalados, que miravam o topo. Comunismo sentara-se, estava careca de assistir à quietude dos astros. Não se importava mesmo, seu negócio era com a sociedade.

Vida, ao notar o espectro de Má Sorte, convidou-a com as mãos para se retirar. Elas foram para longe de qualquer criatura, mais ao pé do monte. Ele de perto era verde triste, defesso. Vida suspirou alto, em animação fatigada idem.

— *Má Sorte, veja a utopia! Olhe as colinas, enxergue o morro e sinta a melancolia. De mais um dia se esvaindo, Má Sorte, é de quem? A tristeza, as cores, o sol não irá mais voltar. E tudo fica frio, escuro, na solidão, na tristeza, de um reles morro, que nada pode fazer, além de observar seu fim. Seu coração fugindo, Má Sorte, não seria como nós? A sensibilidade da montanha não seria logo a nossa? Nada há de certo, somos apenas o azul da sombra da serra quando tudo se acaba.*

Má Sorte nada respondeu, limitando-se a pôr os joelhos entre os braços e suspirar, ouvindo o mútuo silêncio que a montanha fazia. Sua cabeça, como há tempos não fazia, exalava o nada idem. O que havia por baixo de toda aquela terra? O que havia por baixo de toda aquela nuca? Vento, e nada além.

Vida pareceu tomar esse tédio e não suportou. Suportava a tristeza, a bagunça e a ferocidade dos pensamentos, menos o tédio. A chatice, que poderia ser transformada em tantas coisas, porém não era nada.

– Vamos. Perdemo-nos e o rumo é grande – professou, altivando-se e oferecendo a mão, vista de bom grado.

– Não temos meta? – Má Sorte questionou, enquanto desciam ladeira até o final.

– Nunca tivemos. – Vida deu de ombros.

Ao chegarem ao ponto inicial, uma surpresa: Comunismo conversava com uma mulher. Ela tinha cabelos negros trançados e usava um vestido amarelo; de costas, os ombros bronzeados à mostra. Não era alta, mas era maior que ele. Pelos seus gestos efusivos, eram loucos iguais. Aproximaram-se.

Ao ouvir passos, a moça virou-se rapidamente, como um animal. Ela tinha olhos mais espantosos que os dele, que diziam muito, demais, esquizofrênicos. Pretos como a noite. Seu rosto era traçado fortemente, como uma combatente, contudo tinha um quê de dama, de senhora. Ao sossegar o susto, sorriu com todos os dentes, exagerada.

– Vocês seriam...? – Estendeu o braço para cumprimentar Vida, e era melhor que não tivesse feito. Seus movimentos eram incertos, como se cada célula tivesse uma vontade e o membro voasse para todos os lados. Tremelicava como friorento.

– Vida. – Vida aceitou o cortejo de bom gosto, apertando firmemente a mão escura. A mulher, no entanto, logo retirou e foi para Má Sorte, a face contorcida em curiosidade.

– Má Sorte. – Dera de ombros.

– É um prazer. – Sua voz era consistente e séria. – Sou Democracia, a base, a justiça, a certeza e a esperança. Será uma honra acompanhá-las nesta viagem.

Vida olhou desorientada para Comunismo.

– Oh, sim. – Este percebeu. – Os continentes precisam de mim. Há, nos outros continentes, após um oceano inteiro, uma nação a clamar pelo meu nome, e eu irei, como desorgulharia meu povo? Meus filhos, que choram pela proteção do pai. Acolher os meus é mais... notável do que as orientar até Política, por isso, ao me deparar com Democracia, encarreguei-a de meu trabalho. Bem, adeus! Boa sorte! Se algum dia liderarem uma revolução ou teoria numa biblioteca, então me chamem! Eu aparecerei.

E assim, tão desconexo quanto surgiu, foi-se, correndo, apressado. Não dera nem tempo de responder a ele.

Sozinhas, encararam-se os rostos.

– Comunismo não sabia para onde ir, todavia não estamos distantes. Em poucos dias, cruzaremos o mar. É o mar Mediterrâneo, para leigos desorientados. Não iremos a nado, obviamente. Em sua borda, marinheiros tentam vender de tudo quanto é modo vagas em seus barcos. Já do outro lado, entraremos numa trilha de castelos e pseudofeudos, como sei que és acostumada,

Má Sorte. Política mora num deles. Como uma grande intelectual, prefere exibir todo seu luxo e sabedoria. Sua casa é em Roma, e ainda lhes digo, seu temperamento não é fácil, e não irá tão facilmente para ti quanto Religião, Vida. Minha estimativa de tempo ao destino é de três maios, considerando que se leva dois para cruzar as águas.

– Como sabes sobre Religião? – Vida interrogou, assustada, as mãos ao peito. Democracia apenas sorriu de lado.

– Vamos, então, sem demora. – Rira, em ironia e infantilidade. Andou, e as duas a seguiram. Atrás, por suas costas, puderam se visar duvidosas e incertas; não amedrontadas, mas hesitantes. Democracia, porém, não permitiu aquele mistério e tratou de caminhar mais lenta, para as olhar no rosto.

– Falem-me sobre vocês – pediu, as pupilas de cima.

– Sabes tudo – Má Sorte respondeu, indiferente.

– Sei o básico. – Suspirou.

– Fale-me sobre você – solicitou, como sempre fazia às criaturas, desagradável.

Democracia calou-se.

– Gosto de seu nome. Democracia. É melodioso. Tem um quê de poesia – Vida constatou. – O que sabes de mim? Podes ser o olho que tudo vê, como Deus, que em si não há nada de sobrenatural ou extraordinário, apenas sobre espionagem barata, contudo de qualidade.

– Democracia? Agora que a frase se formou, reconheço, é lindo. Começa numa "demora" que termina em rapidez. Autocracia, aristocracia, não sou isso. Meu nome é um *démodé* que nunca vai se ultrapassar. E sobre ti, Vida, não sei nada além de teu nome. Estou longe de Deus, ainda que personifique a esperança e o mundo dos justos.

– Sobre o que é? – Má Sorte indagou sem ânimo.

– Eu? Pense em seu mundo mais ideal, Má Sorte.

Má Sorte pensou. O céu era de sol nascente, no começo de um novo dia, e montanhas se alastravam por todo o horizonte. Ao longe, o Palácio de Versalhes cintilava, em sua glória. Livros, música e todo tipo de entretenimento se espalhava pelo chão, de jeito que sua cabeça nunca ficaria vazia e se tomasse pela solidão. No entanto, num cantinho esquecido, havia uma cascata, um precipício, que dava ao mar, para nos finais de tarde se sentar em sua ponta e se libertar pela inocência que a desolação trazia. E Princesa Loura a viria buscar, nunca teria se esquecido dela. Ela a levaria até a sala de jantar e diria que a comida ferve em sua ausência. Ela estava tão bela em seu vestido de cetim, rosa meio transparente, que correria pelo chão como uma vassoura.

– Político. Pense em seu mundo político ideal. – Democracia a tirou de seus devaneios e Má Sorte sentiu raiva. Custava deixá-la sonhando só mais um tantinho?

– Sei lá – dissera. Para ela, política tanto fazia quanto tanto fez.

– O mais justo, é só imaginar a forma de governo mais justa. Rainhas, ditadores, *presidentes*... vamos, é uma tarefa tão fácil! – Já se desesperava, exausta de mais uma criatura não se importar com a sua presença, a sua mais ilustre presença, que seria como a de Jesus.

– Eu não sei. Escolha por você, estou bem aqui.

– Argh! Eu sou o poder, eu sou o povo, eu sou o resultado das revoluções, sou a tangência do estimo de gregos e romanos, eu sou o mundo! A mais moderna, a mais atualizada, eu sou o resultado final, sem falhas! – impaciente, rogou. Seus braços iam de cima a baixo, enclausurada em seu próprio ser.

– Comunismo falava o mesmo – Má Sorte concluiu.

– Não! Ele é a ditadura! Se alguém em sua posse não concordar com o que decreta, será morto, fuzilado, torturado. Em mim, é levada em conta a maioria, o desejo da cidadania geral, para então algo ser feito. *Nada* se esconde e passa despercebido diante do país. Os franceses me queriam como se quer a mulher mais bela, e tanto os americanos quanto os guerrilheiros. Eu sou a utopia. Para mim, não há abusos ou escrúpulos de reis. Apenas a vontade de Deus, que é a do povo.

– Estás alterada – Vida observou.

– Não! Não estou! Todos me diziam isto: "estás alterada" aqui, "és louca" acolá! A burguesia, a rainha, Napoleão! Não estou fora de mim; pelo contrário, estou dentro, estou sã! Estou convicta de minha vitória e de minha famigerada herança de bem-aventuranças e amor.

– Se as pessoas quiserem o ódio, não será sobre amor – Má Sorte noticiou.

– Estou falando sobre o amor de acreditar na ralé – Democracia exasperou, fatigada. – Sabem, liberdade, igualdade e fraternidade?

Negaram. Democracia bufou e se sentou ao chão, seus músculos mais leves e fracos do que pareciam ser. Tirou de um bolso invisível uma caixinha de madeira nobre, feita por carpinteiro, bem estruturada. Abriu-a num lampejo, como uma duquesa abre um perfume numa noite de festa.

Num relance, saíram do veludo vermelho interno diversas *pessoinhas*, com cerca de dez centímetros cada. Elas simplesmente pularam para fora, necessitadas de ar. Conversavam e reclamavam balbúcies alto demais, enérgicas. Saltaram pela areia e fixaram lá sua estadia, formando um círculo. Democracia admirava, miserável, aqueles serezinhos discutirem algo muito importante.

– O que é isso? – Vida perguntou, sorrindo encantada.

– Meus filhos. – Democracia virara o rosto para responder.

– Eles te controlam? – Má Sorte questionou rudemente.

– Má Sorte! – Vida bronqueou.

– Não, deixe. Sim, eles me controlam. Representam as mais variadas classes, aqui há mulher negra, homem branco e criança órfã. Quando algo sobre mim entra em pauta, como agir em reuniões, eles fazem votações, às clausuras: "seriamente!", "amargamente!", "ironicamente!". E... em situações assim, quando me adoeço e canso, eles discutem para se fortalecerem, até chegar a uma razão.

– E você nunca quis se libertar? – Má Sorte irrogou, pesarosa.

– Libertar-me? Por que o faria? Eu nasci assim. Não conheço existência antes. Sou só uma marionete do júri popular.

Má Sorte então a olhou, perturbada. Não conversava com uma criatura como Capitalismo ou Comunismo, que tinham vontades e expressões próprias, respondiam por si mesmos e descobriam seus rumos sozinhos. Nem ao menos era como Maomé, que, mesmo embriagado com Deus, tinha sua mente atuando sem ajuda. Democracia era um fantoche, uma boneca. Uma pintura que ocultava a população pobre e desistente, que nunca chegava a um acordo comum. Ela nunca pensaria, nunca teria gostos ou vontades. Conversar com ela seria conversar com aquelas praguinhas, que podiam se extinguir com uma baforada de ar.

Olhou para Vida, que prensava os lábios, preocupada. Queria puxá-la para longe e a obrigar a encontrar Política com seu próprio senso, longe de todos aqueles malucos. Não podia. Seria motivo de chacota e sarcasmo. Mas tudo parecia tão melhor do que ficar ali com uma marionete e seus donos.

Capítulo 13

Naquela noite, Democracia, após se acalmar com seus remédios, guardou-os de volta e continuou a andar, sem dizer nada. Estaria sem graça, talvez. Imaginava a descoberta? Caminharam por seis dias em absoluto silêncio. Vida estava cada vez mais tristonha, e Má Sorte se preocupava. Ela não era assim, não quando a conhecera. Sempre que tentava perguntar o porquê, ela respondia que era a falta que Humanidade fazia, e Má Sorte entendia o que aquilo queria dizer. Vida tinha saudades das pessoas, do movimento, de ver as ruas, as cidades, as festas, a aglomeração. Ali não era seu lugar, isolada no nada. Tinha medo, enfim, do que poderia acontecer com ela. Talvez até a morte, e então seria uma tragédia.

Confessava, porém, que às vezes imaginava a morte de algum dos três, principalmente a sua e a de Vida. Estava desesperada por aventura, por algo que fizesse seu coração disparar e se questionar: "Por que comigo, meu Deus?". Fantasiava muitas vezes também o reencontro com Princesa Loura. Amargurada por um rumo, ainda mantinha em segredo o plano da procura pelo Palácio de Versalhes.

O mutismo estava matando Má Sorte da forma mais lenta e dolorosa possível. Recordava-se dos dias em claro nos feriados de São Bartolomeu com angústia, quando varava a madrugada dançando em bailes e comendo carnes. Sentia a falta até mesmo de seu pai, a quem nunca faltava assunto ou ânimo, que nunca deixava algo em si morrer. Sentia a falta da senhora sua avó, do sorriso banguela, das rugas em seu rosto. Pensava em Sol e em seu sorriso mais bonito, mais especial, que, contava ele, "só guardava para ela". Saudades de suas histórias sobre a Lua, saudades de Kaukokaipuu, de matar! Oras, sua faca estava inútil debaixo de seu seio. Parada, estática, implorando pelo uso.

Em sua pior recaída, Má Sorte simplesmente sentara na areia, do nada, sem comentar o motivo, e tirara um papel e caneta.

Madalena,
As coisas aqui vão de mal a pior, mas essa é uma característica própria de meu mundo. É ridículo, tudo com que eu me alegro ou que anseio termina em picos fulminantes de depressão. Se me anima pensar, quando termino, começo a sofrer, de não fazer sentido minha cabeça, de saber que nunca entenderei o que estou fazendo. Se me anima contar causos, vou terminar encarando o céu, me questionando e tendo a certeza de que está tudo errado, e nada vai terminar bem.

Eu deveria realmente estar socializando, o novo caráter que nos guia implora por isso, mas a falta de vontade me consome. É imbecil fazer, sendo que sei, me sentirei pior ainda.

Desânimo, e nada mais em minha vida faz sentido. Vamos viver a vida de olhos fechados, querida. Dormindo e com medo do amanhã. "Quando morrerei?", "E nunca experimentar aquele vinho?", "E se não alcançar o Paraíso?".

Eu queria viver a realidade, e não essa merda de precaução. Viver debaixo de um guarda-chuva, sem nunca sentir o que é chover, sem nunca saber o cheiro de terra molhada, sem nunca dançar encharcado. Na vida real, estamos dormindo. E quando morrermos, vamos acordar.

Sua etc.

O mesmo pombo lhe veio, e se tentou a pegá-lo nas mãos, suplicar para ele lhe contar para onde levava as cartas, se Madalena as estaria lendo, no que pensava. Em vão, foi só uma tentativa em pensamento. Um animalzinho daqueles nunca iria falar.

※ ※ ※

Encontraram o mar no oitavo dia, e, embora Democracia teimasse que encontrara o destino sozinha, Má Sorte sabia que fora mero acaso.

Má Sorte nunca tinha visto nada igual, semelhante apenas à imensidão do céu. No Reino de Rainha Hipocrisia, a água era escassa aos proletários. Banho uma vez por mês e olhe lá. Nunca nem sonhara com aquela fartura de líquido, na qual não se podia ver a outra borda. Era como um deserto, não passava de um deserto azul. Lembrou-se de Eva: "Já viram a imensidão daquelas águas? Se vissem, nunca mais a quereriam abandonar". E não queria.

Personificação do mar:
És grandioso, és belo, és extraordinário demais para caber em uma só pessoa.

Rira sozinha, em fantasia. A maré deveria ser como Deus, um dos princípios da Religião. E não era? Não seria? Tomava todo o poder em suas mãos, capaz de matar, nascer, tomar, castigar e abençoar. Era ele quem fazia a vida, a grande preocupação e amor das tribos. E toda aquela energia que a maré trazia, as ondas derradeiras batendo na areia e se quebrando como vidro. O mar não seria a prova da existência de Deus?

Fascinada, vislumbrou Vida, que apenas sorria anestesiada, os pés descalços na areia molhada. Má Sorte sentia-se tão bem.

Podia enxergar nas águas claras os olhos vagos de sua amada e as passadas leves de Madalena. Todo seu desânimo se esvaía ao vento, e se perdia, talvez retornando à montanha.

– Você nos disse que seria lotado, haveria vendedores anunciando passagens para o outro lado – Vida dissera. – Não há nada aqui. É vazio.

Democracia encolheu seus ombros, a trança esvoaçando.

– Eu darei um jeito nisto. – E assobiou, sem nem bem terminar a última palavra. Um assobio forte, agudo, grosseiro, que poderia perfurar o tímpano de um bebê. Má Sorte grunhiu. Como um ser se atrevia a interromper a música do mar?

Após quatro segundos sibilando, um barco, escondido sabe onde Deus, navegou até elas com uma rapidez surpreendente. Ele agitou toda a água, criando ondas, e com certeza matou poucos peixes que viviam lá. Era silencioso, contudo.

Um único homem comandava a pequena embarcação, de só uma vela. Um tecido para um solitário. Ele se postava à frente, segurando nas cordas, e usava roupas típicas da pirataria. Má Sorte entendia pouco da diplomacia, porém compreendia que era inadequado vestir-se como bandido, principalmente a negócios. Ou quem sabe ele seria bandido, então não teria importância.

Ele parou seu veículo a uns cinco metros de distância da baía e veio a nado para a borda. Sorria tão vividamente que era impossível não se alegrar também.

– Senhorita! – Correra para cumprimentar Democracia. – Faz tanto tempo! Que graça a encontrar nesta cidade.

Democracia sorriu de volta, no entanto de mau gosto. Um sorriso amarelo.

– Uma pena não poder dizer o mesmo...

– E quem são essas afáveis senhoras? – Olhara entusiasmado para Má Sorte e Vida.

– Vida, marujo. – Rira jovial. Sua ternura e meiguice conquistaram aquele coração fácil apenas com uma encarada. – Pronta para todas as tempestades!

– Huh, Má Sorte – dissera, incerta.

– Um prazer! É uma realização tê-las conosco! Tão belas almas, tão claros amores! Vão adorar o mar! Que é meu, é de todos, é do mundo, e serve o mundo idem – explicava feliz.

Dali foram instantes até Democracia, impaciente, entrar na água e seguir ao barco. Dava pé até lá, mas era uma desonra molhar o vestido. Sua cara feia confessava.

Má Sorte se animou em saber que sentiria a água, que a veria correr pelo seu corpo, de baixo a cima, e ela seria molhada, e fria, e era como se estivesse viva. Caminhou em passos largos até a orla. No momento que seus pés encostaram nas conchas, o Céu existia e ninguém a poderia convencer do contrário. Era Jesus, Maomé e Apolo num conjunto, era Princesa Loura que pinicava seus dedos, era seu futuro incerto que martelava suas unhas. Era a bondade, a esperança, o amor e a compaixão.

– Vida! – gritara para a amiga. – Venha logo! – Ansiava para ela sentir o mesmo.

Vida foi, cambaleante, meio medrosa. Ignorou e seguiu seu caminho, sentindo a veste flanar e as ondas chicotearem suas costas. Morreria ali, se possível. Um desejo: morrer afogada. Não havia morte mais gloriosa, mais honrosa, mais poética do que morrer pelas mãos do Oceano, dos maiores Deuses, Adonai e Mar.

Ao chegar ao casco da embarcação, fincou suas unhas na madeira, e foi subindo assim, aos trancos. Por vezes sentira o barco virar, porém este continuava intacto. Ao chegar ao convés, enxergou Democracia num banco da ponta, segurando uma das barras e com expressão enojada. Estava meio verde, talvez fosse vomitar.

Má Sorte animara-se mais ainda, mirando com toda a admiração a decoração gasta e podrida, cheirando a cadáver de peixe. Havia alguns esqueletos de tubarão pendurados no teto de madeira branca, e uma portinha no chão para o porão, e outra numa elevação para a cabine. Quisera bisbilhotar tudo, tocar, apalpar cada objeto, e o fizera, enquanto Vida não chegava, fazendo corpo mole.

Após um quarto de maio, Vida entrara, tossindo e praguejando, só faltando matar um. Sentou-se na primeira cadeira que viu, exausta, e suspirou fortemente, murmurando: "Não sei como aguentam". Má Sorte estranhou, pois Vida deveria ser a primeira a sentir toda a energia.

– Eu sou Marinheiro! – o homem dissera, amparando Vida, com várias pausas dramáticas. – E irei acompanhar as vossas damas até o outro lado! Desembarcaremos numa terra cheia vívida e hospitaleira, com várias construções magníficas! É lá que vive meu amor. – Olhara tristemente para baixo. – Espero que esta viagem nos tome cerca de dois maios. Não é muito, vá lá! O suficiente para nossa tranquilidade.

Após seu discurso, tomou o timão nas mãos e ficou lá, estático. Má Sorte apressou-se para ir com ele dialogar, extasiada pela forma estupenda que levava a vida. Contente, Marinheiro aceitou a companhia de mãos cheias e passou a tagarelar sobre suas aventuras.

– Vovô era navegante, comandava uma trupe que descobria o Novo Mundo. E eu fui criado por ele e mamãe, que sempre me incentivou a seguir carreira. Ela era apaixonada pela náutica, tanto que, ainda moça, abandonou tudo para seguir com papai à Índia. Ele era pirata, e o papo das especiarias era mentira. Ele queria mesmo saquear, e mantinha mamãe consigo para não levantar suspeitas. Era uma mulher bonita, vinda da nobreza, enquanto ele era só um fugitivo da guarda inglesa. Depois de derrubarem quatro embarcações e levarem todo o ouro, foram presos. Vovô pagou a fiança de mamãe e a perdoou por tudo, ele a amava muito e entendia a aflição pelo mar. Ele morreu em um naufrágio horrendo, sem sobreviventes. Bateram numa pedra, a guarda costeira os bombardeou, achando que eram inimigos. No final, mamãe também se foi de tristeza. E restou apenas eu, sem rumo, sem fumo, sem dinheiro. Entrei numa vaga depressão, senhorita, e tudo que eu podia fazer era passar noites em claro, traçando meu caminho ao Oceano. Sim, eu vivia de faxineiro numa casa rica, para pagar meu pão, e não tinha tempo para sonhos de menino. Qualquer vento que me trazia conchas para mim já significava o retrato irreal de minha liberdade.

Eu sou um marinheiro. Sempre afirmei a quem quer que pergunte, me pergunte se quiser, duvide, não acredite e até grite, mas eu sou marinheiro, e disso não tem discussão. Só não achei meu caminho para o mar.

Sou marinheiro. Soube desde que nasci. Másculo, forte, feições medonhas e verdadeiras, sou um homem de verdade! Sou marinheiro! Apenas não achei meu caminho para o mar. É que a estrada é de terra, é longa, é escura e perigosa de noite e dia, aqui não passam muitas pessoas. Mas eu continuo nela, te falo sempre! Eu sei que um dia desses acharei o mar. É no final do caminho. A estrada é dura e tenho perseverança.

Eu sou marinheiro. Porque acredito no infinito. Acredito no azul, nas lendas, nos monstros, no sorriso de lado depois de deixar a barra, do lenço viúvo voando ao chão, das mulheres desoladas pelos maridos que nunca voltarão. É porque eu sou marinheiro. Mas ainda não encontrei meu caminho para o mar.

Porém não pense que me perdi. Como marinheiro, sei sempre meu rumo. As ondas me guiam, o céu e as estrelas, o sexto

sentido de algo no fim do mundo, um terror ou dois, apenas para achar a Bahia, apenas para encontrar o Paraíso.
E se insisto perdendo a razão, não se assuste, eu sou marinheiro e achei meu destino. Aleluia, finalmente, glórias de sonhos caíram sobre mim. Deus, Zeus, Odin! Graças! Eu sou marinheiro e me perdi no mar. Cadê o retorno? Não me vejo, não me enxergo, não me encontro.
E tudo porque sou um marinheiro que perdeu seu caminho no mar.

– E como achou? Como achou sua liberdade? – Má Sorte indagou, após ouvir sua história atenciosamente.

– Eu não achei, senhorita – ele respondeu com paciência, a voz desgostosa, o olhar perdido nas tábuas.

– Como? E o que faz aqui é o quê? Seu trabalho é onde? – Irritou-se com a possibilidade de seu entusiasmo ser fantasia.

– Não é liberdade. Não é meu mar. Foi tudo que consegui. Endividado, vendi até a alma por esse trapo jururu de madeira vagabunda, para fazer serviço de translado para um monte de senhoras como você, que se enojam da minha casa, vomitam em meu convés, cospem na minha comida e choram por seus amantes! Para me esnobarem, me dispensarem, e eu ser como um fantasma nas águas, pensando em morte, pensando no sentido, sozinho, sem tripulação, amargurado pela vastidão deste outro deserto, que só nos traz angústias! Desesperado por viagem, vivo em busca de passageiros, que nem me dão prazer! Oh, que alegria em minha mente! Meu ser se retorce de felicidade! Oh, isso não é mar! Não é meu oceano! Não é meu!

Marinheiro desandou a chorar, ignorado por Vida e Democracia, que arranjavam passatempos inúteis, forjando a animação de velejar. Má Sorte, atônita, deu um abraço sem jeito no homem, que fungou e sorriu fracamente. Era tudo que poderia fazer. Era tudo que poderiam fazer. Má Sorte era tão coitada quanto o senhor, perdida em busca de sua liberdade.

– Senhorita, o mar é como o deserto. Os turistas o acham belo, mirando ao longe e passando nele noites luxuosas e pagas. Eles dizem que veem a paz. É quando alguém, o mais determinado do grupo, descobre que é viajante e faz disso sua vida. Ele descobre como o lugar é realmente. Solitário, vazio. No meio, a única vista é o céu, e seu único amigo é Deus. E tanto tempo passa se remoendo em seu próprio canto, que mal vê a descrença bater à porta. E quando ela chega, sua esperança é nebulosa, e morre em naufrágio, batida, ou presa pelo exército. Não há utopia que enfrente o mar e deserto, não há aventura neste mundo, não há diversão. Há picos fulminantes de juventude, e é só.

– Você é uma pessoa triste – Má Sorte concluiu, infeliz.

– Anos passaram e me deixaram este morto-vivo.

Concordou, que mais falaria? Guardou de volta o papelzinho que iria lhe mostrar com o poema de Poeta sobre o cais. O cara já procurava pelo cais havia tempo. Não precisava que alguém enfatizasse seus sentimentos em versos, que serviam apenas para deleite da burguesia, que aprazia sua felicidade esnobe e fingida. Estava ficando tão depressiva quanto Marinheiro. Talvez o desânimo lhe fosse contagioso. Suspirou, dirigindo-se à borda, onde se apoiou no parapeito e observou os recados do Deus só.

❦ ❦ ❦

Após três dias, Má Sorte não aguentava mais comer peixe. Pescado, cozido, assado ou frito, era o mesmo gosto sempre. E nunca pensou que pensaria isso, tendo a carne como seu alimento predileto. Tola, é claro que era o predileto, era para si o mais raro. Quando o tivera com fartura, pareceu-lhe extremamente enjoativo e vulgar, como se tirasse os sapatos com a espinha. Princesa Loura costumava comer peixe frequentemente. E, por mais que não quisesse e lutasse contra, ela era o ciclo de seus devaneios, era em torno dela que girava seu pequeno mundo. Será que estaria pensando em Má Sorte? Olharia sua cama, algum retrato, um escrito, uma fala de uma criada que a levasse a admirar sua antiga admiradora? Que a fizesse recordar-se de seu passado, do que tinha sido o relâmpago da assassina em sua vida? Nada, não teria sido nada. Fora apenas mais uma enganada. Aposentada.

Vida continuava nhenga, caçava às espreitas o litoral. Nada achava, não existia terra. Existia apenas o céu claro, que não se enfeiara nenhuma noite, e a fala embolada do capitão. Democracia, por sua vez, babava por cima das duas, sendo pé no saco, desculpando-se pela demora da viagem, pelo calor, pelos mosquitos (não tinha mosquitos), pelo homem. No final, eram apenas votações e senso comum dentro dela. Os homenzinhos sentiam-se culpados. Que besteira, nem era com eles.

Para passarem rápidas as horas, não faziam nada. Cada um era acorrentado em sua própria desordem. Uma vez só se abriram as bocas: quando Vida contou sobre a terra que achariam.

– É bela. É a terra de todos os reis, da burguesia, da cavalaria, de Napoleão. É longe de todos os princípios de Jerusalém, não há muros que se lamentam, não há Judeu, há Católico, há Política, há música e livros. A riqueza não se esbanja em ouro, é em construções e arquitetura. As roupas são coloridas, e para as mulheres os cabelos são cartão de apresentação. Lá, deve-se ter classe para dialogar com a nobreza. Deve-se dar boas impressões dos habitantes do Deserto. Porém também há ralé, há pobres miseráveis que vomitam água boa, pois seus estômagos são acostumados com a lama. Há mercados de peixe. Há a distração, é uma grande metrópole! – falava animada.

Má Sorte assentia, contudo não fora a lembrança que levara de lá. Talvez fizesse parte da "ralé". Não se recordava de música ou livros, ou Napoleão, ou Católico, nem de mulheres que arrumassem suas pulgas. Democracia e Marinheiro apoiavam o discurso de Vida.

Fora numa tarde silenciosa que Vida, atenta, avistara uma ponta marrom ao longe. Má Sorte não enxergou nada e recebeu muitos "ceguetas" de sua amiga. Democracia não vira nada também, mas fingiu que viu para agradar a palestrante. Marinheiro apenas falou que estavam se aproximando cada vez mais da cidade, e Má Sorte se entristeceu. Mesmo tendo ânsia de compaixão pelo homem, gostava do mutualismo das águas, da conexão com a religião, do encontro de si mesma. Por tempos tentou convencer Vida de, num gesto significativo, jogar o azul vibrante de Religião no mar. Recebeu apenas xingamentos.

Foram dois dias para alcançar a borda, e a saída fora uma verdadeira bagunça. Vida estava esperneando que não desceria a nado, não passaria pela "imensa humilhação de chegar molhada como uma baleia em um local tão badalado". Má Sorte, para tentar ajudar, disse que ela seria como uma sereia, o que só piorou a situação. A única solução plausível fora desembarcar em barquinho a remo, com Marinheiro vestido inutilmente de gôndola.

– Vejam se não é muito mais digno assim – Vida falava, enquanto Má Sorte torcia pelo silêncio, para a despedida ideal às águas. – Aqui há uma cidade com muitos rios, e essa prática é muito respeitável.

Má Sorte passava as mãos pelas ondas como se elas fossem uma estátua, e deu adeus, chorosa, com a vã promessa de que retornaria e teria uma vida velejando. Ocupada, apenas notou a movimentação na beirada quanto desembarcaram.

Vida, à frente, logo tomou postura de uma dama, e Democracia manteve seus ombros abaixados, como sempre. Má Sorte não se importou com a aparência, distraindo-se com o que nunca vira: um grande mercado de peixe.

Era um porto pequeno, que dava num mercado, onde pessoas bronzeadas de cabelos negros e castanhos anunciavam bacalhau. O cheiro forte queimou suas narinas. Era lindo, eram homens, mulheres, idosos e crianças a correr com sacolas, cordas, sacos de dinheiro, cada qual vestido ao seu modo com roupas iguais. Eles amontoavam-se em barraquinhas de teto de tecido listrado, como a blusa que Marinheiro usava. Marinheiro! Ele não estava lá. Nem lhe tinha dado tchau.

Pouco se importara, estava feliz demais. Por saber que Vida estava feliz, por se contagiar com as risadas, pelo cocô em que acabara de pisar, era magnífico. A Humanidade, os humanos, a semelhança, a aglomeração era estupenda. Teve a plena certeza de que nenhum artista, gênio ou não, conseguiria criar algo tão mágico e certo quanto Humanidade era.

– Para onde vamos? – Sua voz soara melodiosa e alta.

– Democracia? – Vida clamou em vão.

– Eu... não sei. Irei encontrar outra entidade, ela está próxima e guiará vocês. Não sirvo mais para nada – falou, envergonhada.

Má Sorte não dera atenção. Elas tinham acabado de sair por um corredor fino para uma praça urbanizada, cheia de prédios vermelhos e árvores, calçada amarela e carruagens. As pessoas estavam mais portadas, agora loiras e brancas, trajadas de exuberantes vestidos coloridos. Vida arqueou mais ainda a postura. Parecia uma colher.

Democracia as levava por entre o povo. O barulho era demasiado, e por vezes tiveram de atar as mãos para não se perderem.

Vida e Má Sorte riam quando tropeçadas, sorridentes demais para ver a tragédia.

E, por entre os cidadãos e pedidos de licença, Democracia tocou o ombro de uma mulher, que usava uma peruca alta branca e um vestido de seda rosa. Ela se virou para encará-las, e seu olhar pacífico trazia paz. Sua íris era azul-claro, e sua boca tinha todos os dentes brancos alinhados perfeitamente. Ela não se assustou com nenhuma figura – nem com os trapos que Má Sorte usava – e fez uma reverência.

– Eu sou Monarquia – apresentou-se, a voz suave, como a areia fina que escorre por entre os dedos no deserto. Má Sorte quis lhe dizer "ninguém te perguntou", contudo achou melhor ficar calada.

– Senhorita – Democracia falara, tímida –, procuraremos por um lugar mais digno e respeitoso para eu a contar as histórias dessas moças.

– Claro, claro – concordou avoada, balançando a cabeça. – Uma casa perto daqui é o local ideal! Se desse três quadras, seria muito. No entanto, não ousaria cansar convidadas. – Assoviou, e no mesmo instante chegaram quatro homens fortes e brancos vestidos com casacas prateadas.

Eles surgiram do nada, carregando nos ombros um leito coberto e com portas, com uma cortininha para não se ver o que tinha lá dentro, e detalhes em ouro. Eles agacharam, abriram a porta, e uma mulher mais atrás deu a mão para Monarquia subir. Ela foi, mesquinha e enojada por encostar em uma criada, e sentou-se num banco azul. Olhara convidativa para Má Sorte, Vida e Democracia, que refizeram seus passos. A empregada também oferecera apoio, recusado por todas. Quem precisava de ajuda para entrar numa saleta?

As portas fechadas, o espaço tornou a se erguer. Má Sorte vira da janelinha as pessoas que se atreviam a não estar bem-vestidas nas ruas se ajoelharem, forçadas por guardas. Suas pernas metiam-se na lama. As pupilas inocentes de Monarquia se reverteram em sua mente. Elas eram agora maldosas e trágicas.

Absorta, mirara Vida, que voltou a encarada tão perturbada quanto. Pegara um papel e escrevera:

Que achas?

Vida tomou o bilhete nas mãos e, apoiada no joelho, remetera:

Por que fecharam a porta? Sinto-me numa prisão.

Má Sorte filosofara sobre. As criaturas afora se humilhavam ou era ela? Monarquia, distante, como todo nobre, nunca entenderia a confusão, a baderna, o amor e o medo. Nunca se orgulharia por comprar um sofá, ou pior, nunca veria os portões do castelo se abrindo e, de braços escancarados, gritaria: "Sou livre". Nunca se revoltaria, como Comunismo, e ergueria uma bandeira que pintara com "Terra, pão e paz". Nunca riria ao ver um político ser guilhotinado. Não sentiria a paz.

Sua imaginação fora interrompida com a parada brusca do carro. Monarquia desceu primeiro, resmungando. Três meninas a socorreram, dispensadas novamente pelos seres incomuns que a seguiam.

Deram num jardim amplo e verde, com grama saudável e redes de fios de ouro. Uma mansão com escadaria pela frente as cumprimentava, assim como os servos atarefados correndo de um lado ao outro, carregando cervejas e frango. Má Sorte recordou as criadas. *Seriam burras? Seriam gênios? Seriam frutos das nossas cabeças? Mas se estivesse certa, eram burras, significava a presença de sua inteligência? Uma superioridade que não lhe cabia.* Enraiveceu-se. Por ter a plena certeza de que essa era a forma que Monarquia pensava. Ela devia acordar todos os dias por nove pessoas, então se banharia com cinco e se olharia no espelho com seis, e diria: "Sou acima de todas vocês. Comem ao meu chão, uma palavra e seria sua pior decisão".

Você foi dominado pelos Estados Unidos, partidos, por quem te der o maior pedaço de pão, em vão, você vai para a vala, o ralo, para o esgoto sem esforço ou voto pela sua aspiração. Você é mais um humilhado, cansado, mal-amado, chateado pelo país, Paris, pelos reis.

Você procura a vida de ouro nos sapatos engraxados de ditadores, armadores, diplomatas, passeatas, você vai para o Inferno usando um terno emprestado de um presidente, sem dente, doente e vazio, triste e sozinho.

Pulara ao sentir um toque em seu ombro. Virara-se, com o punho na faca, e era mais uma serviçal cabisbaixa. Gesticulara mudamente para a porta do casarão ao longe, onde Vida e Democracia se aprumavam para entrar, rente à Monarquia. Compadeceu-se pela vista gélida que sua companheira tinha, a íris branca acinzentada.

Estava mais distraída com a mulher à sua frente. Ela usava uma máscara. Bem, não usava, mas era como se. Seu rosto era como o de todas as outras, sem expressão, sem sentimento, sem emoção. Sem nada.

– Por que ainda está aqui? – questionou Má Sorte, com a face altiva, autoritária.

Ela deu de ombros, sem ousar encarar.

– Por que não me dá o deslumbre de sua voz?

– Estou aqui para servi-la. – Era fina, como a de uma criança, embora não aparentasse idade.

– Quem é você? – Sentia-se como um chefe.

Ela olhou para os lados rapidamente, preocupada. Ninguém a notaria. As outras serventes afligiam-se mais com a temperatura dos lagos artificiais.

– Bom Luxo, senhora. – Finalmente, ela a afrontara. Seus olhos eram cínicos, cruéis e loucos, como os de um ditador, como os de um gênio que trabalha para o mal.

– O que disse? – Má Sorte tentara-se a rir. *Bom Luxo*! Há! Encontrara um nome pior que o seu, e imaginava que morreria sem o fazer.

– Bom Luxo, senhora. – A faceta assombrosa de... Bom Luxo instigava que rir seria a pior proposta, e sofreria se o fizesse. Por via das dúvidas, achou melhor se calar e deixar sem fazer.

– Poderia saber o motivo do nome? – Já caminhava, à vontade com Bom Luxo, para a banqueta mais próxima. Sentou-se e forçou a coluna para estar ereta. Não que quisesse impressionar, porém bah! Queria mesmo. Amava toda a aristocracia quando se pertencia.

– Minha mãe era intrigada com a rotina. Foi o maior de seus dilemas. Ela se conduzia e se perguntava o porquê de tantas pessoas se forçarem a fazer o que não queriam. Elas tinham medo do quê? Que poderia as angustiar fora daquela bolha? Tinha algo a mais, afora, longe de tudo que se possa fazer que seja aterrorizante. É bárbaro e impiedoso. De qualquer forma, morreu com a dúvida, e nunca largou seu cotidiano. Quando me teve, deu-me o nome de Bom Luxo, pois é isso que o dia a dia é. Um luxo, um conforto bom. Não é excelente, não é desafiador, não nos ensina nada, nem é miserável ou desumano. É um bom luxo.

Aquietaram-se.

– Meu nome é Má Sorte.

– Por quê? – Bom Luxo rira. Ridícula. O seu era muito mais horrendo e menos melodioso.

– Meu pai teve a má sorte de conhecer minha mãe. Fora algo incrível e indescritível para ele, conviver com tão bela alma, contudo, após sua partida, todas as mulheres eram para ele sem graça.
– Você também é... uma criada?
– O quê? Não! Eu pareço uma criada? – Irritou-se. – Sou uma assassina! Eu mato seres como você! Não sou engraxadora de sapato de ninguém, nem lavo corpo de sinhá-moça!

Bom Luxo se entristeceu e soltou um "nossa". Franziu a testa e apertou os lábios, levantando-se. Sua fisionomia psicopata dera espaço a uma melancolia infantil.

– É melhor eu ir – confessara, alisando o vestido preto.
– Não, eu... desculpe-me. Não queria ter te assustado. Eu só não queria que me reconhecesse por uma profissão que não me possui. – Levantara-se.
– Tudo bem – Bom Luxo perdoou. Sorriu faceira. – Me assustar era o que queria, Má Sorte.
– Não consegui?
– Nem um pouco. Sabes, acho que se daria bem com uma amiga minha.
– É? – falara, nem um pouco impressionada. Não queria que sua imagem na mente de Bom Luxo fosse deturpada com a de uma conhecida, e virassem uma só; perdidas, andariam em uníssono por seu cérebro, procurando um sonho ou pesadelo para aparecer e fazê-la se lembrar.
– É. Venha, quero lhe mostrar um lugar.

Desconfiada, contudo curiosa, olhara para a mansão onde Vida se abrigava, com a realeza, provavelmente jantando em frente a uma lareira, com roupas caras e comida abundante e chique. Não se importaria se saísse um pouco. Voltaria logo, não seria como abandonar a missão.

Aceitou, por fim, o convite de Bom Luxo. Ela a seguira por entre o gramado e funcionários até um bosque fechado e escuro, esverdeado, e entraram nele. Não tinha medo. Por entre as árvores, o silêncio era absoluto, e debaixo da terra, a paz repousava, cansada. Enfim, Bom Luxo encontrara seu rumo, em um tronco como tantos outros. Pressionara-o no meio e ele se abrira, dando espaço a uma passagem secreta. Má Sorte mirou maravilhada.

– Entre – Bom Luxo convidou, indo à frente e acenando. Entrou. Era uma biblioteca desorganizada, cerca de duzentos livros se amontoavam num pequeno espaço, iluminado por uma vela.

– Por que pensou... por que pensou que eu gostaria daqui? – Má Sorte indagou, enquanto, estupefata, analisava um exemplar de *Claro enigma*, seu livro preferido, e que nunca imaginou ver fora de seu quarto.

– É estampado em seu rosto que é o tipo de menina que sonha com livrarias.

Má Sorte se irritou novamente.

– Não sou! Queres saber o que acho de livros? Desnecessários! O melhor da vida se aprende fazendo, viajando e conversando! Livros são para pessoas *rotineiras* que não suportam mais sua casa e precisam fingir que são outros apenas para uma fuga temporária. Se tivesse coragem, se tivesse audácia, como sua mãe queria que tivesse, nunca padeceria por livros. Seria como *eu*, sem esmo, sem documento, sem rumo – cuspira.

Bom Luxo só suspirou, como se Má Sorte fosse mais uma criança birrenta e que gastaria maios ensinando-lhe como se comportar.

– Realmente, precisa conhecer uma amiga. Ela te ensinaria tanto, te mostraria tanto, que se compadeceria e passaria madrugadas em claro lendo romance.

– Eu não leio romance por ninguém – mentiu. – Estou indo. Não coexisto com tal comportamento indevido. – Saíra do salão. – O que eu esperaria de uma criada, mesmo? – A porta se fechara num som oco, restando Bom Luxo e seus folhetos trancados atrás.

Tomara sua trilha até o casarão. Seu plano era avizinhar Vida por suas estadias, que não se prolongariam. Entrara, com um bando de abutres humanos lhe dando roupas felpudas e pratos com biscoitos e chá. Ou talvez estivesse apenas irada. Não era um bom dia, nem uma boa noite, nem um bom maio, ou uma boa vida. Informou-se de que Vida estaria repousando com Democracia e Monarquia no Quarto de São José. Achara seu caminho e abrira a porta branca, madeira cara. As criaturas se apinhavam em poltronas, de frente à lareira. Elas riam, como se alguém as tivesse ordenado para rir do jeito mais mesquinho possível. Monarquia não usava peruca, e por um momento sua imagem na penumbra a lembrou de Princesa Loura. Sentou-se com elas. Puxara seus papéis.

Madalena,

Se isso não soa bem, nós podemos nos matar por mais uma noite, para então voltarmos cansados das vidas que não vivemos e dos sentimentos que não sentimos. E se isso soa engraçado, então você é cínica, psicopata, assassina e perdida no mundo que não é seu. Se não estamos bem, por que não vamos embora?

Você deveria ir. Todos devíamos viver a vida sozinhos, isolados, cansados de conviver com quem não convivemos, cansados de não nos conhecermos, estamos todos cansados de viver. Não me diga que estou errada, porque não estou. Enquanto as estrelas e o luar observam de longe, como Deus, que nunca existiu, ou talvez já morreu, num silêncio melancólico de hipocrisia de quem só sofreu.

Por que fingimos isso? Se somos iguais, por que as palavras existem? Se somos iguais, por que somos diferentes? Posições sociais, desejos, aspirações erradas, porque somos iguais. Queremos ser inteligentes, é para isso que vivemos. Todos pensamos ser mais inteligentes, sábios, belos, bons, melhores do que realmente somos.

Raso e fundo, raso e fundo, raso e fundo, cadê Raimundo com sua solução? Não o acho, não me acho numa depressão. Grite e morra, desista, mas não vá, num vazio desse século em que estamos todos errados, de uma era em que Deus não existe mais e o Diabo nem se lembra de nós. Morra e afunde, mas não me faça me matar, agora, vamos todos sentar e chorar, numa melancolia que não cabe em seu coração.

Sua etc.

Sorrira como uma maluca e se apressara para a janela, em busca de seu pombo. Este não veio; em seu lugar, uma ventania desastrosa pestanejou pelo quintal. Má Sorte viu nela sua deixa e libertou a carta, que voou como uma andorinha num dia de verão.

Queria aproveitar o instante, enquanto pensava na mente de Madalena, no que Princesa Loura pensaria se a recebesse por engano, no entanto Monarquia gritava estridente para Má Sorte se aproximar. "Está frio", dizia ela. Quis lhe responder que estava mesmo.

Voltou para sua cadeira. O fogo queimava a lenha. Destruía como se destrói recordações antigas. Quebrava como se quebra cacos de uma consciência despedaçada. Fervia.

– Hoje vamos cear cordeiro! Encomendei uma festa para a noite, na homenagem de minha mais nova amiga! – Monarquia apertou levemente o braço de Vida. – Irá badalar! Nobres de toda a região virão!

Aquelas frases, entre tantas fúteis, entre todas as outras, fisgaram Má Sorte como se fisga um peixe. *Nobres de toda a região virão!* Em que porra de região estavam? Princesa Loura viria? Ou pior, Rainha Hipocrisia! Sentia como se fosse ter uma parada cardíaca, tamanha a pulsação. Tentou manter a calma, respirar calmamente. A música. A harmonia. Seu coração tocava como uma banda que costumava conhecer. Era uma música de Mozart, sabia. "Alla Turca." Seu coração ritmava "Alla Turca".

Devaneada, usou como desculpa para se desligar e esquecer que talvez, era apenas talvez, viesse a conhecer sua amada de novo. E elas dançariam "Alla Turca", porque era a única canção que tocaria. Nem percebeu quando dormiu.

☙ ☙ ☙

Acordou com as costas ardendo. Não era acostumada com camas como aquela, feitas de pena de ganso (ou seria algodão?). Ninguém estava no quarto, além dela. Sentou-se num baque, rememorando suas últimas lembranças. Festa. Comemoração. Princesa Loura.

Droga. O quarto era todo rosa, e não gostava de rosa. Os móveis eram delicados, como se feitos por artesãos, e brancos, polidos. Quantos maios não gastaram apenas para arrumar pessoas que o quisessem fazer? Suspirou, e era o único som. Não irradiava mais cântico nenhum. Nem Mozart, nem Deus. Apenas o baque chato que todas as criaturas tocam.

Varreu o ambiente com o olhar, analisando mais complexo na escuridão. Tinha uma Bíblia anunciada em letras garrafais. Dois quadros realistas, ambos representando Monarquia. Uma varanda, de onde se podia ver uma fonte que jorrava água potável. Desperdício.

Pegou a Bíblia, como há tempos não fazia. Sentiu que nasceu de novo quando deslizou os dedos pelas folhas finas. Parou numa página conhecida. Estava em hebraico, não se importava. Sua Bíblia no Reino de Rainha Hipocrisia também era em hebraico, o idioma de Deus. Forçara-se por madrugadas para entender e falar fluente. Tinha medo de que não chegasse ao Paraíso se não soubesse.

"*Oração de Moisés, o homem de Deus.*
Senhor, tu és o nosso refúgio,
sempre,
de geração em geração,
tu és Deus.

Antes de nascerem os montes
e de criares a terra e o mundo,
de eternidade a eternidade
tu és Deus (...)"

Ainda se lembrava de sua própria reza, que, pêsames dos pêsames, esquecera no Reino de Rainha Hipocrisia. Debaixo da cama, ao lado de sua carta de despedida. Talvez Sol a tivesse encontrado e agora orava baixinho.

Senhor,
abençoe nossos dias
de doenças,
de glórias
e de temores.

*Senhor,
não me deixe estar.
Não me deixe ir.
Deixe-me ficar
em seu Reino.*

*Senhor,
grite.
Como eu gritei.
E mostre-me sua honra.
Deus,
honre.
Teu sobrenome.*

*Senhor,
sorria.
Senhor, ria.
Pelo dia
mais belo
de minha companhia.*

*Senhor,
Senhor,
me salve.
De meu pesadelo.
De meu Inferno.
Livrai-nos
do mal.
Senhor,
abençoa.*

Talvez não fosse tão cristã assim. Contudo, tinha fé, e era a única importância.

Estava nua, notara. Sem roupa alguma. Ao susto, a primeira denotação fora suas folhas e escritos. Eles estavam repousando, dorminhocos, numa escrivaninha. Abrira um dos armários e tirara o primeiro vestido, simples e cinza (como o que tinha). Vestira e guardara seus poucos e preciosos pertences num dos bolsos.

Saíra com pressa do quarto, em alerta, à procura de Vida. Estava num corredor, com a parte esquerda aberta, dando a visão para um salão decorado e arquitetado. Um punhado de pessoas conversavam e riam, perturbando os ouvidos de Má Sorte. Sua cabeça começava a doer, o que deram a ela? *Vida*. Devia procurar Vida. Não, as pessoas lá embaixo vestiam-se como Monarquia. Eram nobres.

Como uma maluca, apoiara-se na grade, tentando reconhecer rostos. Achava a fisionomia de Princesa Loura em todas as damas, e seus olhos em todos os homens. Rainha Hipocrisia viu por três vezes. Não, devia parar de bobagem. Ela não estaria ali. *Vida*. Devia procurar Vida.

Desceu a escadaria, e todos se calaram para observá-la. Um calafrio a corroeu. Era de bom tom em reuniões parar para admirar um novo presente. Os olhares a perseguiam. Princesa Loura, sentia seu olhar quente e amargurado em suas costas. Por que estaria olhando suas costas? Não sentira saudades de seu rosto, de seus cabelos, de suas mãos quando segurava a faca? Por que olharia para suas costas? Seria o vestido? Ele estava rasgado e não sabia? *Vida*. Devia procurar Vida.

Num relance, ao terminar o último degrau, visou os convidados, à procura de Vida. Ela não estava, não a achava. Ou estaria tão maquilhada que não a reconhecera? Foi quando a viu, e seu coração voltou a tocar. Era "Sonata ao luar", terceiro movimento.

Ela estava tão bela quanto em mil anos, como nunca pensara ao ver. Nada estava mudado, conservava-se a mesma. Seus lábios, iguais, seus olhos azuis tinham a mesma loucura e o mesmo calor, seus cabelos continuavam loiros. Princesa.

Nem percebera seus passos corridos até ela. Não tinha classe, não tinha elegância, não tinha Vida ou Luxo. Era ela, é claro que era ela. A princesa, sua majestade e nossa serva de Deus, saúdam a Rainha até o fim de seus dias. Ela sentava num parapeito de uma janela, com vista para a floresta negra e as estrelas pontilhadas. Tocou seu ombro. O que falaria?

– Lembra-se de mim? – Sua voz soara aguada, amargurada.

Ela notou o intruso. Visara Má Sorte de cima a baixo e abrira um sorriso esplêndido, com todos os dentes e rugas. Seus olhos brilharam. Oh, céus, eles brilharam. E sua boca fez a silhueta do dito de seu nome. Cada letra saíra certa, em tom certo, separadas, porém untadas em um só: Má Sorte.

– Má Sorte! – gritara, assustando os que estavam em volta, que as miraram com caretas. – Oh, venha logo!

Puxara o braço de Má Sorte para o outro lado da sala, desenfreada, e fora até a saída. Tropeçaram duas vezes, mas estavam enérgicas demais para perceber. Deram de cara com algumas criadas, no entanto elas não eram importantes. Má Sorte iria para qualquer lugar que Princesa Loura ordenasse, e tomar aquela frase como verdade absoluta enchera seus olhos d'água.

Ela parou, sentando-se na mesma fonte que Má Sorte vira de sua varanda. Olhou presunçosa.

– E então? – Sua voz era a melhor sinfonia.

– E então o quê? – perguntara meio boba.

– Para onde você foi? – O movimento que sua mandíbula fazia enquanto dialogava era o mesmo.

– Para cá.

– Eu sei. Eu estou te vendo! O que fez?

– Saí à procura de Religião com Vida. Agora vamos para Política.
– Ah, sim. Faz sentido. Sabe o que tenho feito? – Cada palavra expressa era a mais correta, não havia sílabas mais perfeitas.
– O quê? – Era tão idiota por si.
– Nada – dissera, rindo. Sua risada estava tão charmosa quanto sempre fora, e, se pudesse, ela a guardaria num pote, para tê-la sempre consigo e a ouvir quando quisesse.
– É ótimo para ser feito – concordara, pacífica. Já não tocava nada além das batidas que sempre tocou.

Princesa Loura suspirou, encantadora, e estendeu as pernas, preguiçosa como um gato pela manhã. Bocejara. Má Sorte, se não a conhecesse bem, esperaria por mais perguntas suas sobre como sua vida ia indo, porém sabia que ela não o faria. Apenas a olharia com olhos imensos e iria embora. Ela ia. Ou então a aposentaria, como na última vez.

– Você irá? Irá me deixar de novo? – desistente, questionou.

E você já se sentiu desesperado? Esquecido? Não faria sentido nenhum estar ali ou não. Não faz sentido, sua existência, sobrevivência, você só perturba, ninguém gosta de você, nada te ama, está sozinho agora e descobriu que é algo ruim. Não consegue ver a luz no final do túnel porque descobriu que ela está lá fora, um lugar que nunca irá alcançar.

Tentou ser uma boa pessoa, tentou dar o seu melhor, mas é inútil. Ridículo. Ninguém te vê, ninguém te nota, você não é mais um alguém na multidão, porque nem isso chega a ser. E vai fazer o quê? Vai embora? Vai chorar? Fugir? Se matar? Apenas para provar que Deus não está do seu lado, nem Ele te amou. Está sozinho agora, mas sempre esteve.

Não faça nada que não consiga, mantenha a cabeça erguida e mostre a eles que pode melhorar. Eles? Eles quem? Ninguém quer saber se você melhorou. Melhorou? De quê? Aliás, nunca fez muita diferença, mesmo.

– Sabe que eu sempre vou. – Monossilábico e lento, esse era seu tom, e Deus, era o seu predileto. – Eu não... – Pensou um tanto. – Eu não me arrependi de algo. É melhor assim. Você foi para mim mais uma aventura, uma viajante foi como permaneceu em minha mente. E no escuro, quando me volta seu rosto, tudo que me resta como lembrança é: viajante. E quando observo o sangue e a faca, recordo: viajante. Alguém que veio como quem só queria sabedoria para minha casa, minha vida, e assim também foi, à procura de algo a mais. Sempre conheci que sobreviveria da melhor forma no Vasto Deserto, e que nos encontraríamos algum dia e teria mil histórias para contar, de como conversou com Deus e mais profetas, como aprendeu idiomas e se purificou. Viajante. Não quero que volte, não quero reatar relacionamento, pois para mim sempre será uma viajante.

Má Sorte, atônita, levantou-se com rapidez. Viajante. A partir daquele momento, não iria conseguir se imaginar como outra figura. Ela se prenderia para sempre em uma cela de uma palavra: viajante. E quando fosse se imaginar: viajante. E quando fosse se descrever: viajante. Seria agora mais uma, sem gosto ou vontade de se descobrir. Descobrir o quê? Era viajante. Nada mais, nada menos.

Saíra e nem ousara se despedir. Não buscara Rainha Hipocrisia ou Monarquia, não quisera se enturmar ou denotar onde estava. Fora atrás de Vida, sem virar para trás. Também não escutara gritos ou chamados, viajantes não eram chamados por ninguém. Eram esquecidos e lembrados anos após, com graça e apenas por alguns instantes.

Achou Vida de costas, seus cabelos estavam ruivos, e Má Sorte relembrara que era uma cor invejada e exótica para a aristocracia. Esnobe. Ela lhe cutucara o ombro e apenas falara: "Precisamos sair daqui". Vida, ao contrário do que esperava, assimilara e seguiu caminho pela frente, sem também se despedir. Era mesmo uma caixa de surpresas.

Foram pelo jardim, por entre as árvores e gramas, sujando a barra dos vestidos e sendo manequim para tantas pinturas. Má Sorte, que tomara a liderança, guiou-a até a saleta secreta de Bom Luxo. Abriu a porta com facilidade, e entraram, assustando a empregada, que lia um livro no canto.

– O que fazem aqui? – indagou, altiva.

– Vamos embora.

– O quê? – a criada perguntou, dissimulada.

– Vamos embora! Não ouviu?! *Isto* não é para nós! Somos viajantes! Eu sou uma viajante, e criaturas assim não podem pertencer a uma merda de elite. Criaturas como eu não têm família, não fazem amigos, não amam! Criaturas assim partem, aprovam, concordam, mas nunca se enchem de coragem para ficar – berrara. Todo seu equilíbrio se quebrara como se quebra uma ponte, ou ossos a machadadas.

As outras duas consentiram. Bom Luxo abeirou Má Sorte e suspirou, como uma madame, e então, sorrindo, tomou suas mãos. Tinham a mesma altura, contudo a camponesa continha um tanto a mais de vitalidade em si.

– Eu sei para onde podemos ir. – Olhou para Vida como numa palestra. – Fica a algumas quadras daqui. Eu... eu sempre quis ir para lá. Nunca fui, desconheço, no entanto ouço histórias e causos sobre o local.

– Não! – Má Sorte reagiu. – Vamos para longe. Vida, o deserto! Encontraremos nosso caminho de volta à Política, e você poderá completar sua filha, e nunca mais iremos voltar.

Vida apenas a olhou pesarosa, como se quisesse dizer muito, como se sua cabeça se embriagasse de pensamentos e os transbordasse tal qual vômito.

– Política? Mora num palácio, semelhante a templo. É ao lado de onde exemplifico. Ao lado! Muito perto. Tenho certeza. A dona do lugar que é nosso destino é sua escrivã. Faz todos os textos formais! Não há nada a perder. Não há nada a apostar.

As pupilas das duas meninas encaravam e visavam Vida com toda a esperança que criaram em poucos momentos. Sua íris grande imitava uma bolota, que saltaria por impaciência para a resposta.

– Vamos – falara, enfim.

Má Sorte e Bom Luxo comemoraram, rindo. Liberdade. Viajantes necessitavam da liberdade, do vento selvagem e do sol brilhante. Viajantes eram como o mar, incapazes de serem contidos. Eles faziam o que lhes desse quando lhes desse. Eles admiravam apenas a trilha, nunca o destino. Eram, acima de tudo, amantes da Humanidade e do mundo.

Capítulo 14

Saíram, como indomáveis que eram, e ninguém perguntou algo. Eram só mais uma multidão de sem-nomes para outra multidão que deixava legados esquecíveis, que seria apenas uma matéria de estudo monótono após alguns anos. As criadas continuavam atarefadas correndo de um lado ao outro, e tiveram de atropelar três para chegar ao portão. Lá, os guardas o abriram com facilidade, sem questionários. Eles sabiam que não se controlava um viajante e que, quando um queria fugir, apenas o olhar bastava.

Era madrugada, algumas prostitutas e homens bêbados cambaleavam pelas calçadas. Umas padarias cheiravam a pão, de outras casas se ouviam brigas. Um bairro de classe média. Não parecia ser cenário para um templo.

– Certeza de que é por aqui? – Má Sorte indagou. Estava frio.

– Sim! Claro! – Bom Luxo gargalhava debilmente. Maluca. – Eu estou tão feliz! Nunca pensei que sairia daquele Inferno! Oh, Deus, fui agraciada! Fui abençoada pelo nosso Salvador.

Má Sorte ignorou. Vida a visara, confusa.

– Nunca saiu? – interrogou.

– Nunca.

– E por que tal fato?

– Não sei. Medo, talvez. Eu nasci no palácio de Monarquia, mamãe e vovó idem. Nenhum membro de minha família ousou estar fora. Criei um pavor, não imaginava nem que havia vida por fora. Até que... até que conheci um moço. Ele era cavaleiro, e me jurou que serviu a rainha da Inglaterra.

Contou-me tantas histórias! Passei mil noites ouvindo-as. Ele me disse sobre o nosso destino agora. E também as estradas, as batalhas, ele me ensinou a ler. Despertou-me o desejo de fugir. Contudo, quando se foi, adormeceu novamente. Até que vocês apareceram! Um presente de Deus e de todos os santos! Neste momento, sou livre de minha prisão. Má Sorte, oras, somos viajantes! – discursara.

Má Sorte revirara os olhos, confusa e cansada. Vida alegrou-se com a histeria repentina de Bom Luxo.

– Menina! – falara. – Tenho tanto a lhe contar, tudo que gostaria de ouvir! Conheci também muitas criaturas. Diversas. Crê que Má Sorte e eu encontramos Deus? E que esta aqui passou mal ao admirar Seu rosto? Crê ainda que eu sou a própria vida? – E passou a tagarelar. Na maioria das vezes, Vida se mordia quando alguém lhe contava algo que já vivera. Queria se gabar e mostrar que fizera muito mais. Bom Luxo ouvia atentamente, rindo e perguntando sobre tudo.

– Bom Luxo, não me deixe morrer com uma dúvida – Má Sorte rogou, interrompendo. – Quem é o assassino deste terreno de Monarquia?

– O assassino? Ah, pois bem, é um contratado de Gavrilo Princip. Acredita que ele terceirizou todo o processo? O moleque montou uma empresa privada de assassinos profissionais, e há boatos de que dominaram todo o continente e estão indo para o próximo. O que não falta é esperto que tem seu auge à custa de desemprego dos outros, não é, Vida? – explicara, gesticulando exageradamente. Vida concordou e começaram um diálogo sobre empresas e terceirização.

O cheiro do pão era enjoativo para Má Sorte. Uma empresa! Como se assassinato fosse algo que tivesse leis e regras, que pagasse fundo de garantia! Era uma paixão, era ensinado desde criança, era, acima de tudo, uma filosofia. Uma grande questão sobre o certo, errado e compreensão, ou o mais importante, era cuspir sobre tudo. Era tentar se descobrir numa religião e ver que não pertencia a nenhuma, era temer o Diabo e sua eternidade. Contrato! Era, no máximo, no maior diminuto, uma ocupação. Não uma empresa.

Ir embora lhe parecia sua melhor opção.

– O que sabe sobre aonde estamos indo, Bom Luxo? – inquiriu.

– O que sei? Não muito. Sei que todos os escritores vieram de lá, e é verdade, se quiser constatar. Todas as biografias apontam a mesma coordenada; no entanto, só uma coordenada. Nenhum nome, nenhum rei, nenhuma escravidão.

– E o que fará quando chegar lá? Eu e Má Sorte iremos atrás de Política, mas e você, Bom Luxo? – Vida perguntou.

– Eu? Estarei em utopia, e isso já me basta. Virarei mendigo, ou outra serviçal, não me importa. Saber que morrerei longe dos mesmos rostos e dos mesmos quartos é a forma inalcançável e perfeita para mim. Arrumarei camas, lavarei roupas, porém não ouvirei as mesmas vozes, e não seguirei as mesmas ordens. Utopia, seguimos para a utopia. Oh, esqueci! Lá me disseram que há a maior biblioteca do mundo. Morar em um lugar assim era tudo o que eu queria.

– E acha que encontraremos lá? – Má Sorte fora pessimista.

– Claro! Sou esperançosa. O que seria de mim se não fosse?

A paisagem era a mesma. Nunca mudava. Não deviam estar na trilha certa, contudo estavam cada vez mais longe de Princesa Loura e suas mordomias. Utopia, seguiam para a utopia, mesmo se esta estivesse no nada, numa esquina ou num quintal. Longe, estava bom. Longe, um lugar diferente. Melhor. Melhor.

Queria escrever algo. Pensou em se corresponder com Madalena. Corresponder? Ela não lhe respondia. Ela não lhe respondia!

Ela se parece com Deus. E não é pelos milagres ilusionistas ou pelos servos cegos; ela não me responde. É como uma oração de madrugada de um depressivo por uma vida melhor. "Te dou minha casa, família, coração, esperança, oh, Pai, se me der paz." E a ignorância é tudo que recebo em volta. Falar com ela é como rezar em desespero.

Me responda! Me dê atenção! És minha Terra Prometida. Como ainda não notou? Te daria meu mundo. Tudo que tenho e terei se me desse seu amor. Mas nem ao menos olha para mim. O bilhetinho, fofoca, boato, fale comigo! Bati tantas vezes à sua porta que meu coração já quebrou.

Falar contigo é como falar com Deus. Sem respostas. Sem sentimento. Quero dizer, temos todos os sentimentos do mundo. Mas são só meus.

Não adiantava. Não adiantava correr. Não adiantava fugir. Não adiantava mudar de casa, continente, planeta. Seu problema era a própria mente, que nunca se libertaria. Libertaria. Sentia a falta de Liberdade, nunca mais a viria. Mergulhava-se cada vez mais em sua amargura.

Como se fosse Jesus, algo a tirara de seu suicídio interno. Uma construção, em meio às casas simples, erguia-se em toda a glória e honra que um prédio podia ter. Era cercada de um belo gramado verde, que se misturava com areia branca, como a do Vasto Deserto. Tinha várias torres finas e pontudas, branco por inteiro e com detalhes de madeira. Parecia ter saído de um conto de fadas.

Bom Luxo gritara em euforia.

– É aqui! É aqui! Disse-lhes! É aqui!

– Como sabes? – Vida questionou.

– Minha intuição é muito forte e verdadeira, senhorita. É aqui. Estou certa. – Fora sua desculpa para sair andando pelo jardim. Seguiram-na.

Depois de atravessar o imenso quintal, aproximaram-se demais do castelo, e Má Sorte temeu levar um tiro. Eram forasteiras! Que poderiam muito bem ter ido para assaltar tamanha riqueza. Contudo, os moradores – equivalentes a criadas – não pareciam se preocupar. Poucos caminhavam no entorno, bem vestidos e segurando pergaminhos, concentrados demais em decifrá-los.

Bom Luxo, ingênua, batera no grande portão fechado da frente. Ele se abriu vagarosamente, revelando duas portas. Atrás, um corredor escuro e comprido, e dois homens em sua ponta, guardas armados de metralhadoras e casacas azuis. Bom Luxo correra até eles, Má Sorte e Vida juntas.

– Senhor! Somos aventureiras que querem desbravar esta terra! Poderia nos informar? – pedira Vida gentilmente, estendendo a mão ao soldado da direita, que não mudou sua feição nem aceitou o cumprimento.

– Informação é a base da sabedoria – repetiu automaticamente o senhor. – Este é o Reino de Mãe Literatura.

Mãe Literatura. Mãe Literatura. Não lhe era incomum. Mãe Literatura! Oh, Céus! Poeta! Poeta! Poesia! Bastarda! Poesia! Poeta! Estaria ali em algum local? Seus aposentos se mantiveram? Existiam ainda alguns de seus textos espalhados pelas paredes ou por diários? Seus diários, suas histórias, seus sorrisos. Poeta! Mãe Literatura era a chave, era o Paraíso. Utopia! Seguiam para a utopia.

Em exaltação, segurara o guarda pelos ombros, as pupilas saltadas, o sorriso muito maior que seu próprio rosto. Tinha certeza de que murmurara "Poeta!", como uma drogada, o que alertou os homens e apaziguou qualquer confiança que tinham colocado nelas.

Fora nesse maio que desmaiou.

※ ※ ※

Má Sorte acordara lentamente, com preguiça. Seu estado de paz não se prolongara, os gritos nervosos de Vida a despertaram rapidamente. Sentou-se em choque.

– Má Sorte! Como isso foi acontecer?! – ela estrilava.

Bocejara. Estavam numa cela, notou logo. Era escura e negra, apenas com uma janelinha no canto direito. Era um quarto de pedras pontudas e afiadas, que machucavam suas pernas. A luz que emanava mostrava a tarde ensolarada. Uma das paredes era de grades, com vista para um muro. Tentou espiar por entre os bastões o final do corredor, inutilmente. Não tinha fim próximo. Estavam presas. Enjauladas.

– O que aconteceu? – perguntou com os dedos nas têmporas.

– O cara te apagou como se apaga o dia! – Bom Luxo rira, não parecia triste.

– Sim – Vida concordou, deixando-se levar pelas sôfregas risadas. – No meio de seu ataque, ele desligou você. E nos trouxe acorrentadas para nosso novo quarto. Quem diria, hein, do bem-estar de Monarquia para uma prisão do Reino de Mãe Literatura?

Mãe Literatura! Estavam no subsolo da casa de Poeta! Era animação demais, era alegria demais para seu pobre ser, ainda que seu subconsciente lhe falasse para não contar que Poeta estaria ali. Ainda devia estar se embriagando no bar.

– Como podemos sair daqui? – questionara, feliz como havia tempos não ficava.

– Então! – Vida disse. – Eu pensei pela janela, porém seria óbvio demais, e não quero ser guilhotinada. Nós poderíamos apenas esperar pela chegada de alguém. Precisava ver a cara que o homem fez quando você falou: "Poeta!". Meu Deus, parecia que tinha visto assombração! Alguém virá, nem que seja para nos interrogar. E se nós acabarmos aqui, que seja. Já vimos de tudo. Menos Mãe Literatura. – Piscara, em êxtase. Era um bom dia, acima de tudo.

Aos poucos, Má Sorte se contentou em apaziguar sua ansiedade. Apoiou-se em seus escritos, fez umas denotações com Bom Luxo e Vida sobre chá. Foram maios assim, e ninguém nunca aparecia. Na cela, contudo, aprendera a ser paciente. Uma onda de serenidade a invadiu e tomou. Estavam sós. Sem Deserto. Sem Princesa Loura. Sem alguém. Só. E não tinha estado melhor.

Escureceu duas vezes, e não enlouquecia. Estava anestesiada. Ninguém veio nem para comida, e Vida não conseguiu fazer algo brotar. Não tinham estratégias de fuga. Iam morrer ali, de fome, sede ou tortura. Não se importava. Nada importava.

No quinto maio, uma mulher apareceu pelo lado direito do corredor. Ela tinha cabelos vermelhos e pretos, soltos por baixo e presos por cima. Sua maquilhagem era pesada, das mesmas cores, como seu vestido e sapatos. Era branca e bela, como a Rainha de Copas. Seus olhos eram negros. Não mirara o lado em nenhuma vez. Quando surgiu, trouxe consigo o silêncio e susto.

Abriu a porta com chaves que trazia nas mãos. O portão aberto fora a cena mais linda que Má Sorte já vira. Tantas vezes fechado, sua exposição do outro lado era a personificação de Liberdade, que, mesmo não estando ali, irradiava a parte mais superficial de sua presença.

– Bom dia. – Sua voz perfeita tinha o timbre perfeito que sua idade devia ter. – Chamo-me Gramática, e sou a filha mais estimada de Mãe Literatura. A mesma exigiu que viesse aqui lhes explicar os próximos passos que deverão dar. Onde deveria repousar nesta sala? – Virara a cabeça apressadamente, em busca de uma poltrona chique.

– No chão – Vida respondera seca, dando tapas na terra. Gramática a encarou como se brincasse. Ao perceber que não, sentou com as pernas cruzadas. O vestido se encaixava em suas curvas sem erro. O vestido. Era tão bonito nela. Em nenhum momento suas costas se curvaram. Como se segurassem uma régua em sua coluna. Uma dama. Má Sorte nunca vira tão indefeituosa dama.

– Quem é a que conhece Poeta? – interrogou. Má Sorte levantou a mão. – Poderia saber o seu nome?

– Má Sorte. – Deu de ombros. Gramática teve nojo de alguém nomeado tão vulgarmente.

– Mãe Literatura se reunirá com vocês em quinze maios. É agradável que se vistam adequadamente, por isso as levarei neste instante para um quarto, onde poderão se preparar e repousar. – Levantou-se, enquanto discursava. Seguiram suas pegadas, saindo finalmente da saleta solitária.

Gramática andou em mutismo.

– Licença, senhora. – Má Sorte tocou sem ombro. – Conheces Poesia? Deve ser uma de suas irmãs.

A nobre pareceu ter um ataque nervoso. Sua pálpebra direita palpitou, e sua córnea arregalou. Sua mão, ao lado da cintura, foi para frente e trás, como se ventasse muito.

– Poesia? Não, não conheço. – Soara aguda e temerosa. Má Sorte se questionou se suava debaixo dos quilos de desodorante que devia passar todas as manhãs, após ler tranquilamente três livros e bebericar um chá de erva-doce.

Ignorou. Iriam se encontrar com Mãe Literatura, afinal, ou seria apenas um disfarce para a sala da guilhotina. Contudo, em qualquer caso, não era o fim de sua vida. Desperdiçar maios na prisão não fora de todo mal.

Aproveitou para diminuir o movimento, e, mais atrás, formou uma admiração profunda por Gramática, mesmo esta sendo uma das criaturas que mais devia odiar. Já ouvira sobre ela, já lera sobre ela em pergaminhos antigos e recentes. A ordem, a organização, a frieza, as provas, o impecável. A maior magia, a do transtorno e a do julgamento. Gramática era um porre, e tinha nela algo de tão porre que a tornava linda e inalcançável, o que aumentava ainda mais o desejo. Algo em si lembrou Má Sorte de Poeta, relevando todas as diferenças.

Observou Vida e Bom Luxo, perguntando-se se pensavam na beleza oculta de sua guia. Refletiam, não era visível. Elas apenas constatavam o caminho, que não era extraordinário. As mesmas paredes de cimento duro. Nenhuma diferença de altura ou largura, nenhuma outra criatura.

– Senhora – Bom Luxo clamou por Gramática, tocando-lhe o ombro.

– Sim?

– Como vocês tratam estrangeiros aqui? Eu tenho interesse em fixar moradia. – Os olhos da criada brilhavam tanto, que nem a princesa teve coragem de castigá-la pela audácia.

– Temos programas de intercâmbio com reinos e cidades aliadas, seus alunos nos são apresentados e podem transitar e trabalhar livremente por cerca de um maio cronometrado. Casos não registrados, como o seu, são dispensados. No máximo lhe faremos uma entrevista para conhecer seu porte e origem. Se conseguir uma boa nota, terá direito ao trabalho de limpeza, refeição simples e acesso à biblioteca. – Franziu as linhas de expressão. – É claro, se Mãe Literatura não as isolar e legalizar suas cidadanias. Faz maios que não ouve o nome de Poeta tão

melodiosamente assim. – Encarou Má Sorte por momentos em silêncio. – Não creio que seja algo que a agrade.
– Como é a biblioteca? – Bom Luxo, embevecida, indagou.
Gramática entrou numa explicação chata sobre quantos metros tinha cada estante, e quais eram as ordens coloridas das capas de livros, e quantos andares, e quais os papéis de paredes.
– Há alguma obra de Poeta lá? – Má Sorte perguntou, distraída. Gramática franziu novamente engraçado, como uma menina pequena, ou um rato.
– Por que não fala sobre isso com Mãe Literatura?
– Por que chamam Literatura de Mãe Literatura? – Vida, que estava incrivelmente quieta, perguntou.
– Porque ela nos criou, ela criou tudo que se possa imaginar, e seria insolência desrespeitá-la chamando-a de "Literatura". Devemos sempre proferir "Mãe" antes, para mostrar nossa gratidão pelas nossas existências.
– E Deus entra onde? – Má Sorte parecia um vendedor irritante procurando a atenção de seu Senhor.
Gramática não lhe deu respostas, e pareceu perturbada por isso.
Deram numa porta dourada, o final daquela imensa passagem. Era adornada, e deveria mostrar aos criminosos o carinho que nunca lhes ia pertencer. Era triste.
A princesa tirou de um dos bolsos uma chave prateada e acertou em cheio o buraco da maçaneta. Girou-a.
– Prata e ouro. Prata e ouro. Prata e ouro. Era para ser ouro e ouro, ou prata e prata. Prata e ouro, bah! – Parecia não dormir há dias, pensando sobre as portas e suas chaves com diferentes cores e formas. Ou talvez um assunto mais sério a afligisse, aquele texto de um rei distante sem coerência ou sem a devida conjugação. Deviam ser tópicos pendentes na mente desolada de Gramática, capazes de iniciar uma guerra. Má Sorte imaginou se,

para ela, uma guerra física seria tão importante quanto as classes gramaticais, ou se morte não passasse para si de um substantivo. Que modo de viver!

E eles diziam que QI não passava de "quinquilharias inúteis"...

Abriu a saída, e uma claridade harmoniosa a cegou. Era um grande salão enrustido, no estilo mais clássico, como se Maria Antonieta fosse aparecer de trás de um dos enormes sofás escovados. Livros amontoavam-se em prateleiras, todos grossos e gastos, e eram a atração principal. Milhares deles escolhidos a dedo pelos funcionários contratados apenas para aquela função. Deviam ter sidos gastos pelo menos cinco arquitetos e decoradores apenas para descobrir a ordem certa dos enredos.

Atravessaram. A sala parecia vazia, mesmo estando empelotada de serventes carregando panos e água quente, no entanto tão pequenos e escondidos que nem estavam lá.

Má Sorte olhou para cima, e o lustre parecia cair. Mirou Vida e Bom Luxo. Vida entediava-se, suas pupilas percorriam apenas o andar capenga da plebe, enquanto Bom Luxo se maravilhava com todos os títulos. Gramática não virara para trás vez alguma. Podia simplesmente sair correndo que esta talvez não notasse.

Após sete maios (o que levou para atravessar o castelo de uma sala), deram noutra porta, muito mais elaborada e planejada. Parecia ser de ouro puro e polido por mais de mil criaturas. Enorme, engrandecia-se acima das nucas do povo. Sua maçaneta era muito maior e pesada. Dessa vez, duas moças de cabelos negros presos numa rede apareceram para puxá-la. Má Sorte temeu encontrar um segundo salão longo.

E era uma sala ambiente, por dizer assim, no mesmo estilo barroco de antes, com a mudança de cores para verde-musgo e baunilha. Mais livretos, mais uniformes ambulantes, que se concentravam num canto, paparicando uma mulher ilustre.

Como em uma pintura de Da Vinci, todos os objetos pareciam se voltar para a senhora, até mesmo a luz do sol, que penetrava por janelas distribuídas igualmente. Conforme se aproximavam sem pedir, Má Sorte notava suas características. Lia sem atenção um livro vermelho, tinha seus cabelos castanhos presos e amarrados por três serviçais, e a feição velha. Vivida e rigorosa. Estava num momento de deleite, com jovens lixando suas unhas e acariciando seus pés. Em reuniões devia ser a imagem do cão. "Mãe Literatura". O nome ribombou em seu crânio.

Como Poeta se apaixonara por alguém como ela?

Quando constatou a presença das meninas, Mãe Literatura pulou em desagrado. "Devia ter bebido mais café", era isso que tinha murmurado. Levantou-se, e era muito alta, como um gigante. Temível. Um monstro feminino. Sorriu com todos os dentes, amarelados pelos cigarros. Suas curvaturas a deixavam sádica.

– Não pensei que viriam tão cedo! Ao menos trocaram as roupas. – Olhou curiosa para sua filha, que pareceu encolher em um canto minúsculo da sala.

– Julguei melhor não a fazer esperar, senhora Mãe Literatura. – Sua voz era um fiapo.

A altiva refletiu um bocado, a íris preta ao teto.

– Fez bem. – Sorrira novamente. Melhor não o fazer, mostraria toda a ignorância que jazia debaixo da confusão irônica que apresentava. Como Poeta se apaixonara por alguém como ela? – Quem de vocês conhece Poeta?

E Má Sorte levantou o braço. Como Poeta se apaixonara por alguém como ela?

– Venha comigo, faz maios que quero dialogar com conhecidos. – E não dialoga por quê? Como Poeta se apaixonara por alguém como ela? Seguiu para o outro ponto extremo do quarto, rumo a uma varanda amena. Má Sorte foi ao seu encalço.

O chão era de mármore, não caía por quê? Como Poeta se apaixonara por alguém como ela? Mãe Literatura sentou-se num dos bancos espalhados, sua gordura espatifando-se na madeira. Como Poeta se apaixonara por alguém como ela? Puxou grosseira o antebraço de Má Sorte para si. Como Poeta se apaixonara por alguém como ela?

– O que ele lhe disse sobre mim?

❦ ❦ ❦

E Má Sorte confessou, num desabafo, todas as ofensas, todos os xingamentos, todas as súplicas que Poeta lhe contara sobre sua amante. Disse sobre o abandono de Poesia, disse sobre as aventuras, sobre o cais, sobre a exigência da senhora. Sua voz soltara-se aguada como numa crônica melancólica, cada palavra se encaixara como se planejada, e ao menos noticiou a tristeza escondida que escancarava. Bah, mentiras. Mentiras, mentiras, seus sentimentos não passavam de mentiras, que, de tantas pitadas de verdades que fingiam ter, enganavam a qualquer um.

A mulher manteve-se irresoluta até a última sílaba, quando suspirou irritada e abaixou o olhar. Quando o voltou, apoiou um braço nos ombros de Má Sorte.

– Não gosto de chorar por uma história até conhecer seu final. Perdoe-me se lhe pareço fria ou calculista, esta é a tarefa de Gramática, como viu. A mim? A mim cabe amar o dialeto e as frases errantes.

– Não ouviu o que eu lhe disse? – Má Sorte questionou incompreensível.

– Ah, claro que a ouvi, querida. O seu modo de coesão é peculiar, digamos assim. Não teria futuro como pesquisadora ou universitária, no entanto creio que arranjaria qualquer trabalho no ramo fantasioso.

– Fantasioso? Acha que o que eu falei é *fantasioso*? É sobre uma filha sua! É sobre uma polêmica, um namorado! Não uma fantasia qualquer. Não é sobre rotulagem, é sobre Humanidade! Por que não entende? Por que não entende?

Mãe Literatura a encarou com sadismo.

– Poesia se foi faz muito tempo. Se a queria encontrar, chegou tarde. Os escritos de Poeta também foram levados juntos dela. Não me fazem falta, mire meu exército, meus filhos mais belos, toda essa sabedoria. – Olhou irônica. – Eu sou abrangente, até demais. Gramática chama-me atenção por isso, diz que sou boazinha, e é verdade. Acolho quem me aparecer, até... – franziu o cenho como a princesa – criaturas como você, desde que me contem uma boa história. Poesia, não. Foi-me renegada há muitos maios, e Poeta deveria ter lhe falado disso. Ele me foi uma diversão, como Helena foi para Lisandro, ou Lydia para Wickham, até mesmo Cleópatra para César, porém a partir daí não me entende mais. Poesia não me respeitava, tentei criá-la quando pequena, em vão. Era um porre para toda a família e desgraçava toda a linhagem. Quando se punha a fazer textos e crônicas, separava palavras, letras, confundia tudo, cortava frases ao meio, e restava apenas um grande vácuo em o que ela dizia ser reflexão. Seus contos eram magrinhos, magrinhos! Até mesmo gírias usava, crê que um dia me veio com "d+" em vez de "demais"? Uma vergonha. Uma vergonha. Quando eu ou seus irmãos tentávamos ler livros para ela ou lhe ensinar as grandes histórias, emburrava-se e rasgava os papéis, dizia desumana tal forma de tortura. Perdi meu controle. Graças ao bom Deus, ou quem estiver acima, nunca anunciei seu nascimento. Cresceu em anonimato, e livrei-me dela, soltando-a pelo mundo. Eu lhe fiz um favor, Má Sorte, Poesia sempre reclamava que seu lugar não era enjaulada, era pela correria, pela multidão. Almoçava todos os dias com os criados e se punha a ler para eles seus "versos" terríveis. Até mesmo eles, que são da mais inferior casta, temiam sua presença! Ela se estressava muito quando alguém lhe dizia sobre o horror de suas palavras, e gritava, e quebrava cadeiras. Se a quiser conhecer, vá por conta própria! Poesia já me deu tudo que tinha para me dar! – Mãe Literatura desabou como quem desaba aos pombos, estava nervosa. Às vezes soava alto, e uns serviçais cuja única ocupação era atendê-la apareciam e lhe ofereciam vinte copos com açúcar e mais dez com maracujá.

Má Sorte ouviu calada e recordou: "Não gosto de chorar por uma história até conhecer seu final", seria seu lema. Sorriu internamente por encontrar um.

– E Poeta? – perguntou finalmente.

– Poeta? Ah, não diga para alguém, contudo eu sinto sua falta. Eu não o amei, Má Sorte, eu apenas gostei muito dele. Muito! Havia algo em seu jeito desleixado que era galanteador. E deixava a barba por fazer, e apoiava nas bancadas, e admirava o luar, e eu era Romeu. Foi nisso que ele me transformou. Eu, tão velha, uma monarca tirana, e ele me amou, e me acolheu, e era mais novo que Gramática. E eu lhe sorria desdentada, e ele ria, e fazia piadas, e acendia um cigarro com as chamas fortes da lareira, e dizia que era seu coração por mim. Poeta! Oh, Poeta, nem acredito que repousa num bar! Pensei que tivesse morrido, bebia demais. Tentei amar sua filha, Má Sorte, porque pensava que via em suas pupilas as pupilas dele, e em seus dentes a malícia dele. Impossível, era uma tarefa impassível. Se o ver de novo, diga que eu... diga que estou aqui. É isso, diga que estou aqui e daqui não sairei, e deixe-o inventar o resto.

– Eu direi – comentou com a voz rouca, encantada.

– Consegue ver com os olhos dele, menina?

– Como?

– Ele me viu com olhos diferentes dos seus. Ele achou em mim a graça e a formosura que só uma dama pode levar, e em minha pele desgasta encontrou a jovialidade, e em meus cabelos grisalhos, o loiro do bebê. Consegue também? Se o fizer, será para sempre como ele, e se tornará uma cidadã com suas amigas, e será a heroína de Poesia.

Má Sorte a mirou estática, estranhando a chantagem, que vantagem teria? Mãe Literatura queria se ver desejada. Queria se ver amada, como nos romances que lia. Queria não ser identificada por "Mãe", e ser privada disso a matava.

Analisou cada detalhe de seu bigode malfeito, de seu sorriso sujo, de seus lábios tortos.

– Ria para mim – tentou amenizar.

Mãe Literatura lhe fez uma careta.

– Rir assim?

– Como chamam mosquito neste Reino?

– Oras, mosquito, pernilongo, muriçoca, mosco, mosca, fincão, fincudo, bicuda, melga... no entanto, o mais popular é mosca.

– Não, Literatura, nós não o chamamos, ele vem sozinho.

Mãe Literatura, ao entender, caiu numa gargalhada estridente, com todos os acordes, agudos e si's. Bateu a mão na coxa e falou "ai, ai", e Má Sorte não conseguiu ver a beleza que sua carcaça escondia. Talvez porque tivesse tido uma mania três maios atrás de querer aprender como rir em situações informais, e decorara o passo a passo, a mando de sua governanta. E talvez por teimosia não pronunciasse "poxa" em vez de "ai, ai", ou ainda com os íntimos proferisse "porra". Não, nada de Poesia, Poeta para si não vinha.

Negou com a cabeça, em luto.

– Conte-me uma história. Talvez assim funcione.

– Uma história? Claro, claro, conheço tantas. Deveríamos começar com Platão. No entanto, se preferir, partimos direto para Jesus Cristo ou Napoleão.

– Não, Literatura. Conte-me uma história sua, que só você tenha ouvido falar.

– Apenas eu? Difícil. Sempre que me vem algum bom causo, apresso-me para compartilhar e escrever. Publiquei mais de um milhão de livros, livretos e sonetos. Mas eu contaria... eu contaria meus gostos se pudesse. Segredar-te-ia mil e uma chatices que tenho, e ninguém respeita, ninguém nota, ninguém noticia. Eles, minha plebe, veem-me como uma soberana, enxergam-me como quem enxerga a Deus. Não sou Deus. Sou defeituosa, não tenho poder algum além das palavras. Poeta viu-me nisso. Eu... eu não gosto de artigos científicos. Tenho asco. Também repudio as charges, as caricaturas, e ainda chamam esses trecos de "literatura"! Eu amo mesmo a ficção. As histórias de amor que nunca aconteceram e, no final, fazem-te querer que tivesse. Creio na aventura e na liberdade de uma frase, no vento que ela traz em sua leitura, do medo e espanto. Creio na paixão e no esporte, no auge de minha literatura, que, quando termina, pensa-se: "Poxa, correria cem léguas apenas pela felicidade". Sigo os personagens como um detetive, e poderia passar horas enumerando seus sobrenomes, seus ditos, seus sorrisos e olhos. Oh, sim! Eu amo a descrição. Eu amo quando se é tão detalhado, que remete a um conhecido ou vê seu corpo planar pelo ar. Minha mente é burocrática, Má Sorte. Imagino o que nunca pensei em escrever, e seria um erro se descobrissem. Eu sou Mãe Literatura, afinal.

Má Sorte refletiu, em silêncio, as mãos ao queixo, como um ditador ao encontrar o motivo que o levaria ao barro.

– Por que te chamam por Mãe Literatura?

– Meus filhos me inventaram isso. Odiei. Odeio. Sou populista, sou como Vida, sua companheira, e adoro a viagem. Adoro sentar-me defronte a uma fogueira e me esquentar, ouvindo os desejos da última camada social. Eu sou apaixonada por cartas sem motivo, por confissões pela madrugada, pelos rascunhos ilegíveis que mancham o papel. Gramática, e Redação, e Dissertação, e Narração, eles me têm como Deus, já lhe disse. E criaram essa glória, e formaram seus exércitos, em meu nome. E tiveram suas guerras, e tiveram suas mortes, pelo meu nome. Tentei pará-los, tentei pará-los de me honrar, mas não me ouviam. Agora este é meu leito, é meu caixão, é meu suicídio. Estar coberta por todos esses temores, todas estas bibliotecas.

Má Sorte sorriu, enxergando a parte mais superficial de sua beleza, de seu carisma, do que Poeta viu. E Má Sorte sentiu-se tanto, gabou-se tanto por isso, que já se via na própria pele do escritor, e quis tomar Literatura como sua. Em vão, não era possível ter tanto assim. Talvez ela lhe fosse mesmo sua Princesa Loura.

– Eu consegui, Literatura. Eu consegui.

– É? – Animou-se. – E qual parte de meu rosto brilha mais?

– Não especificaria como teu rosto. – Riu ainda mais em inocência. – É na pausa entre uma frase e outra, é na repetição, é na formosura que sua narrativa me traz.

Mãe Literatura se entristeceu.

– Acha que Poeta viu apenas isso em mim?

– Não. Creio que ele também noticiou seus lábios quando se fecham, e depois quando se abrem, em perfeito círculo. E deve de ter notado também como suas pálpebras tremem quando vai discursar, ou como suas mãos tocam o vestido quando se estressa. Talvez tenha sido isso que ele viu.

Mãe Literatura a encarou, e Má Sorte temeu por um momento ter dito algo errado e irritado a senhora. Após maios, ela se levantou com o cenho franzido e ofereceu a mão para Má Sorte.

– Iremos para o jardim. A Alameda mais esperada pelos turistas, a das margaridas.

Dirigiu-se para uma das portas, de um rosa infantil, com persianas de seda para tapar a parte transparente. Abriu sozinha, dispensando as dezenas de pessoas que surgiram para ajudá-la. Foi-se caminhando. Como tinha escurecido, pegou um candelabro de uma prateleira, e ordenou a saída dos serviçais. Eles se foram rapidamente, como formigas fugindo de um predador.

Pelas costas, Literatura era bela. Seus cabelos grisalhos se prendiam em um coque trançado, e usava um belo manto azul com babados beges. A penumbra a cobria, e só se distinguia das enormes poltronas que se vestiam iguais pelo balançar, que apenas as moças têm. Seus saltos batiam petulantes no mármore. Não estava linda, contudo aceitável. Parecia uma mulher daquele ângulo. Sorriu internamente, seguindo-a.

Do que pareceu quatro salões, deram num jardim interno, coberto de todas as flores, que brilhavam ofuscantes diante da luz da Lua. Enfileiravam-se, com medidas, e se separavam em forma rígida com cercados de madeira ou corda. Algumas árvores atrevidas também tinham o quê de se aparecer.

Mãe Literatura desprezou tudo aquilo e foi para o fim, sentar-se num balanço. Má Sorte sentou-se ao seu lado e se permitiu deslocar-se um pouco. Era gostoso.

– Você me inveja – confessou num ato falho, no entanto sua voz não se modificou. – Inveja-me sua juventude, inveja-me seu jeito galanteador, invejam-me seus motivos para viver, inveja-me sua inveja de meu amor. Poeta deve de ter reparado, ele sempre reparava, em cada olhar circunspecto, em cada riso maroto. E eu realmente não queria dialogar com tão maravilhosa menina

sobre isso, sua boca foi feita apenas para relatar a confusão e a imposição, quando se pede outra taça de vinho. Fique aqui comigo, Má Sorte, e seja meu Poeta, tenho sofrido de tanta solidão.
— O quê? Não! — Levantara-se em susto, já andando para a saída. Ficar? Como pensaria em ficar, se em sua mente ainda repousava a imagem melancólica de Princesa Loura, se planejava encontrar Poesia, se tinha de derreter Política num pote, se tinha tanto pela frente?
— Fique! Fique, minha amada, e eu lhe contarei todos os meus escritos, e te farei na luz do Sol! Aqui teria alimentação balanceada, teria os criados, teria os livros de madrugada, teria paz! Fique, Má Sorte, fique e não me deixe! Seja meu Poeta! — Má Sorte corria, e corria, e corria para longe. Fugia, pelo mesmo caminho que tinham feito para entrar. Olhou para trás no portão uma última vez, e viu Mãe Literatura no chão, em joelhos, berrando e se esgoelando: «SEJA MEU POETA», e cinquenta criaturas tentando se acalmar, enquanto Má Sorte se tinha em desespero e decomposição.

Entrou no castelo, e graças a Deus tinha uma boa memória, suficiente para encontrar o quarto onde vira Vida e Bom Luxo. Ao entrar, estava vazio, com exceção de uma velha bordando numa umbra. Aproximou-se dela, tocando seu ombro.
— Onde estão minhas amigas?
— No refeitório. Foram comer um pouco, parecem fracas e abatidas. Vieram de onde?
— De... de... viemos da Mansão de Monarquia.
A velha a mirou com olhos intrigados e os lábios vertiginosos pressionados.
— É longe — falou enfim, voltando ao seu tecido. Uma tulipa. A mulher costurava uma tulipa perfeitamente. — Creio eu — proferiu sem dar a devida atenção — que conheceu a faceta mais obscura de Mãe Literatura. Nós a conhecemos por esse tipo de

monstro desde que o mundo é mundo, mas não foi sempre assim. Ela se tornou desse jeito após seu primeiro namorado. Era um homem, alto, torneado, aventureiro. Desbravava as piores matas da América. Quando ele foi embora, para voltar às suas índias, ela entrou em depressão, e correu para arranjar outro, o único remédio que imaginava conter a solução de sua tristeza. E assim foi, até enlouquecer. Poeta foi seu estopim. Andava jururu, cabisbaixa, quando ele lhe veio. Foi todo seu destino, todo seu rumo. Quando Poesia nasceu, viu-se numa encruzilhada, em que devia escolher qual dos dois amar. Ficou com a menina, é bondosa e não abandonaria um bebê à mercê. Poeta foi embora, e não lhe foi um problema, incrivelmente. Ela tinha a criança. Quando Poesia se mostrou, malcriada como até hoje deve ser, teve de deixá-la também. Estava só outra vez, e agora anda como louca, à procura de seu novo pilar, ao qual ela chama de Poeta. Nunca o esqueceu.

Má Sorte sentou-se bufando numa cadeira à sua frente. Incrível. Só lhe apareciam malucos ou bêbados.

– Obrigada... pela informação. – Má Sorte altivou-se, indo para o refeitório. A velha apenas acenou com a cabeça, e Má Sorte pensou que tipo de assombração ela seria.

❦ ❦ ❦

– Vida! – Má Sorte a encontrou no meio de uma mesa, rindo charmosa e jogando seus cabelos pelos ombros, contando alguma história. Ela olhou com seus olhos profundos, que estavam negros, assim como seus cabelos. Bom Luxo ouvia calada ao seu lado, contudo suas mãos animadas batucavam qualquer melodia no tampão de madeira. – Temos de ir embora novamente.

– Mas já, Má Sorte? – ela perguntou manhosa. – Acabamos de conhecer tanta gente boa. Devemos passar aqui apenas mais uma noite, como forma de agradecimento pela gentileza que nos têm feito.

– Não, Vida. – Pensou em Mãe Literatura, recompondo-se no quintal, levantando-se com fogo nos olhos e gritando: "Desgraçada!". – Temos que ir embora.

E deve ter soado desesperada e fatigada, pois Vida altivou-se e suspirou.

– Vamos – disse baixinho. Ainda deve ter reclamado, porque a interrompeu no meio de seu bife, e desejava comer bife desde a festa de Monarquia. Puxou o braço de Má Sorte, irritada, direcionando-a para fora.

– Espera! – Má Sorte pediu.

Voltou para a mesa e chamou por Bom Luxo. Ela virou-se para trás, triste. Seu semblante era triste, inconsolável. Talvez pelo abandono, talvez sua utopia a decepcionara.

– Vá atrás de Mãe Literatura. Diga a ela que, a partir de agora, atende por Poeta, e veja o resto se endireitar.

Bom Luxo assentiu, ansiosa e sorrindo. Amava, no entanto, receber ordens. Era como se alguém a poupasse de traçar suas próprias metas, e não tinha mais o trabalho de imaginar seu futuro. Levantou-se, feliz, rumo ao quarto de Literatura.

– Agora podemos ir – falou para Vida, que deu de ombros e ajeitou os fios. Foram até a saída. Nada mais no reino a prendia; nem Literatura, nem utopia. Bastava para si.

Capítulo 15

Assim como se foram para Monarquia, foram para a outra. Pela porta dos fundos, contudo Má Sorte desejou ficar apenas mais alguns momentos, se não soubesse que Vida se aborreceria com a ideia. Queria assistir ao casamento que Literatura talvez tivesse com Bom Luxo, e queria segurar o buquê e jogar arroz. Sentiu-se como se fizesse um ato de caridade.

Ninguém questionou a saída idem. Nem mesmo Vida, que silenciava os passos e a respiração, junto da alma. Agora, no mutismo que era a nova jornada para o nada, questionava-se se fizera o certo. Talvez devesse ter acatado as súplicas da rainha. Talvez ficar não teria sido tão absurdo assim. Idiotice. O que tinha feito estava feito, sendo idiotice ou não.

E se tivesse pensado com calma, não recusaria as noites tranquilas debaixo do cobertor, e daria festas todas as noites, apenas para imaginar o corpo de Princesa Loura comparecendo, magoada pelos convites de sua ex-namorada. E leria a Bíblia, e se esforçaria para cursar Teologia na universidade mais renomada, e teria longas discussões com Gramática sobre filosofia, e mandaria tropas atrás de Poesia. Seu pai a mataria se soubesse que teve a oportunidade de reinar e recusara, porém aquela situação a enchera de arrogância. Deveria ser uma rainha agora, não era porque não quisera. Seria a história que mais contaria, a partir de então.

Incrivelmente, o último gramado dera no deserto. Era ele, o Vasto Deserto, seu velho amigo, rindo esplendoroso, como só quem abriga a Deus pode rir. Seus grãos se esvoaçavam como sua cabeleira, e as dunas se erguiam como defeitos do rosto. Era lindo como sempre, o homem macho que sempre fora. Sua casa. Má Sorte ainda recordava com pesar as palavras de Princesa Loura: "Viajante". Viajantes moram naqueles imensos subúrbios do mundo.

– Vamos por Política pelo meu senso comum, Má Sorte – Vida proferiu. Suas vestes cobriam seu rosto, e ela parecia uma religiosa conservadora com o véu.

Má Sorte concordou, alegre. Seu rumo parecia certo, e nenhum pedido de Mãe Literatura poderia trazê-la de volta.

Andaram assim por três pores do sol. Em paz. Quando Má Sorte ameaçava ter uma crise, pensava: *Viajantes não se entristecem por viajar.* Então, encontrava motivo para sorrir. Vida idem, andava meio cansada, e Má Sorte a revolvia de lembranças sobre Jerusalém e a cidade de Monarquia para entusiasmá-la novamente. Sempre dava certo, e Má Sorte suspirava em relento por ter de ouvir suas histórias de euforia. Sentia-se culpada por tê-la arrastado para o deserto, um local tão parado e mórbido, apenas para lobos e deuses. No entanto, sabia que Vida nunca morreria por isso. A surpresa das dunas era o berço de seu nascimento.

Era o que aprendera com o tempo, após ser ensinada pela própria Vida a conservar paciência. Esta crescera num casebre por ali mesmo com Morte, e recebiam visitas frequentes, por isso nada faltava. Vinham criaturas, que olhavam apenas para Vida e imploravam por suas bênçãos.

– Eu dava, claro que eu dava, era apenas uma menina que não conhecia algo. Agora não dou nem "boa sorte" mais. – Vida confessou ainda que Morte teve a pompa de casar e Vida deixara, permitira.

Ela vivia com ciúmes de todo o agrado que a irmã recebia e, na juventude, convidada por um duque para a cerimônia, não pensara duas vezes. Vida, no entanto, queria ir desvendar o mundo, e Morte lhe era uma pedra no sapato. Agradecera por sua saída, mas, como era misericordiosa, ficara o suficiente para esta ter a denguice de abandoná-la.

Com seus sentidos tomados pelos causos, custou a ver a aproximação repentina para perto de uma criatura. Ela era uma sombra qualquer, que não se diferenciava das outras, diante do sol poente. Quem reparara nela fora Vida, que cutucara Má Sorte, que bufara. Não queria mais ladrão algum, não queria mais rei algum, nem ditador. Queria Humanidade e sua integridade.

O ser estava estático, ao menos balançava a nuca. Escurecido pela luz clara, não parecia perigoso. Má Sorte tomara a iniciativa de ir ter com ele, avizinhada por Vida.

Ao se abeirar, vira; não era homem, presidente algum, mas uma menina. Só uma menina, com um vestido simples amarelo com bolinhas brancas. O cabelo era em cachos castanhos, balançando e estapeando suas costas pelo vento forte. Sua pele era negra e macia, infantil, cheia de casquinhas de machucados recentes. Má Sorte tocara seu ombro com delicadeza, e ela se virou.

E Má Sorte renascera, e morrera, e dialogara com Jesus e todos seus profetas. Toda a verdade do mundo mantinha-se enclausurada em suas palmas, como um mosquito, que se debate pela liberdade. Má Sorte riu, e segredo dos segredos, deixara-se chorar um tanto, tamanha beleza, tamanha formosura que via nas pupilas da menina. Seus olhos pretos eram pequenos, assim como o rubro despercebido em suas bochechas. Linda, linda, linda! A menina era mais deslumbrante que três Princesas Louras correndo em sua direção segurando cartões de desculpa. Ela era como Deus, a perfeita bagunça e guerra, que resultou na Babilônia, na cruz que morreria por todos seus pecados. Morrer. Quis morrer ali.

Grunhiu.

– Má Sorte! Eu me chamo Má Sorte, todo o prazer em conhecê-la! – Abobalhou-se, como um velho se abobalharia por uma estudante. Pensara em segurar sua mão, para um cumprimento formal, mas desistiu, mãos como a dela não foram feitas para serem apertadas por qualquer um, por qualquer desconhecido.

A menina sorriu, suas linhas de expressão puxaram-se em direção à orelha, exibindo todos seus dentes alinhados, e seus olhos diminuíram mais ainda, para suas covinhas. Abraçou Má Sorte com simpatia, e nesse toque pudera sentir seu corpo quente e o toque apertado em seus ombros.

– O prazer? – Rira numa gargalhada estridente. – O prazer! Todo o prazer do mundo para você! Bah, só piada para os pacifistas, que leem esses discursos antes de dormir. O quê? Apresentou-se porque quer me conhecer? Todos querem. Eu sou como o elo perdido. Sou Poesia, afinal.

Eu sou Poesia. Meu corpo se vira contra todos e me diz o óbvio, eu sou Poesia. Meus músculos são palavras que se movem e andam, dobram e enrolam como melodia. Eu sou Poesia. Minha língua exprime mais do que dizia, ela se embola para contar causos e fantasias. Eu sou Poesia. Meus olhos se enchem de graça quando veem naquele espelho a vadia. Eu sou Poesia. Minhas pernas a tanto iam, e meus braços, me mataria. Eu sou Poesia. Meu corpo se vira contra todos e diz o óbvio. Eu sou Poesia.

– Poesia? – Má Sorte questionara, fascinada.
– Poesia! – esta respondera, divertindo-se com a confusão. As mãos na cintura e um sorriso quase debochado. – Eu sou Poesia, a filha bastarda mais impressionante de Literatura. Repare, não falei "mãe". Ela não me criou, como Deus não criou o cristão, como o cientista não criou o mundo. Nós nos criamos sozinhos,

não é, Vida? Aparecemos e reaparecemos do nada, do barro que se junta por vontade própria, do macaco que nota o quanto pode pensar. Por isso somos independentes, por isso somos almas aleatórias que vagam pelo céu, ao vento, por isso somos viajantes.

Má Sorte rira, não levara a sério as verdades absolutas de Poesia. Ela parecia tão inexperiente, tão engraçada, que fazia filosofia como uma criança faz uma casa de bonecas, e ninguém se importaria com suas preocupações. Tão engraçadinha! Tão bela! Tão menina! Poesia emanava... juventude! E a brincadeira, e os sorrisos, e as risadas, eram todos feitos sobre ela.

Poesia olhou para Má Sorte curiosa, suas sobrancelhas se retesando e a íris brilhando mais ainda. Todas as estrelas se enfileiravam de modo bagunçado nas órbitas negras, como se enfileirariam no véu da noite e no fundo da garganta da Lua.

– Para onde estão indo? De onde vieram? Por que não me permitiriam ir junto? Posso ir? Posso ir? – Segurara as mãos de Má Sorte como quem implora por piedade, e a viajante quis gritar, rainha! E quis correr, rainha! Amaldiçoada seria para sempre se fosse, e também se ficasse.

– Faça o que quiser! – Vida respondera, rindo leve. – Essa menina sempre me lembrou Humanidade! Traz-me bons pensamentos, Poesia. Venha conosco, porém não a impeço de sua decisão.

– De onde vocês vêm? Eu venho de lugar algum! Alguns maios atrás estava passeando e vagabundeando por Jerusalém, e subi até Paris, antes de cair neste cemitério. Cemitério! Isto é um cemitério. Aqui só há corpos mortos e defuntos! Estremeço por andar pela noite, os lobos devoram-me com seus olhares e dentes afiados, loucos! Os lobos são loucos e trágicos, cada um me vem como uma tragédia, cada um me vem com uma derrota.

– És uma figura, menina! – Vida riu. – Nós viemos do Reino de Mãe Literatura, e ninguém decretou uma lembrança para ti, creio até que te esqueceram. E nós iremos atrás de Política. Sim, Humanidade quebrou-se outra vez, e agora aqui estou como outra condenada à procura de seu corpo. Quem vê pensa que sou um marmanjo erótico, procurando por criancinhas. Bestalhões! Bestalhões! – Vida gargalhava, e algo em seu hálito fazia crer álcool.

– Esquecer-me?! – Poesia estrilou, a voz quebrando mil taças. – Mas é claro que não me esqueceram! – Jogara seus cachos pelos ombros. – Não me esqueceriam nem em mil anos! Eles me amam, Vida. Sabia que o ódio ao extremo leva ao amor? Gramática me ama! Sabes disso? Ela me odeia tanto que poderia me sequestrar, e fugiria comigo para o Reino de Rainha Hipocrisia, e lá viveríamos como duas madames num caso de incesto. É nisso que o ódio dá, por isso o evito. Nunca cairia nessa armadilha de amar alguém pelas suas ideologias erradas. Nunca cairia nessa armadilha de amar alguém pelas suas ideologias, pois logo estaria amando a ideia, e eu nunca amei teoria alguma. No entanto, Política! Obviamente, sei onde mora. Passei por lá agora mesmo para tomar um chá! – Gargalhara como uma maluca. – Vamos. Eu lhes ensino o caminho, nunca tenho o que fazer, mesmo. E de tantos nadas, agora sou muito atarefada, e não posso perder oportunidade alguma para caminhar!

Vida sorrira calorosamente, indo atrás de Poesia, que já andava rumo ao seu destino para chá. Antes, visou Má Sorte para esta ir junto, contudo era inútil. Má Sorte seguiria Poesia até para o Inferno, enfeitiçada e fascinada pelos agudos e graves de sua voz, pelos seus dentes brancos dançando pelo escuro da boca, e o movimento de seus lábios, como que dizendo: "Sim, Má Sorte, sim!". Ao menos podia ouvir o que lhe era dito ou para onde estava indo.

– Humanidade, nunca me passou pela mente afugentar a imagem de Humanidade de mim. Ela abençoou-me desde o leito, quando mamãe derramava leite, achando que faria ali mesmo meu funeral. Com certeza recordo sua feição ainda criança, observando-me sorrindo enquanto acariciava meu cabelo ao berço. Creio que não sobreviveria sem ela, os animais não têm tanta consciência assim, e que Liberdade nunca me ouça! Ela poderá morrer, Vida? Ela poderá morrer e me deixará deste modo? À mercê de todos os perigos? E então nada me restará, além dos lábios pálidos e magros de Morte, e de seus braços frios chamando-me para dormir. E eu lhe sorrirei feliz, torturada e amargurada por Humanidade, e nem chorarei quando me aproximar e fechar os olhos pela última vez, sussurrando ao vento: "Adeus" – Poesia dramatizou, elevando as costas da mão à testa e tombando a cabeça para trás, como uma atriz de teatro.

– Não, Poesia, não! – Vida rira mais uma vez. – Foi só uma queda, como ela sempre tem. Ainda bebê, fraca como só Deus viu, sem conseguir pronunciar um "a", teve muitas piores. E eu ao menos podia fazer algo, porque não tinha osso algum para correr atrás. No entanto, minha filha resistiu. Ela é forte como um colosso, pois abriga todos eles! E hoje, foi fazer mais uma de suas traquinagens e besteiras e se jogou de um muro alto! Quebrou cabeça, perna, pé e braço! Creio que até órgão machucou, e veio correndo por alento, chorando: "Mamãe!". Sua feição de desespero e desesperança é sempre a mais triste, e corta-me em todos os pedaços. Nada pude fazer além de sair atrás de suas partes pelo Deserto. Elas fugiram por aqui... Não perdem uma oportunidade de escapar. Por isso, Má Sorte e eu somos andarilhas por este cemitério.

– Oh, sim. Má Sorte. Vida. Contaram-me tanto sobre vocês, são famosas e estimadas por toda a Europa e África! Deixe-me lhes confessar a história: estava eu andando tranquilamente pelos subúrbios de Jerusalém, abençoando poucas almas que gemiam meu nome, e uma delas disse-me que uma menina com roupas cinza e outra com manto negro iam a esmo pela procura de Deus. Quem me falou era Maomé, acredita? E em bares, esquinas e padarias, era corriqueira a pronúncia de suas presenças, e muitos alegavam tê-las visto correndo pelas ruas e invadindo castelos! Quis juntar-me a vocês, sabem que sempre amei a correria e procura, porém nunca as encontrei, minha busca era em vão. No entanto, estamos aqui! Deve de ser mesmo uma coincidência ou acaso.

– Nós... nós... – Má Sorte desejou impressionar a menina, como Marinheiro a impressionou apenas com a profissão – conhecemos Deus. Sim, nós O conhecemos, e ele sorriu-me de igual para igual. E vimos também seus profetas, Maomé, Judeu, Eva... todos seus amigos!

Poesia a encarou engraçado, não como se soubesse que era mentira, mas como se soubesse que Má Sorte mentiria, tal qual uma criança ao voltar para casa e se pôr a contar o que fez no dia.

– Ah, é? Deus... Deus. Alguns acham que estou em guerra com Ele. Que minha personalidade nunca se agregaria com tamanha divindade. Balela. Nunca estive. Vejam, Ele criou os humanos à sua imagem e semelhança, e fez os mares, o céu e a terra, todos os animais, deu-nos uma mente que nos faz distinguir o bem e o mal, faz-nos criar como Ele, faz-nos até mesmo morrer. Como odiaria alguém assim? Ou melhor, como alguém diria que alguém assim não carrega toda a poesia em seus punhos? Sujeito com tanta imaginação e versos ainda está para nascer. Aliás, já leu Salmos? Cânticos dos Cânticos? Ele sempre me apoiou. Sou, afinal, sua utopia. A mostra de que o subconsciente que inventou funciona, pode realmente pensar.

Poesia parou de discursar, e o silêncio tomou conta do grupo, como sempre tomava. Contudo, a cabeça de Má Sorte emanava o barulho e o som alto, gritava. Apaixonara-se por Poesia desde que vislumbrara suas córneas, e admirara sua voz. Aquela sensação era... libertosa e intimidante. Agora, não clamaria mais por Princesa Loura, nem rastrearia seu rosto em outros, muito menos lhe escreveria textos de amor, ou correria para o Palácio de Versalhes. No entanto, quando Poesia a deixasse, tornar-se-ia a nova Princesa. Má Sorte temeu por um momento que nunca mais fosse independente. Que, pelo resto de sua vida, caçaria alguém para seguir. Suspirou.

– Contei-lhes sobre Eu Lírico? – Poesia retomou a fala, que Má Sorte aprenderia com o tempo. Nunca deixava morrer, por não suportar o vazio desnecessário. – Ele é meu único filho. Tenho muito orgulho dele, virou ator, músico, creio até que pinturas arrisca fazer. Ele nasceu num dos... num dos primeiros textos que escrevi. Apareceu, assim, simplesmente, porém era fruto do amor. Era um verso sobre amor, de um homem enamorado narrando suas aventuras. Acho que por isso é tão amoroso. Quando ele foi embora, decidiu se entregar às cidades e à multidão. Eu lhe disse: "Meu filho, vá". Ainda morava no Reino de Literatura e não tinha a disposição para segui-lo. Apenas disse: "Meu filho, vá". E ele me pediu: "Benção, mãe". E eu respondi: "Meu filho, vá". Ele se foi. – Poesia limpou as lágrimas que sujavam sua face. – O que fiz em sua ausência foi escrever este poema, para nunca me esquecer de seu jeito, de seu modo de viver, nem de seu sorriso. É ele:

O Eu Lírico
é tão deprimente,
ele é tão triste,
eu tenho até dó.

O Eu Lírico
não sabe o que faz,

*aliás,
ele nada faz.*

*Só pensa.
O Eu Lírico pensa
mais do que devia,
mais do que devia,
tenho até dó.*

*O Eu Lírico
se mata pelo prazer
dos aplausos sobre sua
melancolia
melancolia
melancolia.*

*O Eu Lírico
morre sem saber.
Tenho até dó.
Tenho até dó.
Tenho até dó.*

– Ele ainda vive? – Vida questionou, sem interesse, como quem fala com o vento.

– Sim, sim! Quero dizer, não sei. No entanto, Vida, és mãe e sabes o que dá quando um filho morre. Também sei e nunca o senti; logo, presumo que meu menino vague por aí, batendo em teatros e apresentando seus monólogos desistentes, e suas filosofias brutais, apenas para que o público se levante por ele uma última vez.

– Nunca mais o viu? – Vida indagou.

– Não. Eu fui atrás, juro que fui. Quando consegui sair daquele inferno de bibliotecas, eu corri por todas as metrópoles, passei por todos os palanques, até caixotes de madeira confisquei. Ele não estava em lugar algum, porém ainda não perdi a esperança! Eu irei achá-lo, algum dia, algum dia, algum dia... por aí. Nós nos esbarraremos no mercado, talvez, e eu lhe sorrirei, e lhe direi: "Meu filho, vá". Não podemos nos juntar. Eu Lírico não foi criado para permanecer comigo, ou com alguém. É sozinho e solitário, narrando toda sua melancolia.

– És triste – Má Sorte reconheceu, mirando o balanço gatuno de Poesia.

– Não sou triste.

Má Sorte a encarou, lendo em suas rugas a vida que viveu e tudo que expressou.

– És triste, como todos os outros.

– Não sou triste! Posso também ser sobre alegria, se quiseres que eu seja.

– Mostre-me um texto seu alegre e admirável, e me convencerá de todas as formas.

Poesia foi pega, pois parou, visou os pés, mordeu o interior da boca, comprimiu os lábios e olhou séria para Má Sorte, que manteve a pose de professora, ainda que a esperasse abraçar e rir. A faceta que Poesia fazia quando desarmada era a melhor faceta com que tivera o prazer de se maravilhar.

– Oras – ela grunhiu. – Aceita um sobre alegria? – propôs, gesticulando e voltando a andar.

– Não, Poesia. Quero um qualquer que me deixe feliz, que fale sobre todas as coisas belas do mundo, que não tenha um pingo de amargura ou desesperança, que não me ponha a filosofar, apenas que me sirva de canção de ninar para quando eu for dormir.

– Você ao menos deve dormir! – protestou. – Tudo bem, eu sou triste, você venceu. Minhas escrituras e meus abençoados são sádicos, são sozinhos, são entregues à tragédia. E o que tem? Também parece ser assim e nem lhe citei sobre! Vida, por exemplo, anda numa que só por Deus. – Vida proferiu um "ei!". – E eu a julguei? Não! Má Sorte... bah! És mesmo uma má sorte! Má Sorte apenas lhe sorriu e se sentou, no meio do nada, tirou um papel do bolso e rabiscou:

Madalena,
Andava pela areia absorta, o vento fazia barulho e a ferida que os lobos me deixaram ainda ardia. Olhei para todos os lados com calamidade, temerosa de encontrar com outra figura como religiosos. Só Deus sabe quão perigosos eles são.
E foi então que a vi.
Ela estava lá, sendo engolida pelos farelos de areia amarela. Estava de costas, admirando o horizonte, de modo que só pude ver seus cabelos voando ao som da brisa do nordeste.
Bêbada em tamanha beleza, me deixei caminhar até seu corpo, aproximando e tocando seu ombro, com o castelo de Literatura fazendo sombra sobre nós. E então ela se virou. E eu vi seu rosto.
Era tudo um misto tão lindo que me obriguei a chorar lágrimas transparentes. Ela era tão linda. Seus olhos eram tão delicados, de um castanho forte, que parecia ser pintado à mão. Seus cabelos eram marrons, da cor das folhas no outono, faziam cachos arrepiados conforme o vento brincava com eles. Sua pele era negra, macia e acolchoada, quis tocá-la apenas para sentir sua perfeita textura.
Seu nome é Poesia, e ela é minha maior utopia.
Sua etc.

O pombo voltara e tomara a folha no bico, voando para onde quer que Madalena estivesse, vendendo seu corpo ou velando a Deus. Má Sorte observou as asas batendo contra o corpo e pulou, levantando-se, tendo uma ideia louca, louca, louca! Ia praticá-la, quando bateu a testa no crânio de Poesia, que, então notara, estivera bisbilhotando-a. Bufou, nervosa, enquanto ouvia os lamentos de dor de Poesia. Estava com tanta raiva de sua amada, que nem se preocupou em ajudá-la.

Mirava-a esfregando a pele, tentando se aliviar, e visou Vida, que segurava o riso. Poesia, quando percebeu os olhares caídos sobre ela e seu machucado, encarou Má Sorte cética, de braços cruzados, e falou:

– Não tem ideia do quanto está sendo enganada.

A frase, proferida com extremo orgulho e indignação, causou em Má Sorte um efeito absurdamente negativo. Enganada? Com o quê? Madalena ou a paixão repentina por Poesia? Que raios de menina era aquela, que ousou palpitar sobre uma vida que até então desconhecia? Quis gritar, denunciá-la para Poeta, e seu ódio apenas aumentou quando ela saiu correndo, como se previsse as perguntas ou a perseguição.

Correra atrás dela, o máximo que podia, no entanto estava envelhecendo e suas costas doíam. Foi o suficiente, porém, para segurar seu braço, arfando, e questionar, com pupilas ameaçadoras:

– O que você quis dizer com "enganada"?

Má Sorte nunca ouvira sua voz em tão grave som ou tão arrastada. E imaginou que Poesia riria de sua cara. Que se soltaria em gargalhadas estridentes e fugiria novamente, e dessa vez Má Sorte não a conseguiria alcançar. Voltaria para Vida e morreria pensando o que "enganada" significava. Ou até mesmo Poesia cuspiria em seu rosto e decretaria: "Nunca passou pela minha cabeça amar alguém como você". Seguiriam até Política, e Má Sorte morreria também.

Poesia, porém, puxou o braço, desvencilhando-se do aperto, e com o rosto rubro e sério proclamou:

– Você me ama. – E se aproximou de Má Sorte, cambaleante e apressada, repetindo: – Me ama. – Puxou a face da assassina em suas palmas, tomando-as para encará-la. – Me ama. Me ama como nunca amou ninguém antes.

Má Sorte saiu de suas mãos, fazendo careta e resmungando "não" para dentro, porém a única criatura que queria que ouvisse era Poesia. Caminhou para trás, tentando compreender e murmurando "não" cada vez mais alto.

Poesia a seguia, até que parou, fincando os pés no chão, posicionando as mãos na cintura. E gritou, num rugido infernal: "Me ama!", como uma criança birrenta pedindo doce aos pais.

– Não! – Má Sorte gritou-lhe de volta, na ponta dos pés, o corpo tombando para a frente. – Não!

– Então ama a quem?! Madalena?! Princesa Loura?!

– Como sabe de Princesa Loura, hein?! – Perdera o temor. Má Sorte voltara a pressionar Poesia para trás, que ia encolhendo-se para os corpos não colidirem. – Quem lhe contou? – sussurrou. – Ou és como Democracia, que é feita de servozinhos que te controlam, vigiam e oram por você, e nunca nem pensou em ter vontade própria, hein?

Poesia teve os olhos de Eva naquele maio, que roubavam um quê de Deus. O castanho se efervesceu para vermelho, que possuiu tudo o que tinha em volta, destruindo, queimando e criando fumaça, que engasgava até os mais desatentos.

– Eu estava com você! Sempre a abençoei, ensinei-a a escrever. Eu te guiei pelo Vasto Deserto, este *Purgatório*, apenas para não a deixar morrer! ME AMA. Sempre me amou!

Má Sorte parou, com as mãos segurando a cabeça e, em vão, massageando as têmporas. Não aguentava de enxaqueca, seu cérebro explodiria ali mesmo e vazaria pela areia como rios, e quem sabe Vida não poderia guardar o líquido e preencher Humanidade com ele.

Poesia. Imagens e cenas vagas sobre seu passado castigavam sua mente de uma só vez. Todo o esforço que fizera quando adulta para tentar lembrar resultara naquela avalanche. É claro que recordava. Do sorriso e do olhar caloroso que Poesia tinha quando lhe deu adeus e empurrou-a para atravessar o portão de Rainha Hipocrisia. E sempre soube o que existia depois do que a vista alcançava das janelas: o nada, o vento, o barulho de um grão batendo com os outros. Viajara pelo Deserto, viera dele e a ele pertencia, era seu destino, maios antes de Princesa Loura sequer pensar em aposentá-la, terminar seus dias vagabundeando pelas dunas e filosofando sobre Deus.

E ainda via o sorriso esperto de Poesia quando esta enviou um telegrama para Princesa Loura avisando-a de que o emprego de assassino estava ocupado por uma jovem assustadora, porque sabia que a Princesa não se aguentaria e se apressaria para ver por si mesma Má Sorte matando. Soltara um grito gutural. Não provinha mais seu sustento.

Fechara os olhos com força e tentara acalmar a respiração. O que sabia era a parte mais superficial de um saber imenso, que ia e voltava de todos os cantos da Terra, e tinha o pavor de outras culturas, de lamentos de mulheres solteiras, de tribos, de amores e paixões. Ela vinha do quê? Má Sorte provinha de onde? Raios, quem a despertara? Quem a trouxera para o mundo do modo mais bruto e rude, e a deixara ser levada por uma maluca pelo Deserto? Ou talvez a própria Poesia tivesse feito seu parto. E por entanto menina, segurara em seus bracinhos finos um enrolado de cobertores, que sorria. E, por cima dos cabelos delicados que só bebês podem ter, o amontoado lhe sorria. Roubada por aquelas gengivas frágeis e mãozinhas curiosas, Poesia fugiu pela porta da frente e correu sem fim até onde o Deserto daria. Aliviada por um castelo bem aparente, empurrara a criança até lá, extasiada pela enfim liberdade.

Má Sorte arranjou forças em sua imaginação e agarrou os ombros de Poesia, ofegando em seu rosto:

– Diga-me quem eu sou.

E Poesia lhe sorriu, sem lhe mostrar os dentes, esbanjando o sarcasmo que só os finalistas de uma luta conseguem alcançar.

– Queres que eu diga quem você é? – E soltou-se forte e repentinamente de Má Sorte, como se a fosse cabecear, fazendo a atingida tombar para trás. Caminhou um tanto em direção contrária e, cambaleando, gargalhou. – As pessoas pedem e imploram umas para as outras: "Diga-me quem sou! Diga-me quem sou!" – gritou. – Criaram religiões, deuses, reis e trabalhos, porque estes respondiam à grande questão: Barro! Alegavam. Carne! Poeira! *Ódio! Medo! Pavor!* E a astrologia surgiu, a astronomia, a medicina, filosofia, literatura! E de tão avançados, ainda não respondemos! Quem somos? De onde viemos? Para onde vamos? Porque filho nenhum pode ocupar o espaço em branco que as respostas ocupariam! Amor nenhum! Religião nenhuma! Política nenhuma! Vida! Tua filha é feita de grandes lacunas, assim como você, assim como a Morte vestiu um véu transparente em seu casamento, para mostrar que é apenas o começo – ou o final? Que não chega a um por cento do que a eternidade é! E que eternidade, se nem ao menos sabemos o que somos nós?!

Vida, que chegara pela agitação, apenas suspirou profundamente e posicionou as mãos na cintura. Má Sorte, incrédula e cansada, petulante, atrevia-se a encarar Poesia.

– O que isso tem a ver comigo? – questionou.

– Teria notado se pudesse ouvir além do que o ouvido lhe diz. Ou se no momento tivesse parado de obedecer a todas as regras e leis, se tivesse encontrado sua paz, se tivesse mirado o universo e este lhe acenasse, se tivesse tido um sonho bom e acordasse, com a sabedoria que carrega o mundo, os humanos e o subconsciente. Era tão fácil de perceber...

– Você está brincando comigo, não é? Acredita que isso seja uma grande charada?! Pois quem engana por muito menos é enganada! E Roma, que se manteve em pé, pelos escravos foi tomada! Por muito menos será calada, decepada, guilhotinada! Apenas porque só sabia enganar, não ser enganada! – Má Sorte pôs as palmas tapando a boca, apavorada e com a íris saltando das órbitas. Poesia rira alto, como sempre ria. Vida riu também, contudo de modo inocente, como uma mãe ao ver seu filho machucado de tanto brincar.

– Má Sorte, não vê? Má Sorte, és cega? Eu sou tão presente em ti quanto o sangue que corre por tuas veias, quanto o suor que tua mão seca após o trabalho, quanto o som melodioso que tua boca expressa após uma risada. Má Sorte, não vê? Má Sorte, és cega?

E Poesia voltara para si a ser aquela bela mulher, a princesa de sua utopia, a dona de cada sensível pedaço em seu corpo, que, ao ser tocado com suas palavras rítmicas, soaria o mais escondido som e tocaria a mais bela valsa. No entanto, até a mais preciosa das princesas escondia por dentro de seu luxuoso manto um segredo, que não pertencia a ela nem era de sua conta. E ainda, o fato estaria apenas no passado, nada poderia ser feito para mudá-lo. Só o seu uso na manga direita, caso uma polêmica aparecesse. E, para Poesia, o coringa era a vida de Má Sorte.

E talvez elas se casassem algum dia desses. E teriam empregados, posses e castelos, um sobrenome ilustre levariam! Poesia se orgulharia das festas de arromba que faria e convidaria todo o mundo, inclusive Literatura, que viria uma noite ou outra e prometeria nunca mais comparecer, irritada pelos saraus que sua filha organizaria. E Má Sorte contentar-se-ia em sentar de frente para a lareira, descansar os olhos e ouvir o doce som da chuva rara molhar o Deserto. Quem sabe... quem sabe até adotariam um filho. E o moleque seria excepcional. Debateria, engoliria qualquer tipo de conto, porém o mais importante: saberia dar valor a se deitar numa rede na varanda e observar o sorriso de Deus no céu. E para Má Sorte não importaria se ele fosse ateu, cristão, muçulmano, o que fosse, ainda que conseguisse defender seus ideais e chegasse ao Paraíso de sua religião.

E, mesmo que vivessem uma eternidade juntas, Poesia nunca diria à Má Sorte quem ela era. Má Sorte passaria os dias coberta pela escuridão.

Suplicante, arriscou um último olhar de piedade para a menina, que talvez, por não ter desperdiçado muito tempo, confessasse. E em parte, funcionou. Poesia meteu as mãos no bolso e puxou de lá um papel antigo, amarelado e até mofado, com fungos verdes estranhos nos cantos da superfície. Entregou à Má Sorte.

> *Má Sorte.*
> *E se então não acharmos nosso paradeiro, será que não foi o demônio que o escondeu? E se talvez sentirmos vontade de nos matar, a fantasia não passou de mais um sonho. Mas o erro foi nosso, me entrego, passe as algemas. Contudo, Deus não sente piedade do mal? Deus não sente raiva da vida? Pela imagem e semelhança, sou igual a Ele. Porque, por essas bandas, viver é só mais um livro de contos de fadas, que apodrece em sua estante.*

E Má Sorte encarou derradeira Poesia.

Capítulo 16

Poesia não falara coisa alguma, nada, nada, nada! Nem ao menos contara a Má Sorte o local de seu nascimento, ou quem era sua mãe. Apenas encurvou os ombros e cobrou o papel de volta, com sua apaixonante voz eufônica, e Má Sorte ficou lá, com sua típica cara de desgosto, imaginando as possíveis aventuras que já vivera.

Sentia raiva de Poesia, por esta conhecer tanto e nada proferir, e junto sentia a benevolência por seus gestos exagerados e olhos hiperativos. Os sentimentos num misto davam num amor incomum, que proporcionava um paciente ódio e estúpido apreço.

E com os maios passando rapidamente, descobrira que Poesia, como Vida, não parava quieta. Ainda mais, Vida às vezes se deprimia e, inconsolada, julgava melhor fechar a matraca. Má Sorte atribuiu isso ao luto por sua filha suicida, que, sabia, Vida sentia que estava próxima da morte, o que explicava sua íris vibrante ao meio do nada de uma madrugada e o suor que escorria como num ataque desesperadamente de sua testa.

E Poesia ignorava toda a dor que tomava a trupe. Contava sobre os cânticos que escutara numa tribo africana e como a letra era uma grande metáfora ao sexo. Dizia que também dialogara com Jesus no rio Jordão, e ele estava cercado por discípulos, no entanto Poesia encontrara uma passagem por entre as túnicas e lhe pedira um autógrafo, e que Jesus, atônito pela súplica sinusal, dera numa caligrafia feia um hebreu de penar: *Yeshua*. E Poesia ainda contou que esqueceu onde guardara, mas que, quando chegassem à cidade de Lisboa, ela talvez o acharia numa gaveta de um escritório do ministro do rei.

– Passaremos por Lisboa? – Má Sorte previu e ansiou pelo reencontro com o mar.

– Não, claro que não. Política habita em Roma, é onde nasceu. Contudo, não reclamo, lá eles têm um vinho maravilhoso, que quando degustado com queijo causa até a epilepsia.

– Que horror – Vida intrometeu-se.

– O que conhece sobre mapas, Má Sorte? – Poesia perguntara, tombando um pouco a nuca para o lado direito, espasmo que tinha quando fingia ser curiosa com algo.

– Eu? Não muito. – Má Sorte envergonhou-se em falar que não sabia nada. Que desconhecia os locais abrangentes do Vasto Deserto, que estranhava a França, Itália, todos os condados europeus.

– Pensei que papai lhe tivesse ensinado... escreve muitos trechos, belíssimos, por sinal, sobre as regiões, a geografia. Acha peculiar o modo como alguém transforma a chatice e a bobagem em versos interessantes e badalados. Eu, por exemplo, sei tudo. Poderia te dizer as latitudes das principais metrópoles, e definiria o que é metrópole.

– Ama as artes científicas? – Vida perguntou.

– Não. Sou apenas bisbilhoteira, nada mais. Também tento ao máximo realizar as vontades de meu pai, pois ele é velho e triste, enquanto eu sou nova e tenho muito pela frente. Isso não é bom? Saber que algo te espera, como o tempo? No entanto, até os mais centenários têm dessa alegria, pois ela foi abençoada por Deus e popularizada por algum santo. Eles esperam pela eternidade, pelos braços abertos de algum ente querido do outro lado, ou pelo beijo frio e delicado de Morte. E, ao mesmo tempo, os jovens acham o mesmo gozo nos acidentes e nas besteiras. Eu diria que é como uma felicidade compartilhada.

– Felicidade compartilhada?... – Má Sorte questionou.
– Mas é claro! – Poesia abriu os braços como se recepcionasse alguém, e, no mesmo maio, pingos leves e grossos de chuva começaram a cair. Má Sorte viu aquilo como um grande milagre. Sem ventania, neve ou granizo, apenas a água. – E não sei por que vossos caros amigos – falava Poesia – dizem: "Que chuva feia!". Até mesmo: "Chuva de matar!". Pois complico, chuvas são todas iguais! Se caem em pingos, são iguais, se caem transparentes, são iguais, se mesmo são de gelo, são iguais! Não há chuva bonita ou feia se são todas iguais! E então poderíamos usar isso para a felicidade, talvez tristeza. Se começam com F, são iguais, terminam com E, também. Belos mundos, travem mundos, se somos todos iguais, então por que há certo e errado? Por que teimamos em nos separar? Aliás, somos todos iguais. – E a chuva parou de cair.

Má Sorte e Vida bateram palmas ao final do discurso. Poesia agradeceu se curvando, molhada e com aquele seu sorriso sarcástico, parecia um ator decadente. As outras não se sujaram com o líquido.

E não pararam de aplaudir, porque Poesia ignorava o fim e continuava a agradecer, e podiam ficar naquilo até morrer que Má Sorte não ligaria, ainda que pedisse mais shows pirotécnicos nos fins de semana.

Após as palmas doerem e arderem, Poesia endireitou a postura e se aproximou de Má Sorte, com outro papel em mãos. Talvez outra dica sobre seu passado, talvez mais uma de suas bobagens. Má Sorte tomou com ânsia a nota para si.

Transforme-me num filme, o mais emocionante, delirante, cativante, que te faça pensar. Transforme-me em estrela, sonho, oportunidade, o próprio Hollywood, weed, weed, vinde, onde?

*Transforme-me num livro, cheio de rimas, palavras, bravas
e fortes, de um mundo velho, não veio, feio, medo, não me
queime, ame-me e corra atrás de autógrafos.*

*Transforme-me em um concurso, que correm atrás, capaz!
Avante, adiante, levante, na prova que me tornarei, adiantarei,
matarei, bela serei em meu concurso, para o urso, curso, sabe-se
Deus o quê.*

– Mais uma alegoria para o que eu fui? – Má Sorte indagou, mesmo compreendendo que nunca deitara num berço de ouro como artista mirim. Talvez tivesse sido um poeta com escárnio na infância, e combinava palavras que ninguém entendia, nunca ganhara um tostão.

Poesia sorrira como se lesse sua mente.

– O seu texto... quero dizer, com seu nome, é seu. Você quem escreveu. Na época, claro que lhe avisei que é uma prática terrível a dos parágrafos, e que não deveria se preocupar tanto com a sintaxe, ou seria a morfologia? Não lembro, nunca aprendi. No entanto, o trecho é seu, ele lhe pertence. Entreguei a você uma cópia, feita pelas mãos do mais famoso escrivão espanhol, e como eu saberia que você daria assim, sem lutar, para a Rainha? Que estudou os mínimos detalhes e mandou pô-lo em um livreto para estudo? Ou como eu saberia que se esqueceria de tudo que presenciou ou criou quando passou por aquele bendito portão? Que eles tomariam tuas lembranças, ocupariam tua mente e te alegrariam com uma coleção de facas? Que você se tornaria... uma hipócrita? Não foi para isso que te dei como presente de aniversário uma Bíblia, abençoada pelo próprio papa e cheia de citações em hebraico sobre o pecado da hipocrisia? Como eu saberia a enrascada em que estava entrando quando se tornou cidadã daquele castelo? Como eu saberia?

E Má Sorte só conseguiu, como uma doente, pegar o rosto de Poesia com angústia e implorar: "Diga-me quem sou!". Vida tirou Má Sorte de perto da personificação, com medo de algo pior, e a incerta tombou como quem vê Deus, a frase "sabia que, até o fim de seus dias, a face de Deus a seguiria e a perturbaria" ribombando em seu cérebro. Olhou com calamidade para Vida.

– Não deveria dizer essas coisas a ela. É só uma mortal, fortificada e das mais leais, contudo apenas mais uma. Mais uma mente em meio às outras, que, ainda que teimem ser diferentes, caem como iguais.

Poesia visou Vida com seriedade, e Má Sorte, que pouco via, pouco sentia, pensou: *Bem que ela poderia dar outra de suas gargalhadas irritantes.* Mas ela não deu, só falou:

– Tens razão. Irei maneirar.

E, para Má Sorte, era impossível encontrar castigo pior, humilhação pior, do que ter a misteriosa mulher de seus sonhos, que lhe dava vertigens junto de devaneios, remetendo-se a ela como inferior, alguém com quem devesse "maneirar" os atos. Desgraçadas. As duas eram duas desgraçadas. As três, aliás, pois Vida, de tanto que fazia, só atrapalhava.

Má Sorte sentou-se no chão, desprezando a provável indiscrição de Poesia, e pegou um de seus papéis de carta.

Cara Madalena,
Eu estou tão triste. É como se os dias que passam despencassem sobre meus ombros e esmagassem minha mente, minha sanidade, minha vã consciência. E eu sinto a falta de casa, eu sinto a falta. E sinto tanto por sentir muito, que eu tenho raiva, mas está tudo bem, porque vai passar. A tempestade vai passar, ela já passou, e meu barco solitário se afundou, e lá vai permanecer até Deus nenhum aparecer.

Eu estou tão triste. E não há alguém com quem eu possa conversar. Eu estou triste e sozinha, em desespero, em amargura. Sinto-me aos 80, 70 já passei, e de tão milenar nem consigo contar os dias que passam devagar, rápido, devagar.
Eu sou tão triste. E ninguém pode me ajudar. Meu martírio, meu delírio, meu destino e rumo é morrer assim. Morta. Sinto--me como morta sem caixão, mas enterrada nos restos do que deveria ter sobrado de minha felicidade.

E o mesmo pombo apareceu.

Capítulo 17

– Estamos próximas de uma das paradas até nosso destino! – Poesia anunciou, caminhando exultante pelo Deserto, como quem caminha por uma trilha que já viu inúmeras vezes.

Observar a silhueta dançante de Poesia divertiu Má Sorte, que aprendera a amar o Deserto em sua forma mais bruta. Aprendera como beijar seu céu e seu horizonte, fenômeno que só acontecia quando se passava a refletir sobre Humanidade, Deus e Vida, e ter uma ao seu lado, pedaços de outra idem, ajudava a sombrear ainda mais as ideologias.

– Parada? – questionou, tentando conter os ofegos. Poesia não andava, corria apressada por entre as dunas, e Má Sorte encabulava-se em estar fora de forma para mexer-se como ela.

– Claro! O que seria de uma viagem sem seu ponto de parada? Má Sorte, como uma viajante, deveria saber disso.

Má Sorte revirou os olhos. Não sabia, e também não convinha saber, que todo viajante deveria parar. Aliás, quem dissera? Quem professara? Quem continua e quer continuar não precisa parar.

Andaram pelo que seriam três léguas, arfantes, até chegar a um topo de um morro, onde Poesia empacou, admirando a vista de cima. Má Sorte, cansada, não se importara, parada no início para tomar fôlego. Vida, no entanto, foi com Poesia, curiosa, e pôs-se a comtemplar o imprevisto.

Má Sorte se irritou. Que graça tinha na areia?

Subiu calmamente, como um velho, a montanha e viu o que seria a maior estranheza que a viagem lhe proporcionaria, ou que sua vida lhe proporcionaria.

Era uma longa estrada, de pavimento de pedras medidas e polidas, e de tamanho enorme, estendendo-se em horizontal até onde a vista alcançava, porém a construção não era o mais chamativo. O que mais atraía os olhares, o que mais admirava o espectador, eram as pessoas. Estas iam em uma só direção, em conjunto, como uma grande massa de bolo, para o leste. Eram diferentes. Diferentes tamanhos, idades, cores e etnias, no entanto tinham uma só característica: o rosto vago, sem virar ao lado, apenas para frente, caminhando em passos lentos. Não pareciam notar o Deserto.

– O que... o que é isto? – Com mais um prêmio para a coleção de perturbações, Má Sorte já tinha visto de tudo.

– É a minha estrada – Vida respondeu, mirando Má Sorte com tristeza e melancolia.

– É o quê? – Má Sorte não absorveu.

– A minha estrada. Lembra-se da Terra de Desenganos?

– Sim, obviamente.

– É aí.

– Mas eu não... eu não imaginei que fosse assim. Comparou com um espelho na explicação, não pensei que fosse uma grande reta.

– E não é. Eles estão como... embriagados, Má Sorte. Eles não veem as outras pessoas em sua frente, ou nós aqui, ou até mesmo o céu ou onde estão pisando. O que veem é seu mundo, desigual para cada, porém como uma utopia semelhante. São como nossos universos, o meu é distinto do seu, que é do de Poesia, e por aí vai. Porém, vivemos no mesmo manto e compartilhamos da mesma água. São como eles – explicou.

– Nós também somos assim? Agora, em outro lugar, somos apenas corpos que caminham em uníssono, vagabundeando o olhar? Em uma grande estrada que ninguém sabe onde dará?

– Má Sorte, inconformada com a possibilidade de ser um fantasma, questionava.

– Eu realmente não sei, Má Sorte – Vida falou. – Creio que não. Creio que somos a etapa final, porque, como disse, quem veria Deus em outra região, senão a nossa? Porém há essa possibilidade, sempre existe. Poesia, aliás, não nos devia ter trazido para cá. É um local tão triste, que evapora o abatimento.

– E nós não adoramos locais assim? – Poesia, animada, batia palmas, pulando. Boba. – Venha, vamos! Não adianta nada chegarmos até aqui, a Estrada da Vida, e não atravessarmos!

E foi saltitando, como uma criança ao chegar a um parque, até próximo da estrada. Ao chegar a seu limite, virou-se para acenar, chamando-as. Vida foi de supetão, suspirando e dando de ombros, e Má Sorte seguiu, para não ser deixada para trás.

Desceu e estava rente, e não existia sensação pior. Aqueles humanos eram zumbis, mortos que por qualquer engano viviam. E não se expressavam, não falavam nem sorriam. Má Sorte poderia esbofetear o mais forte dali que este não sentiria, como um manequim. Bufou. Não queria de jeito nenhum tocar naqueles seres.

– Vamos logo! – Poesia convocou, já se intrometendo no meio da multidão.

Vida foi atrás, abrindo passagem empurrando alguns corpos, e Má Sorte realmente não queria ficar sozinha. Nunca temeu a solidão, nunca se descabelou pela falta de alguém, contudo cresceu em seu peito um pavor... daquilo. Não era normal, não era natural. Era uma grande filosofia em vão.

Eles eram frios. Nenhum calor emanava, mesmo alguns estando vestidos de longas peles de animais. A multidão trazia apenas o calafrio e o vento gélido. Conseguiu, afastando alguns braços e tecidos, segurar a mão de Vida, como numa súplica por seu apoio. E esta olhou para trás, sorrindo com compaixão e apertando os dedos de Má Sorte.

Má Sorte suspirou em encanto ao notar a contradição. Seu instinto não fora elevar à mão a sua faca, que repousava em também aposentadoria; fora buscar o próximo, buscar o calor. Talvez estivesse desenvolvendo um coração dentro do peito, talvez o conhecimento de tantas criaturas a fizera se humanizar.

E, perdida em seus delírios, graças a Deus não sentira muito o passar por entre o aglomerado, e logo estavam do outro lado, onde o mesmo familiar Deserto as esperava. Sorriu, enfim livre daquele Inferno.

A noite caía, e encontrou Poesia suspirando aliviada, porém pronta para outra aventura, com as mãos na cintura e um sorriso sapeca. Vida, que se soltara de si quando chegaram à margem, espalmava o manto, como quem quer se livrar dos germes que aquelas criaturas abrigavam. Má Sorte pensou se não era higiênico fazer o mesmo. Bah, nunca se importou mesmo.

– É isso? Conseguimos! – Poesia falara feliz, e seu sorriso deslumbrado era o mais bonito. – Agora vamos para Política, não é?

– Sim. Para onde você devia ter nos levado há maios – Vida bronqueou com a faceta séria.

– Ah, Vida, foi *divertido*! Devíamos passar mais tempo assim! – Poesia deveras se deleitara. – Não acha, Má Sorte?

Dera de ombros. Não, não fora nada divertido. Nem um pouco legal, pelo contrário. Descobrir a verdade, a real essência do que parecia ser cada partícula em vida, fora assombroso. Impactante, em sua pior forma. Apesar disso, não se embravecera com Poesia, que se contentara tanto.

– Certo, certo – Vida ironizou. – Agora podemos, por favor, ir para onde devíamos estar? Poesia, Humanidade morre em nossa espera. Não temos o que perder.

– Sim, nós... estávamos indo para lá agora mesmo. – Poesia se aborrecera um bocado. – Vamos.

E seguiu em frente, abandonando a Estrada de Vida, e Má Sorte não podia agradecer mais.

– A Terra de Desenganos... essa estrada é sua? Quero dizer, ela lhe pertence? – Má Sorte interrogou, visando Vida.

– Sim, é minha.

– Não parece feliz com a posse – reconheceu, tentando lhe devolver a compaixão que lhe fora dada em dívida.

– Não, não pareço. Eu não estou, nunca estive. Como sabe, eu gosto de vida. Eu gosto dos bares lotados, das opiniões, das brigas e dos gritos. Gosto quando um corpo exala a jovialidade, e quando, de tão forte a presença, seus sorrisos e suas vozes se marcam como cicatrizes nas paredes. Amo a multidão. Amo a multidão que se une, que corre, em que cada um tem gosto e vontade, que não segue para o mesmo lugar, e nunca seguirá, porque é impossível chegar num consenso. Aquilo? Não é vida. É distopia.

– Distopia... – Má Sorte repetiu, sussurrando, tentando assimilar a grande bizarria que experimentara. – A Estrada da Vida é triste e morta.

– A Estrada da Vida é morta? – Vida rira para dentro. – Nunca descreveria melhor.

Má Sorte rira também, apenas porque temia o silêncio a que Vida estava se entregando, e acreditava que Vida cairia em morte quando reconhecesse que Humanidade se fora para sempre, e seu esforço para salvá-la fora em vão.

Criara por ela um carinho que nunca tivera com alguém.

– Poesia, quando chegaremos a Política?

– Política. Argh, eu diria... quatro maios! Nada além. Enquanto não chegamos, porém, é claro, poderíamos contar histórias,

huh? Eu sei de cinco sobre a Terra de Desenganos! Amariam ouvir e...
– Agora não, Poesia. – Vida fechara os olhos em cansaço. – Não sei se consigo chegar lá. – Ofegara, sentando-se brutalmente. Má Sorte apressara-se em acudi-la.
Vida, no entanto, ruíra com o rosto nas mãos, chorando. "Humanidade!", gritara. Poesia sentara ao seu lado e pôs o braço direito em seus ombros. Má Sorte pensou em lhe falar: "Saia daí, intrometida", mas julgou melhor não. Se não fosse ela, Vida passaria desconsolada, pois Má Sorte nunca aprendera palavras de conforto.
– O que aconteceu? – Poesia perguntara com a voz mansa.
– Humanidade é a minha filha preferida! Nenhum animal ou planta se igualaria a ela. Eu tive tanto trabalho, criei com meu potencial e amamentei em orgulho, e agora? E agora? O que eu faria sem ela? Se sou a essência de tudo, Humanidade é a minha. Má Sorte, veja o que encontramos até agora, todos com quem conversamos são frutos de Humanidade, suas vertentes. O que seria deste mundo sem ela? O que seria de mim?! – gritara. – Ela não pode me deixar! Não pode! E não se importa. Humanidade nunca se importou comigo, nunca quis saber de alguém senão ela, senão seu próprio prazer, e é por isso que morre. Joga-se de construções e bate de cara na parede como uma demente porque luta dentro de si, e os outros?! Não pensa nos que deixa aqui, nem liga para o cinza que tomaria esta terra com sua morte! E eu... como eu fico?
Má Sorte estava aturdida. A Estrada, o passado, os sorrisos sádicos e as confissões eram demais para ela. Saíra andando em círculos, meio longe da dupla, que ainda se lamentava. Para onde iria sozinha? Para onde estava indo? Má Sorte apenas caminhava, sem consciência.

E se afastava, como um lobo, até teve a impressão de que Liberdade vinha junto dela, fatigada também dos parisienses. E ia, ia, sua única direção era o sol, que se punha no oeste. Sol. Costumava conhecer um cara chamado Sol, que todos diziam ser o próprio astro. Ele era amarelo e parecia irradiar calor, contudo Má Sorte sabia que era apenas um fanfarrão que aprendera a dominar o fogo dentro de si, e usava os espetáculos que produzia para ganhar estadia e um prato de comida. Ele dizia que cada criatura tinha no meio de suas veias e órgãos uma chama incandescente, que às vezes se apagava, mas quem a conseguia dominar era abençoado para sempre. Benção. Má Sorte nunca acreditara nos milagres, por isso não queria dizer: Humanidade não sobreviveria muito, porque apenas Deus para a retomar.

E, desconcentrada, dera numa cerca. Uma pequena cerca de madeira, inútil, já que não prendia ou separava algo. Em cima, uma criatura sentava nas tábuas, e não dava para distinguir seu sexo. Vestia um manto negro com capuz, seu rosto bronzeado era alongado e cheio de rugas, seus olhos eram como os de Deus, porém em miniatura, de modo que apenas causavam um rebuliço no estômago. Ele não tinha expressão, mas sorriu quando viu Má Sorte, e esta o encarou. Suas pupilas eram prateadas, como se o fogo fosse prateado.

– Quem é você? – Nada parecia real para Má Sorte, nada. O mundo era apenas um grande rabisco, que se estendia por todo o universo de modo plano, em um sonho.

– Eu? Quem você acha que eu sou? – Sua voz era grossa, profunda e terrível. Embora seus lábios se movimentassem com as sílabas, o tom era ouvido no subconsciente. – Eu sou o Romance – ele falou, visto o mutismo de Má Sorte.

– Não, não! Estou farta de vocês! Estou farta de suas presenças, me procurando e me guiando, o que são vocês? Ideias? Sentimentos? Nada! Nada, nada! Porque Humanidade morrerá e todos vocês desaparecerão! E o que fazem? Permanecem estáticos, porque não têm vida! Porque nunca saíram da utopia! Nenhum de vocês, nenhum, se preocupou em nos ajudar. Nos ignoraram, e irão morrer por isso! Nunca estive tão consumida quanto estou com vocês! – Má Sorte gritara, e seu timbre soara como uma avalanche pelo vazio do espaço. – E Romance? Francamente! O que tem de romance em Deus?

– "Porque Deus amou o mundo de tal maneira..." – e Má Sorte se afastava, com as mãos nas orelhas, murmurando: "Não!" – "que deu o seu filho unigênito..."

– Pare! Eu lhe imploro!

– "... para que todo aquele que n'Ele crê não pereça..."

– Não! – Má Sorte chorava.

– "... mas tenha a vida eterna".

Má Sorte, derrotada, repousava no chão, aos pés de Deus, como um combatente perdido, feito morta. A figura do Homem se dissolveu, e em seu lugar ficou a sombra de seu filho, e Má Sorte teve a certeza de que sua mente se tornava uma Bíblia. Andou, covarde de se encontrar com mais alguém.

Obscuramente, sabia o caminho de cor.

Capítulo 18

No acampamento pobre e inusitado, Poesia e Vida altivavam-se, entediadas, esperando por Má Sorte, que chegou com a feição mais nobre que nunca tivera, e, como um rei, não falara nada.

– Onde estava? – Poesia perguntou.

– Encontrei-me com Deus – Má Sorte respondeu seriamente e com tanta força que Poesia nem riu ou brincou, apenas bufara como incrédula e falara:

– O caminho é por lá. – Apontara para o norte.

Foram.

– O que Deus lhe disse? – Vida, que ainda tinha o rosto vermelho, perguntou.

– Nada que valha contar.

Dera de ombros.

– Humanidade não morreu ainda. Julguei que era melhor saber.

– E como sabe?

– Eu... sei. Eu sei, foi só uma recaída, estou de volta, já não tardo no que não me acrescenta.

– Recair não é procrastinar – Poesia articulara.

Vida não lhe respondera.

– Deus... Deus expressou algo sobre Humanidade? Mesmo que tenha dito negativamente, eu aguento, eu posso aguentar, e sei que o melhor é sempre a verdade, que eu nunca culparia alguém. Má Sorte, o que Ele disse?

– Que o nome dele é Romance. Ele disse que Seu nome era Romance – sussurrara, e a voz soara rouca, em sua sobriedade.

– E o que isso me importa?

– Já não lhe disse que nada? Ele nunca exprime algo. Ele não se manifesta, e eu não sei como continuar a fé. Era mais fácil quando eu seguia apenas a Bíblia, era tão fácil, com um manual escrito: "E Deus falou". Mas eu abri meus olhos para o mundo, e a mudança foi como um furacão. E agora não sei mais o que fazer com minha religião.

– Se quiser uma ajuda... – Vida ria entre as palavras, sem conseguir completar a frase. Puxou da parte interna do vestido o frasco azul de Religião – eu a tenho aqui!

E gargalhou. Poesia, ímpia, pôs a palma na testa, negando com a cabeça e rindo em sons pausados e altos. Má Sorte sorrira pela felicidade passageira e desesperada.

Por cima de toda a desgraça, somos felizes.

Seguiram, percorrendo a areia, e os pés de Má Sorte pareciam pesar toneladas. Eles afundavam, e, a cada vez que os levantava, criavam nuvens de pó, que iam até sua cintura. Reparou em como Poesia andava, Vida já decorara há tempos. Ela tinha passos suaves, gatunos, que mal encostavam no chão e já se altivavam, começando pelos dedos, e pareciam girar pelo ar quando chegavam à altura do joelho. Imaginou a menina com uma roupa rosa de bailarina, e seus cabelos rebeldes presos em coque, e pétalas em seu soalho, que caíam conforme ela se retorcia para agradecer os aplausos. Nunca precisaria frequentar escola alguma de dança, ou curso nenhum para atuação. Nascera com o dom da maciez e da elegância, que era como uma ofensa à sua personalidade de prima-dona.

E, claro, como a Poesia que era, continuava a narrar suas histórias. Contou sobre um homem que conhecera. Ele era onipotente, onipresente e oni-sabe-se-Deus-o-quê, pois Má Sorte não queria ter em consideração as aventuras inventadas de Poesia. Por isso lhe perguntou, fugindo do assunto:

– Já conheceu Madalena?

Ela, maldita, sorrira maliciosamente.

– Claro. Como não conheceria tão renomada figura?

– E sobre o que vocês conversaram? – Soara incerta e debilitada.

– Sobre o mundo! Sobre nossa filosofia, sobre Deus e Jesus, sobre toda a sabedoria que nos toma enquanto vivemos! Sabedoria, sábia, ela é tão sábia. Esquecem sobre ela. O dom da veneração é sempre para Jesus, mas a mulher é deixada. Era mesmo uma prostituta, não como a Virgem Maria. Não contem para ninguém – cochichara –, mas eu prefiro ela à mãe de Deus. Será nosso... segredo!

Má Sorte ia retorquir, quando Vida as mandou calar a boca. Era uma figura negra, ao longe, que, por estar tão distante, tinha uma silhueta que não parecia com a de ninguém. Ao menos para si, não parecia. Poesia já falara: "É uma mulher!". E Má Sorte: "Não vejo nada!".

– É porque a visão só se deteriora com o tempo – Vida explanou. – Crê, Poesia, que não existe mais míope ser que Má Sorte?

– Não sou míope! – Má Sorte reclamou, desconhecendo o que miopia era.

Aproximaram-se da moça. Vida foi correndo à frente, desolada por mais um pedaço de sua filha. Má Sorte e Poesia repetiram o ato.

Era, efetivamente, uma mulher deveras estrambólica. Má Sorte nunca vira alguém com cabelo azul igual ao que ela tinha. Era como o céu, todavia com tons pastéis de rosa de acordo com o pôr do sol. Ela vestia-se de uma toga chique e suntuosa, puxada nas laterais, destacando seu corpo, e solta nos quadris. Era de um fino linho que se igualava a ouro, e Má Sorte jurava ter visto alguns dentes nas dobras dos panos. Vida tocou seu ombro.

– Senhorita?

Ela virou-se rapidamente, e era... singular, para não descrever esdrúxula. Seus dois dentes da frente eram de prata e cobre, que

pendiam para frente em sua boca aberta distraidamente. Sua maquilhagem era exagerada, o batom quase negro de tão vermelho, e sua íris era roxa. Ainda que extravagante, tinha um quê de beleza em suas bochechas repuxadas e em seu nariz arrebitado.
– Sim? – Sua voz, no entanto, era como a de uma rainha.
– Quem és? – Poesia se pôs na frente para falar.
– Polemikḗ. Eu sou Polemikḗ. A forma mais primitiva e rústica da Polêmica.
– És como sua mãe? – Poesia perguntou, com os braços cruzados.
– Como sua irmã mais velha. – Deu um sorriso amarelado.
– E que graça tem em ser o antigo de uma personificação?
Polemikḗ retrucaria, quando Vida se intrometeu, bronqueando: "Poesia".
– Senhorita. Minha filha, Humanidade, se machucou, e precisa de Política para se reerguer. Poderia ajudá-la e nos mostrar o caminho?
A mulher a mirou com cara de nojo e superioridade.
– Poderia. Mas o que eu ganharia com o amparo?
– Sua sobrevivência – Má Sorte atrapalhou.
– Parem, certo? – Vida censurou. – Ganharia meu respeito. – Sorrira maternalmente.
– E quem você é?
– Vida.
Polemikḗ visou os lados, com o cenho franzido, encolheu os ombros e espalmou a veste.
– Nesse caso, posso tentar fazer a minha parte.
– Obrigada, senhorita – Vida agradecera, e deve ter se felicitado, pois emanou calor, como uma lareira.
– Ela mora por aqui. – Apontara para o mesmo caminho que Poesia fazia.

Esta ficara quando Vida e Polemiké saíram. Má Sorte, ao notar a falta, voltou e fitou Poesia.

– Você acha que eu deveria ir? – perguntou baixinho, e seus olhos, medrosos, também esquentavam e espalmavam a solidão, convidando qualquer criatura que os visse a permanecer debaixo de uma coberta, lendo um livro e esperando por Deus.

– Por que não iria?

– Porque eu já fiz o que tinha de fazer. O necessário é sempre feito pensando no lazer, e agora talvez eu devesse voltar para Jerusalém, ou continuar por este manicômio e procurar papai.

– Não. Venha. Sua presença tornou-se estimada e querida.

– Por que fala assim? Deste modo engraçado, como se fosse uma diplomata? – Rira seu riso fácil de criança, e Má Sorte se fisgou mais uma vez.

– Vamos logo! – E foram. Saíram como viajantes saem, por terras desconhecidas, guiados pelo destino e pelo gosto fraternal que a viagem dá. Contudo, havia um erro na teoria criada por Princesa Loura: a natureza de Má Sorte devia caminhar sozinha, o oposto do que planejava fazer.

※ ※ ※

– Eu não creio em Deus – Polemiké confessou, na terceira noite, que, mesmo coberta pelo negro, era como ensolarada, pelo calor que fazia e pelo brilho das estrelas. – Creio mesmo que a Bíblia seja uma mentira, inventada para extorquir dinheiro dos dízimos. Quem traça nossos rumos somos nós, e quem controla isso tudo é o próprio universo.

Poesia deu um sorriso divertido, e Má Sorte imaginou a próxima piada.

– Tens toda a razão – Poesia concordou. – Acho o mesmo, e já clareei isso para todas elas. Deus? Besteira. Jesus? Maior ainda.

Polemikẽ está num grupo guiado pelo ateísmo. Ninguém aqui conjectura a menor das teorias. Iremos mesmo rumar ao vazio quando tudo isso acabar.

Polemikẽ se retorceu em angústia.

– Ah, esqueci de lhes avisar quão cristã eu era, e que agora, refletindo, talvez devesse voltar a seguir os profetas. Lamentei muito sobre muros, escrevi e reescrevi tanto a Bíblia que poderia lhe dizer os versículos de cor. Até mesmo ligo-me fortemente com Deus, e converso com Ele todas as noites antes de dormir e após rezar dez pais-nossos.

– E eu – Poesia completou – não recordei que Má Sorte, esta com cara de tacho, já viu todas as formas divinas e caçou Religião com as próprias mãos. É uma audaciosa em vários sentidos e culturas, e agora busca pelos pilares de Humanidade, ponderando consigo mesma como uma teóloga, ou até filósofa.

Polemikẽ parecia atormentada ao extremo, e Má Sorte penou por si, considerando falar que era mentira. Má Sorte temia qualquer teologia e se cagava de medo de qualquer espírito, inclusive dela.

– Eu... – Perdeu a palavra. O que Polemikẽ expressaria voou pelo ar, como uma folha de papel numa tarde de ventania.

– A teoria que mais penso sobre e aceito é a de que o mundo é relativo, assim como tu, Polêmica. – Poesia preparou outro palanque. – É tudo dependente de fatores que variam, e que moram em diferentes formas em cada indivíduo. Penso até mesmo que és um eufemismo. Dizer que algo é polêmico é como objetificar todas as mentes, e pisotear sobre todas as teses e invenções. Deveria ser proibida sua existência, como forma de manter digno o ser humano, e até mesmo Deus.

Polemikẽ bateu o pé impaciente, ponderando sobre o que responderia.

– Não sou Polêmica, não me chame assim. E discordo! Discordo de tudo o que falou! É tolice, idiotice. Desnecessário! Sua presença vem sendo dispensável, Poesia. Se não melhorar seu comportamento, serei obrigada a te excluir de nosso bando, e se destinaria a deambular em solidão pelo Vasto Deserto. Diz que a polêmica é variável, então veremos. Iremos comprovar quando eu te expulsar daqui e tiver de confessar para todos na cidade as confusões em que vem se metendo, e saberemos como a polêmica se expressa em cada um.

Má Sorte armou-se para um conflito, buscando Vida com o olhar, que, avoada, desligava-se de tudo ao redor. Estava mesmo para morrer. Buscou enfim por Poesia, que não parecia querer discutir, apenas voltou para sua face serena e começou a escrever num papel avulso.

Eu meteria os dedos indicador e médio pelo seu nariz, e eles sairiam pelos seus olhos, esporando seu cérebro gelatinoso e azul. Seu cérebro é azul, não poderia ser rosa como o meu, não poderia ser tão rosa como o meu. E gritaria por perdão, feito Jesus, feito Pedro, e eu feito Deus lhe gritaria de volta: "Morra em paz". E te deixaria ali para os lobos te mastigarem e cuspirem por conta de seu colesterol.

E quebraria todos os seus pertences. E os meteria na parede, junto de seus ossos, e batucaria a música mais bela desta cidade. E o som oco dos tijolos, o som oco da cartilagem, se mostraria um acidente de notas, que nem Beethoven nem Bach conseguiriam explicar.

E eu estouraria seus tímpanos, eles voariam pelos gramados, e melecaria toda sua roupa de sangue. E eu diria: "Te avisei". E você não me diria mais nada, porque me era feito Jesus, e eu lhe sou como Deus.

Fora o que Poesia escrevera na carta, que, inexplicavelmente, entregou a Má Sorte, ignorando a preocupada Polemiké, temerosa de algo a afetar.

Má Sorte lera, relera e não entendera.

– Por que me deu isto? – sussurrou.

Poesia apenas sorriu travessa, seu mesmo gesto de lado. Quando fazia isso, seus olhos se apertavam, o lado direito de seu rosto se esticava. Linda, linda, linda! Sua pele marrom vinha tornando-se cada vez mais madura, e sua face iria cada vez mais para seu lado mulher. Não! Poesia sempre seria aquela criança, nem pura nem inocente, mas entregue às brincadeiras e ao luar.

Má Sorte soubera no mesmo instante que encarara a faceta iluminada de Poesia o que fazer.

Se você a amar, lhe dou um prêmio. Um grêmio, e creio que até um meio para o ajudar. E se a suportar, mais um, se não mentir, mais três, e se continuar em sua tez esse semblante de avidez, tiro tudo de uma vez como volta de sua acidez. Mas se lhe der casa, se a fizer se sentir especial, um plano sensacional, espacial, o mais legal para te manter. Te manter, lhe fazer esquecer o que ainda te traz aqui. Aqui, ali, aí, faz muito tempo que não vejo tua alma, palma, calma, paciência.

Escrevera, entregando para Poesia, que rira feliz uma risada cheia. Compreendeu que o texto que recebera era sobre Polemiké, e que Poesia, estressada, precisava ver em Má Sorte sua melodia, suas rimas, seus talentos desenvolvidos e sua benção bem aceita. Má Sorte gostaria de ser para Poesia o seu pilar, a sua utopia, assim como ela era para si.

Capítulo 19

Fora Polemikḗ que apontara meio tristonha e melancólica a grande montanha, que, conforme iam se aproximando, descobriram, não era montanha, mas sim um palácio, que humilharia todos os outros que Má Sorte já vira.

De uma decoração grega antiga, com pilastras de cor branca, até a areia em volta dançava diante de si, formando dançarinas irreais amareladas, belas e sensuais, que olhavam meio de lado para Má Sorte conforme esta passava. Quis chutar uma delas para saber se desabava. Nunca tinha visto nada igual.

Chegaram na borda e entraram de supetão no que parecia ser o único salão da construção, enorme como dois mundos, esplêndido como dois deuses. Imaginou quem projetara, cuja ambição era menor apenas do que quem contratara. Obviamente, queriam igualar a terra, tão pecaminosa e sedenta pelo sangue, ao Céu.

Conforme os passos batiam no mármore escuro, todas sabiam o que fazer. Polemikḗ não quis ir, ficou para fora. Quem dera, não era digna. Poesia, Má Sorte e Vida, no entanto, sabiam a importância da dignidade. Conheciam tanto que já nem se importavam e nem ao menos limparam os pés para entrar, embora Má Sorte estivesse tremendo pelo medo de quem encontrariam. Nenhuma palavra era feita, até mesmo a respiração controlavam.

Ao meio, uma rainha triste. Sozinha e no canto mais escuro da casa, seu trono era de uma pedra velha, suja e puída, que se desmontaria no próximo vendaval. Não tinha o luxo de seu templo, nem a arquitetura, contudo a figura e o amontoado de rochas mediam mais que o triplo de Má Sorte.

A mulher estava cabisbaixa, com a nuca inclinada para seu colo. Vestia uma toga simples, cinzenta pela poeira, e uma coroa de madeira, que apenas circulava seus curtos cabelos negros despenteados. Era um ultraje à sua riqueza e à pompa que deveria ter.

E então ela levantou o rosto, ao provavelmente notar as invasoras, porém ela parecia tão deprimida e lastimosa que Má Sorte nem ao menos temeu seus decretos aos súditos inexistentes, ou sua voz gutural que se assemelharia a Capitalismo, ou os gritos que Rainha Hipocrisia dava às vezes, só pelo prazer de exprimir o nada.

Seu rosto era nobre, isso era inevitável de notar e impossível de contestar. Era quadrado e repuxado para as orelhas, herança de sua pouca idade, que entrava em batalha com as rugas e olheiras, herança agora de sua sabedoria e das horas desperdiçadas tentando entender a vã filosofia que o ser humano criou, ou ao menos tentando entender o próprio ser. Seus olhos eram negros e mereciam mesmo a tristeza que traziam, era apenas isso que exalavam. Má Sorte teve pena da rica mulher. Seus lábios estavam entreabertos e rachados, castanhos bronzeados como o resto de seu corpo, torneados em uma só cor, no entanto não da mesma cor de Poesia, mas sim da cor de areia envelhecida.

– Por que demorou tanto? – proferiu em inflexão, o timbre rouco e cansado. Fechou as pálpebras após falar, com a mão na testa em frustração, semelhante à sua posição inicial.

– Quem ela é? – Má Sorte perguntara a Poesia, que estava ao seu lado. Tinha uma ideia, porém queria confirmar.

– Política – respondera sem a olhar.

– E está assim pela morte de Humanidade?

– Não sei. – Fora curta e certeira.

Assistiu à Vida então avizinhar Política, com outro frasco de vidro em mãos, e Má Sorte ansiou para ver a tonalidade que a mulher teria. Talvez seria até outro tipo de primário, sem sentido para um reles mortal como ela. Contudo, arrependeu-se pelo pensamento, pois Política era ainda inferior a um reles mortal, porque era filho deste.

Vida ajoelhou-se no chão. Política e seu trono se encolheram, diminuindo, até ficarem menor que Poesia. A mulher levantou-se, e sua saída, mesmo que forçada à banalidade, fora triunfal, pois seria inadmissível não ser. Ela caminhara, entregue em passos lentos até Vida, com os braços abertos e estirados como os de Jesus ao ser levado para o tribunal. E sua feição não dizia coisa alguma além da depressão, porém seus pés tocando o chão, seus pés tocando o chão, eles mal tocavam, como os de Poesia. Eles apenas pairavam, planando, e Política voava. Ela morreria e faria conjunto com a bela Religião em alguma das veias de Humanidade, que talvez nem estivesse mais viva quando chegassem para socorrê-la.

Ao alcançar Vida, Política, pequena como uma garotinha, tornara-se líquido de uma só vez. Uma substância vermelha-escura, meio preta, que indicava todo o abatimento e a angústia aos quais Política estava se entregando. E o momento em que ela despencou fora uma das cenas mais belas que Má Sorte já vira. Fora tão fascinante e ameno, que era como se todas as músicas clássicas que Má Sorte escutara tocassem em esplendor na maior altura, ao mesmo tempo, e encerrassem-se como se encerra uma mitologia, como se mata um deus. Política se fora assim.

Vida se agachara novamente para colher o que sobrara de sua existência e, assim como fizera com Religião, guardara no manto.

A morte nos faz piores ainda.

Capítulo 20

Saíram do templo apressadas, ninguém queria ficar para debater com o espírito sombrio que Política devia ter deixado. Má Sorte não temia assombração, porém não queria sentir a desesperança maior ainda que o Palácio vestiria, e sabia que Vida e Poesia se quebravam de temor de fantasmas. Sorrira, enquanto corriam porta afora sem pronunciar uma palavra.

De fora, o lugar tão belo não era mais o mesmo sem os olhos da dona. Ele escurecera, e não fora pela noite que caíra, mas sim pelo brilho que perdera, e nem mesmo a areia dançava mais. E não era preciso explicações, não eram necessárias frases para dizer a continuar correndo, para longe da melancolia. E foram, até onde o Deserto era sempre o mesmo, o horizonte era apenas as dunas cobertas pelo véu das estrelas.

Ao chegar à utopia, pararam arfantes, Poesia inclinada com as mãos nos joelhos.

– Por que... – Poesia virara para Vida, que ganhara nova cor ao ter consigo mais uma parte de sua filha – por que ela era assim?

– Eu pensei que fosse arrogante e chata – Má Sorte expressara.

– E era – Vida respondeu. – Ficou assim com sua doença. Foi a mais afetada com a fraqueza de Humanidade. Religião, por exemplo, mesmo que não exista, tem sua maior parte e fé em Deus. Política era apenas sobre seres humanos, e numa guerra foi a primeira a ruir. Seu reino, esse que passamos, era um dos mais badalados e o principal destino de qualquer viajante, porém Política foi perdendo sua luz. Ela assinou a demissão de

cada funcionário, mandou retirar toda a mobília. Apagou as luzes e me esperou sentada naquelas pedras por maios.
– Como sabe disso? – Poesia questionou.
– Eu pude ler em seus olhos...
E Má Sorte não teve paz. Não teve, ela nunca tinha, e arrependeu-se de não ter sossegado nem quando aposentada. Deveria ter se recolhido na primeira casa e encontrado um leito para definhar. No entanto, continuou, seu pique nunca acabou. E, ansiosa como era, caçou as personificações, conheceu cada tipo de gente. Sentiu como um peso as suas escolhas. Não podia, não devia. Não era a vontade de Deus.

Veio em uma enxaqueca terrível o chamado, como se o corpo de Má Sorte soubesse desde o começo qual caminho tomar, e todos que fizera foram apenas espelhos, atalhos até ele. Absorveu o toque de Vida e Poesia em desespero, tentando salvar Má Sorte de seu fardo. Inútil, ardia em sua febre eterna. Não podia, não deveria.

E sua mente lhe mostrou um rumo, do qual não poderia fugir nem se quisesse, nem se achasse a mesma força que achou quando enfrentou Deus. O passaredo por entre as areias se iluminou, e pareciam escritas em placas as frases: "O fim de sua angústia". O que mais poderia fazer se não seguir?

Fora, cambaleando e quase caindo para os lados, girando e rodopiando, com as pupilas assustadas e nervosas de Poesia a seguindo, tocando sua nuca e gritando: "Faça algo, Vida! Não a deixe morrer!". Má Sorte quis sair de seu devaneio e falar para sua amada: "Eu não estou morrendo, é só uma dor de cabeça, e eu nunca tenho dores de cabeça, um maio ou outro eu devia ter". Não conseguia abrir a boca, contudo, apenas seguir por entre as dunas, as mesmas dunas, elas nunca mudavam.

Sua fobia e excitação a levaram até outra silhueta, de uma mulher, idêntica à de quando encontrara Poesia e soubera que estava feita, não precisaria mais de amor algum, pois o que nutriria pela menina seria o suficiente para dez pessoas. Poesia. A silhueta escura de Poesia estava tão longe, no horizonte, de costas como no primeiro dia que a encontrou. Correu até seu encalço, não a podia deixar ir assim. Não, não, não queria confessar, mas a amava, mesmo em sombra, mais do que amou Princesa Loura quando lhe prometeu que nunca se separariam.

Porém a voz de Poesia ainda martelava sua mente. Poesia não estava longe, mas sim ao seu lado. Então de quem seria aquela tão linda figura? Aquele tão belo corpo? De quem seria, que lhe trouxera tanta paz? Argh! Morria em dor, e sabia que era Romance, ou Deus, ou sua carcaça normativa.

Seguira sua trilha, agora estipulada pela moça, que fugia. E ouvia Vida chacoalhando Poesia: "Pare com isto! Não vê que ela não está morrendo?". Quis contar para Vida que devia relevar esses surtos de Poesia, ela era dramática assim mesmo e se atormentava ao ver alguém que estimava correndo, porque achava que corria atrás da Morte. Talvez fosse esse o motivo pelo qual acompanhara Má Sorte até o portão de Rainha Hipocrisia, em vez de mandá-la ir andando sozinha. E recordou-se até da irritação que tinha quando nem fazer ginástica podia, porque Poesia odiava vê-la caminhando assim.

A mulher, deveria chegar até a mulher, e segurar seus ombros, e nunca a abandonar.

No final, dera num outro castelo. E, mesmo agastada por castelos e seus donos, não perdera a paciência, pois aquele, apenas aquele, era perfeito. Não tão luxuoso quanto o de Política nem tão metrado quanto o de Literatura, no entanto continuava a ser a utopia. Utopia. Utopia. A mulher entrara pela porta da frente da grande construção.

E sua cabeça só clarificou quando leu o letreiro em cima das janelas. Sua dor de cabeça passara, e fora como bater de cara no chão. Olhara para Vida em pânico, que dera de ombros, e depois para Poesia, que estava irritadiça pela possível brincadeira de mau gosto. Em letras garrafais, o nome: "Palácio de Versalhes".

– O que eu faço? – pedira ajuda para Vida, que tinha a face serena. Não sabia como agir em situação assim, nunca pensara que realmente alcançaria o Palácio de Versalhes, era como algo além de sua imaginação.

– Bata – Vida respondeu.

Bateu, três toques, até a mulher a qual estava perseguindo abrir a porta. Seu rosto era um misto de Madalena e Princesa Loura. Sua íris começava em azul e terminava em castanho, sua pele tinha o branco, acima do marrom, acima do branco, e todo seu corpo era uma confusão. Não conseguiria ao menos ditar a cor de seus cachos, mas Princesa Loura nunca teve cachos, isso era de Madalena.

– Quem é você? – perguntara, atemorizada.

– Meu nome é Esperança, Má Sorte.

Epílogo

– O que estás fazendo? – Má Sorte perguntou, debruçando-se sobre a cadeira simples em que Poesia se sentava.
– Escrevendo um livro – respondeu simplória, dando de ombros.
– Um livro? Pensei que odiasse essas formalidades.

Poesia virou-se para trás e sorriu, logo voltando a sua concentração nas brochuras e linhas.

– Na maioria das vezes, só.
– E sobre o que é? – Tentou espiar por trás da nuca de Poesia as palavras, que pela distância se amontoavam como uma só sílaba, interminável.
– O nome é Má Sorte, e aqui estão os trechos que você me deu.
– Má Sorte, é? – questionou, descrente. – E como começa?
– O começo? A parte mais difícil a ser feita. Descrever-te é um caminho raso e estreito, tanto como decidir a primeira impressão e sobre o que quer ser lembrado. Mas, bem, é assim.

Entregou o amontoado desorganizado de páginas nas mãos de Má Sorte, que as folheou até a primeira frase.

Má Sorte é poesia na melancolia da rebeldia. Má Sorte não tem medo do esmo da solidão. Essa é Má Sorte, como num programa de televisão, na paixão de não ter razão.

Epílogo

Agradecimentos

Para mamãe, Ana Paula, e papai, João Rodolfo, por possibilitarem a minha jornada neste mundo. Pelo esforço feito, pela dedicação consumida, por tudo que me ensinaram e que ainda vou aprender. Obrigada. Agradeço, de todo meu coração, por tudo. Pelo apoio. Por sempre estarem aqui. Eu amo muito vocês. Sem vocês, nada disso teria existido. Nem este livro, nem eu sentada escrevendo os "Agradecimentos". Obrigada!

Para minha família, vovó Lourdes, madrinha (Adiana), tio Anderson e Moacir, por sempre me apoiarem em tudo o que quis fazer, e me aconselharem, e me ajudarem em momentos difíceis. Por todos os dias e comemorações, por todos os presentes e sorrisos. Eu amo muito vocês!

Também para vovó Amélia, vovô João, minhas tias (Dioneia, Doraci, Dalva e Débora) e meus primos (Eva, Gustavo, Paola, Gabriel, Samuel e Ana Beatriz), por estarem sempre à disposição e me aconselharem. Agradeço também pelas presenças, pelos dias e pelas comemorações. Amo vocês!

Para minhas melhores amigas, Giovanna, Laiza e Mariana, por compartilharem comigo a experiência do que é conhecer o mundo, e por sempre estarem aqui. É um agradecimento por todos os intervalos, por todos os passeios, por todas as risadas, pelo imenso carinho e apoio em busca da publicação do livro, por tudo que me ajudou inteiramente na escrita de *Má Sorte*. Eu amo muito vocês, e tenho a grande certeza do quanto meu mundo seria cinzento sem a presença de vocês.

Para Júlia, que me conhece por anos, me ouve por anos, e foi a primeira a escutar o roteiro de *Má Sorte* em sua forma mais bruta. E a primeira a desenhar uma *fanart* dela! <3. Obrigada pelas nossas conversas que duravam dias inteiros, pelas opiniões sobre meus trechos sempre tão estranhos, e por falar que eu era a melhor escritora que você conhecia. (Embora eu saiba que não é verdade, me deu um enorme empurrão para começar o livro.) Amo você!

Para a Editora Novo Século, por ter acatado a ideia e se disposto a seguir em frente com *Má Sorte*, não a deixar estagnar numa pasta de computador.

Para quem quer que tenha comprado este livro, por recomendação, curiosidade ou mero acaso. Pelo que quer que tenha pensado, pelo que quer que Má Sorte tenha te dito. É você quem a aviva cada dia, que a desperta toda manhã. Que a impede de ser apenas páginas em branco, e que ainda lhe apresenta todo um universo diferente, dando-lhe inspiração e desejo de continuar.

Para cada pessoa que já conheci, que me ensinou um pouco cada uma, filosofias, atitudes, o que vem a ser o mundo. Obrigada, *Má Sorte* não seria nada sem que estivessem em volta tantas caras, tantos rostos.

Com todo o amor,
Helena Ricardo Rosa.

FONTE: Arnhem
IMPRESSÃO: Mark Press

#Talentos da Literatura Brasileira
nas redes sociais

novo século®
www.gruponovoseculo.com.br